素瓷静递

赵鲲 著

长江出版传媒 长江文艺出版社

目录
素瓷静递

摒除丝竹入中年（代序）/ 001

春 / 001

我家的花园 / 003

柳絮 / 005

一些花开在高高的树上 / 007

当你成为回忆 / 009

早晨 / 013

操场 / 015

坚家河 / 024

若无其事之《牵天机》/ 034

杀人之梦 / 036

逃亡　逃亡 / 037

掠过灵魂的噩梦 / 038

沙滩逃亡 / 040

死亡前奏 / 042

毒药 / 043

登石门 / 044

四川行 / 047

喷泉 / 055

箭竹 / 057

记张鸿勋先生 / 060

茫茫来日愁如海：怀念张鸿勋先生 / 065

初晤陈丹青 / 070

水天中印象 / 079

老杜的故事 / 085

阿翔 / 090

考研热：欲说还休 / 092

十年 / 095

隐痛：李白出蜀后再未返蜀之谜 / 098

贺铸《青玉案》中的性幻想 / 104

"鼻端从此罢挥斤"：王安石与王令 / 106

超完美与完美 / 112

自由的幻觉：读《水浒传》/ 117

"荒诞性"的《红楼梦》/ 121

戏谑与伤不起："恶搞杜甫"事件之我见 / 124

文学中的"荒漠"/ 127

摄影的迷思 / 134

后书信时代 / 137

阅读印象 / 141

兰波 / 148

闲聊顾随 / 156

何为文心 / 168

"一字一字地救出自己" / 173

陈丹青的立场 / 178

评李零《丧家狗——我读〈论语〉》/ 184

"忤逆者"的源泉 / 189

不止是采访 / 193

一个慢生活女子的乐章 / 197

从煦园到恭王府 / 200

与伟大传统同一呼吸：读吴兴华 / 204

略议"圣人有情，无情" / 215

"内在的革命"：克里希那穆提与我们 / 220

《咏玄鹤楼》诗并序 / 238

摒除丝竹入中年（代序）

去岁冬季，我的诗集《待春风》由长江文艺出版社出版。事后，在一次同事聚会赠书晚餐中，一位年长于我的女同事对我说："赵鲲，你接下来该出散文集了吧？"我道："嗯，散文目前我还没考虑出书，我觉得我的散文数量少，总体还有些单薄。"

我当然也是爱散文的，可是这十多年来，一面以读书、治学为主业，一面把文学的抱负主要寄托于诗歌写作上，散文便写得很少了。虽然在博客时代，零零星星写了不少，但碎片性的日志居多，认真创作的散文并不多。诗集的出版，让我在一段时间里对自己的文学创作产生了一些回顾以及展望性的思绪，譬如，总体上我打算更加有意识、有规划地写作，有时从头脑中冒出来的想写而暂时没功夫写的题材，先将其以题目的形式记下来，得空再写——而我以前的写作则有些随心所欲。

于是，有一天我把自己的散文聚拢来，想重新考量一番。经过筛选之后，我发现，这些十来万字的文章，似乎可以构成一部散文集了（民国时期许多作家的散文集都是薄薄的册子），其质量估计也不至于有辱读者观瞻——尽管还是显得单薄。其实，一番整理、重读之后，更重要的是，透过这些文章，我又重新打量了自己那斑驳的心路历程，正如阅读我的诗集一样——写作的实质，大约就是一种自我灵魂的发散。一个真正的写作者，他

（她）写下的所有作品，根本上都是一部作品，即他（她）的灵魂的肖像。说到灵魂，想起诗集出版，送给庆阳的一位素未谋面，也无交往的朋友，他浏览之后，给我发微信，说："你是用灵魂在写。"目击此言，我心头一震——这是多大的鼓励！对于一个写作者而言，还有什么比用灵魂书写更重要的事呢？也许吧，我的诗是有灵魂的，而不是文字的堆积。而我的散文呢？我觉得还远远不够。因而，此番将自己的散文整理出版，是有告别过去的意味的——我需要从一个新的起点跨步出去。

还有一层心理，是年龄。岁逢丁酉，四十之龄，忽焉已至。有许多可说，或不可说的心事在心里堆积着。人终究是一种言说的动物。可说者，或不可说者，都是言说。四十岁了，所谓"四十不惑"，依我的感觉，至少意味着：从四十岁开始，对自我、对世界要有更清晰的认识，"不惑"意味着告别混沌的状态——"日月忽其不淹兮，望崦嵫而勿迫"，可以努力做事的时间不多了，要下好"中盘"以后的棋，以迎接棋局的结束。故而，"结束铅华归少作，摒除丝竹入中年"，我倒没有太多的铅华需要结束，也不欲摒除丝竹，但中年的大门已向我洞开，纵然没有维吉尔的引领，纵然急景流年都一瞬，我已然踏入人生的中途，瞻顾四方，我仍然想往着那我不曾触及的壮丽的风景。故而，整理自己的诗、文，也是为了在苍茫的风色里更好地看清自己。

集中所收文章，有几篇评论曾在《北京日报》《中华读书报》《中国纪检监察报》等报刊发表，其余皆未曾刊发。内容有写我个人生活的，有读书随笔、思想随笔，有书评、文学评论等。写作时间的跨度，就更大了。最早的3篇小文《春》《我家的花园》《柳絮》分别写于13岁和14岁，写于今年的7篇。之所以收入十三四岁时的3篇小文，一者因为它们是我存留的最早的散文——真是少作中的少作；再者，这 3 篇散文虽然稚嫩，却轻盈纯美，其中有我当时的心的颜色（文学毕竟不只是成年人的事），而今看来，不禁感慨——人的心境竟然会被改变得如此剧烈。另，还有两篇大学时的作业文章：一篇《略议"圣人有情、无情"》，是我大二时选修刘志伟老师的课"魏晋文学与文化"的作业；一篇《隐衷：李白出蜀后再未返蜀之谜》，是我研一时修读杨晓霭老师"李白研究"课的作业，都不是论文体，不妨当随笔读。

集中还有几篇记梦的文字，比较特殊，因其中所记几乎都是噩梦，诡异阴森，读者或不免诧然，而它们本都是我博客中的文字，只为记录真实的梦境而已。我甚至想过：借用张恨水的书名，写一部专门记梦的书，曰《八十一梦》，但后来发觉即便活到可以送孙儿上幼儿园的年龄，我也记不了八十一个梦。意大利文学家埃科说："一个梦就是一部经书，其实很多经书本身就是梦。""很多经书本身就是梦"，有些道理，但"一个梦就是一部经书"则未必，至少我的不是。这些记梦文，是从我的梦境中渗出的血，它们只对我有意义，假如你们浮想联翩，它们就有了另外的意义。

书中有几篇评论当代写作者的文章，都是我因了某种因缘结识的几位师友，能为他们（她们）写下这几篇拙陋的评论，是我的幸运。

书名《素瓷静递》。"素瓷静递"，是我在读张岱文章时看到的一个语词。我初见此四字，便被拨动了心弦，觉其有种妙不可言的意韵。后发现"素瓷静递"一语在张宗子的文章中屡次出现，乃凝神思之，以为此四字不仅可表征张岱文章的神韵、境界，甚至觉得——参透"素瓷静递"四字之意韵，则中国文艺之神髓思过半矣。因其美而有味，便拿来做了我的散文集的书名。

末了，临文兴感，赋诗一首，以遣愚衷。《秋城》：

秋城寒至叶红黄，云山迢遥隐苍茫。

临轩一盏河东酒，翠袖何处诉衷肠？

赵鲲

2017 年暮秋

春

如果我们把万木凋零、黯淡失色的冬天比作一幅铅笔画，那么，万物苏醒、生机盎然的春天就是一幅水彩画。

每当春天悄无声息地来临时，经过一个漫长的冬天，望着那些还没觉察就绿了的树叶、麦田，心中总是有一种新意和无法言传的欢悦。

暖暖的阳光中震颤着新生命的喧响。绿色，可能是春天的灵魂吧，春天的每个角落里都透着绿色对于我们这个星球的爱慕。

看上去就让人联想起"凄凉"二字的荒山，不知什么时候穿上了一套华丽的绿裙子，郁郁葱葱的树木在阳光的照射下发出油亮的光彩。河水变得欢快起来了，嘴上总是哗啦啦地唱个不休，不知有什么喜事让它如此兴奋异常。草儿虽然个小，但也不乏光彩。瞧，它绿油油、软绵绵的，你若躺上去，定不想起来了。天空更是让人捉摸不透——那么蓝，那么晴，那么深，那么大，不知包容了多少、多少……

各种花儿都次第开放了。绽开的花儿有紫色的、粉红色的、白色的。没有绽开的花骨朵还被萼片包着许多，但还是经不住春天的引诱，微微地探出粉红的脑袋。各种花儿簇拥在一起，纷纭交错，宛若天边的云霞。

突然间，脸上和脖子上感到有什么东西在挠着似的，难耐的

痒痒——哦，原来是袅袅漂浮的柳絮。

　　清风稍一走动，柳絮便被吹到半空中了。它在空中悠闲地飞行着，见了谁都要亲吻一下，好像别人并不知道春天来临了似的。

　　每当柳絮擦过我的脸颊时，我的灵魂和血似乎都在躁动。哦，这便是春的力量，春的召唤！

1990 年之春

我家的花园

在我家不大的院子里，有一个不大的花园。

花园虽说不大，但其中的花草却不少。满园中寻不到什么极漂亮、极珍贵的奇花异草，只是一些人们都能认出的平常花木。不过，这些普通的花木栽种得很是密集，互相紧紧地簇拥着，看上去，满眼的绿、满眼的红。这如许的满眼，却能给人以满心的欢喜。

清明过后，爸爸就用铁铲将花园里的土翻一翻，松一松，我看到了，便也急忙拿了铁铲，凑到跟前，将大大小小的土坷垃打碎，权当是凑热闹。待把种子深浅适当地埋入土里后，我们每日又要操心给种子浇水了。我家花园和厨房只隔咫尺，浇水甚是方便。种子是极喜欢水的，总要让你把花园浇得湿透了，才会心满意足。

不出一月工夫，嫩嫩的芽儿便纷纷破土而出了。它们一个个摇头晃脑地钻出来，观察着这个陌生的世界，细心倾听着周围的一切动静，神气十足。

伴随着如油的春雨，各种花很快长出了枝叶，已不像从前那么小了。密密麻麻的叶子交错地覆盖着花园，几乎都不露出土色了。

时光荏苒，春去夏来，远山苍翠，近园更绿。这时的花儿，就像十八九岁的青年一样，是生命力最旺盛的时期。各种花儿或红，或黄，或紫，或蓝……红的像初升的太阳般热烈，白的像蓝天中的白云般宁静。它们争奇斗妍，传香送粉，引蜂招蝶，更兼观者的啧啧之声。

美人蕉那黄色的大花和卷扇一样的叶子独具一格。红色的大花令箭最受青睐，它那一片片叶舟般的花序尽力舒展着腰肢，中间托着一簇修细的有小脑袋的花蕊，上面粘满了花粉，整个花儿一尘不染，如女皇一样雍容华贵。月季花是我最喜欢的——粉红的花瓣不消说，单是那扑人的浓香就会令人心醉。那些其貌不扬的小菊花、地雷花、石竹等，则像孩子一样依偎在大花的身旁。

更让我自豪的是那一直攀到二楼的豆角藤，一条一条地连在一起，宛若一个绿色的屏障。如果这花园是一幅美丽的画，这屏障似的豆角藤定是那花园的底色了。

1991 年 7 月 31 日

柳　絮

　　平凉这地方，每到春夏之交的时候，在柳树成荫的去处总会飘起漫天的柳絮。因它形似雪花，又时常在炎炎的日子里飘飞，极像是晴天白日下的大雪，因此人们将它称作"晴雪"。

　　此时的柳树返绿已有一月之许。路旁不时会发现排排行行的新柳随意而立，极婀娜的样子，既像是潇洒俊美的小伙子，又像身姿苗条的姑娘。温馨的和风轻轻地将修细、柔美的柳枝拂送起来，又飘然而落，简直是绿色的舞蹈之神，沉醉般地舞动着无数的臂膊。

　　突然间，你又看见空际中有无数的"雪花"在错综交飞，徐徐缓缓，漫无目的，悠然得趣。当你刚刚领悟到此时是晴雪初降时，不免有几片柳絮飘落在你的睫毛上，仿佛是顽皮的孩子在横冲直撞，又仿佛是白色的小精灵与你相乐。

　　这毕竟太轻了，当你轻轻走过躺在地上的一片柳絮时，即使是踮着脚，它们也会被你的裤管所生的微不足道的风带起，继而缓缓地上升到那纷纭的世界里去，它那圣洁的灵魂也好像随之而去，离开了尘世，永不再回。有时，柳絮被吹到了墙角里，堆积在一起，倒成了一堆垃圾。有时它落在地面的积水上，在阳光的照耀下如同五彩的肥皂泡。

　　假如，你抬头仰望，看见柳絮纷纷扬扬，忽来忽去，时上时下，自由自在，徐徐而行，你若久久地凝望它们，目光随之漂移、上升，顿时，你会觉得肝脏肺腑也轻轻地上升了。随之，你的整个身心也会如同这柳絮一般，随着它们在广阔的天空中畅游，以享自由之乐。

1991 年 5 月

一些花开在高高的树上

　　从西北师大来到天水师院，我一直为这里没有高大古老的树木而感到遗憾。师大北门那条路上两排高大而富有气势的梧桐树时常成为我对师大记忆的一个深深的背影。如今，天水师院也正在加紧大楼、广场等人工景观的建设，有关部门甚至会在原本起伏开阔的草坪上种上一些雪松、柏树的树苗，以示园林眼光。这些景观的好坏，我只能跟同事们一样，在私下里评论感慨一番，而无权改变一草一木或一砖一瓦的搭配。好在，动人的景致总还是有的。譬如，礼堂对面的那条约三十多米的不长的甬道，其景致就颇让人赏心悦目。路的两旁先是修剪齐整的翠柏，紧挨着的是依依垂立的细柳。此时的柳树，其姿态的柔婉，颜色的嫩绿正是恰到好处时，宛如十七八岁的少女——当你接近她，你的天空就会宁静而婉转。柳树的背后，是匍匐在地上的连翘，其色艳黄，与垂柳的新绿相衬，极为明丽。我臆想着，若有两只黄鹂鸣于翠柳之间，则可媲美杜甫的诗意了。柳树的后面，有几株紫叶李。此花这两天正开得极盛，其香气浓烈扑鼻，似乎由鼻孔直抵喉咙与心肺。

　　在我所住的四号楼下，有一丛竹子，稍加注意，可见其分为两种：一种枝粗叶长，另一种枝细而叶小，可惜我不知其名。我发现，在学校众多的家属楼间，这是唯一的一丛竹子。苏轼诗

云："宁可食无肉，不可居无竹。无肉使人瘦，无竹使人俗。人瘦尚可肥，人俗不可医"（《于潜僧绿筠轩》），虽然我不曾有爱竹之心如东坡、文同、板桥者流，但每日进进出出，得与这一丛翠竹悠然相对，也确乎是一种福分。作为一个标准的瘦人，如何长得更壮硕一些，其实是我更加操心的事。

而二楼的伯父则在楼下朝北的一小片土地上辛勤地培养着蔬菜。我一直没有近前去看个究竟。那天，在三楼的阳台上看见伯父蹲在小园子里拔草，我问，"叔，你种的是什么菜?"他应了一声，我却没听清，便未再问。

我想，我大概永不会有亲自去种菜的兴致的罢，但我喜欢看到城市中的种植者的那份随兴所至的劳作之趣；我也很难像父亲那样在局促的居室里养上那么多生机勃勃的盆花，但我欢喜从绿色的枝叶及缤纷的花瓣、清香的花蕊中流溢出来的生命，毕竟，绿色给人以希望，而我们的生活必须不断地希望下去，虽然希望不可能是连续的——正如春天不是连续的。

此时，我想起了海子的几句诗：

> 过完了这个月，我们打开门
> 一些花开在高高的树上
> 一些果结在深深的地下
> ——《新娘》

2005 年 4 月 4 日

当你成为回忆

暑假在家里，有一次和父亲闲谈，父亲说他几个月前碰见你的父母用小车推着一个孩子，男孩。问，说是你的儿子。父亲说你父母的表情特别灿烂。我问，有多大？父亲说，就几个月大吧。父亲又说这孩子皮肤黑，长得也不漂亮。我说，那可能是像他爸吧——因为，你的皮肤是那么白，眼睛是那么大，眉毛是那么黑。

一想起你，我就想起我们倒数第三次见面的情形。

那是我大一第一学期，十二月中旬的时候，祖父去世了，我和婶子还有堂弟连忙从兰州赶回平凉。那天，一大早，父亲用自行车带着我，去祖父的灵堂料理丧事。那是最冷最冷的时候，我穿着特别厚的棉大衣，坐在自行车后座上。在经过党校车站的时候，我感觉车子的速度慢了下来，于是，我便扭头看见你和你的父母站在站牌下等车。我们好像同时"哎"了一声，等车子停下时，已经与你们拉开了一段距离。我笨拙地跳下车，向你走去，你也向我走来了，你父母远远地看着我们。你很惊讶：你怎么这个时候回来了？我说我爷去世了。你安慰了我几句，然后我们就匆匆告别了。

以前也曾有一次，你用那样柔和的声音安慰过我——当我把一件极伤心的事告诉你时。你的话音一落，我的眼泪就像断线的珠子一样往下掉。当时，我们站在教室门口，门是关着的，其他同学在上早自习。我不能进教室了，我说你进去吧，然后就到操场上去了。

那时也是冬天。天空布满荒诞的灰色。我在操场的角落，踩着冬日的荒草，走来走去，一直到下自习。你知道吗？我在操场转的时候，真是百感交集，因为从我落泪的那一瞬间，我就爱上了你。因为我是那样孤独的一个少年，你是第一个看见我的伤口的同学，而且是女同学。也许，你并不知道那对我意味着什么。然而，与一股爱情的热流在血液中蓦然激荡的同时，我亦深感那爱的无望，一阵阵寒冽的冷风逆着那股热血灌向我的整个灵魂。

不知为什么，我总感觉那次在车站的邂逅是我们的最后一面，虽然，那不是——后来，我放假回来时，你还看过我两次，最后一次还拿了些你母亲做的汤圆。而我却再没有找过你，最后两次都是你来看我。你那时在复读。真的，我不知道你复读一年的所思所感，我们再也没有交流过。对你的深情，似乎只是我极度孤冷时的一道温暖的光。难道所有的爱都是源于孤独吗？我最大的病根就是孤独。我对你的爱是病态的产物。这一点，你大概永远不会知道。但，如今，我为我的疏忽深感自责。自从我们各处一方之后，我甚至没有设想过我在你心中的位置。你是怎样熬过那些时光的？如今，我想象着你当时的无助，但这想象恐怕是最真实不过的吧。

你家离我家不远。就是现在，虽然你在外地，我也可以轻而易举地找到你的父母——然而，我并没有去过。

记得第一次去你家，真是滑稽。那天照完毕业照，同学们一哄而散后，我独自朝教室走去。在路上，我看见你和你最要好的一个女同学在聊天。我知道，在一间教室同坐的日子马上就要彻

底结束了，我感到无比的忧伤——我对高考感觉不到任何意义，只有精神的扭曲，而在这扭曲生活中的爱情的嫩苗注定要死去，生活似乎是彻底的丧失。但我还是鼓起勇气，走到你跟前问你家的住址。你很爽快地对我说，等会儿告诉你，然后继续和那位女同学说话。我回到教室，翻开书本，发现书中藏着一个纸条，上面写着"某号楼某单元几楼右边"，是你的笔迹——原来，在我问你之前，你就把这张纸条夹在我的书里了。

夏日的野花，散发着淡淡的香气。我揣着你的纸条，梦想着短暂的未来。

高考前几天，学校放假了。我在家里，实在待不住。那天中午，我毅然决然地走出门，去找你。本来，去你家需绕道而行。为了方便，我径直从五中的墙上翻了过去，五分钟后，就到你家了。你和你母亲在家。你母亲很客气。我待在你的房间里，几句话之后，就不知说什么了。你拿出你的影集让我看。你一边给我指点照片，一边笑——你那无忧的笑。过了一会儿，你母亲上班去了。我问你复习得怎样了？你说，还可以。看着你无忧的表情，我便自惭形秽——因为，你的快乐对我来说是那么不可企及，令人神往。然后，我们分别坐在沙发的两头，开始看电视，彼此都无话说。我当时的心情仍是沉重的，我不知命运的潮水会把我们推向何处。这样尴尬地坐了半会儿之后，我就走了。我在我的一首诗中，描述过当时的情形：

　　我们分别坐在沙发的两头

　　好久没有说话

　　那年我们十八岁

对你的回忆，我无需再多说了。但有那么一幕，在我的脑海中依然那么动人。考完试了，我去你家。一开门，是你；你一开门，是我。你回头，转身，然后喊你的母亲，你父亲也在。都坐下了，水都倒好了，而你还在笑着——你从一开门看见我就开始的笑，那大概是兴奋与羞涩的双重作用。还是在那首诗中，我这样描述了那一幕：

　　　　你一开门就笑
　　　　几分钟过去了
　　　　你还靠着你母亲笑着

2005 年 9 月 2 日

早　晨

在我的印象中，只有童年的早晨才是真正的早晨。

我三岁半以前住在外公外婆家。外婆家离飞机场很近，每天清晨，我都能躺在床上听到一架又一架的小型军用飞机从屋顶上空飞掠而过的声音，那声音是如此切近、宏大，似乎抬起头来，就可以碰到飞机。有多少次，我都真真切切地想站在屋顶上，轻捷地攀上飞来的机翼，向远处飞去。每当这时，我就悄悄地起身，穿衣。外婆不停地进进出出，外公不知在院里忙些什么。外婆见我起来了，就过来收拾床铺。我和外公外婆睡在一张大炕上，我从来不知他们的早晨是从何时开始的。那时的我生活在棉花糖似的云朵里，每一天的早晨都是这样恬然地到来，而今想来，仿佛隐约的旧梦。

记得我八九岁时，有一天凌晨五点多就醒了，怎么也睡不着。我听见操场里传来"啪、啪、啪"的踢树的声音，父亲说那是一位从部队转业的年轻老师在练功。我当时兴奋至极，便跑出去跟他学。那时，天光未明，在一片沉寂的氛围中，我的笑语声格外清亮。人们都在熟睡，我感到我的早起是对迟起者的超越，仿佛只有我独享了天亮之前的寂静中的神秘。

后来，在初中的时候，我写过一篇描写早晨的散文。记得文中写到早晨上学时所看到的微茫的蓝色的晨烟，那是一种晨霭与晨炊相混合的青烟，早晨就是在那样的天光中，在清脆的自行车声、低沉的人声及渐次到来的暖意中开始的。可惜那篇作文不见了，我中小学时的许多作文都在语文课的教室里被老师朗声诵读过，而那些作文本竟然奇迹般地消失了，如同那些浮现而又飘散的早晨。

真正的早晨也许意味着某种新生。在我尚未脱离幼小，当致命的感伤和疲惫在我心中留下深邃的黑洞之后，我就再也没有感受过早晨的新鲜和空灵。中学时代，每天的早起，只是无尽的抵抗乏味和厌倦的开始，而夜晚则是久久的难以入睡。很多次，我试图回忆我的高二，却总是一片空白，我想不起高二那一年有什么令我难忘的、不寻常的事情。也许，在高二那年，我并不存在，或者我的灵魂和肉身分开了。至高中阶段，我已完全无法接受被抽空了灵魂的白天坐在教室晚上回家睡觉的监狱似的中学生活。当然，我每天都是在晨光的笼罩中抵达学校的。可是，一个在高一时就读过《论语》《中国通史简编》《中国文学史》（社科院本）《海子骆一禾诗选》《叔本华论说文集》、罗素的《西方哲学史》以及几十本《读书》杂志的思想早熟情感落寞落落寡欢的少年在通往灵魂荒芜的重点中学的日复一日的早晨的路上，如何能感受到旭日的新鲜和年轻血液的涌流？

真的，于我而言，早晨的新生气息早已成为童年的童话。长久以来，我真的不知道黎明是如何诞生，天光是如何洒向万物的，而我对黑夜却如此熟稔，我的灵魂已习惯于在黑夜中沉潜、升腾，我甚至学会了在黑夜中完成重生。

早晨，犹如童年的一个玩具，一闪而过。

2005 年 6 月 14 日

操　场

自笑低心逐年少，只寻前事揽霜毛。

——曾巩《上元》

从儿时到现在，我的生活环境没有离开过学校。家父是中学教师，我的家一直在学校，而我一路上学，毕业后做了大学教师，仍是在学校。因此对于学校，我算是比较熟知，有点发言权的。进而言之，一个人长期生活的特殊环境，比如学校、乡村、工厂、部队、市民聚居区等等，对于其个性气质，恐怕都会有某种影响吧？不是有"厂矿子弟"、"农家子弟"、"部队大院出身"这样的词吗？但成长于学校环境的人，似乎并没有特别地被归类、总结。也许是因为每个人或多或少都有学校生活？但像我这种，既在学校上学，家又在学校的人也很多，是一类人——与厂矿子弟、农家子弟等相比，有什么特殊性吗？不太清楚。我想无非就是沾染的文化气息稍多一点，生活环境相对单纯罢。

而在学校当中，有一个特别而又极其重要的地方，那便是——操场。我对操场有很丰富的记忆。从 5 岁到 21 岁，我家的屋子就位于操场边上。操场、教室——教室、操场，我的身影在这些空间中飘来飘去，记忆中充斥着那些长方形的开阔、平坦的土地，还有长方形的房屋。

二十世纪八十年代前期，1982年，父亲的学校平凉五中在操场西侧修建了一栋坐西朝东、南北走向的两层楼，一楼是教师住宅，二楼是学校的办公机关，两家一个院子，以砖墙相隔，共十四户，七个院落。我家被分到了南侧第一户。这便是我成长、生活的地方。出门是院子，出了院子，就是操场。那时的操场，都是土操场。我上的小学、中学，都是土操场。后来有一年，好像是我读研时，有一次回到母校平凉一中，发现操场全部用水泥硬化了，大吃一惊——这还是操场吗？此后，我的脚再没有踏上母校的操场。而今，我发现有些小学的操场也变成水泥地了，我当年对这一景观的大惑不解也变成了漠然视之。

我6岁时遭遇的一次事故，即发生在我家院子外的操场上。那年夏天，操场中间堆了一大堆麦草摞，我们一群孩子在麦草摞上疯玩。那是傍晚时分，我站在麦草摞上，突然冒出一个疯狂的主意——单手翻跟头，我大喊道："你们看我的！"于是我单手朝下，两脚朝上在空中划了一个圈，瞬间，似乎进入了另一个世界——我的右胳膊抬不起来了，我发现我的右臂小臂部分变成了S形，原来我的胳膊骨折了，这时才感到疼痛，呼叫起来，小伙伴们飞快地去叫我的爸爸妈妈。幸运的是，父亲很快得到一个信息——隔壁院子刘老师有个学生的奶奶是个有名的骨科大夫。于是，父亲连忙用自行车带着我自西向东穿过小城，行了很远的路，找到了那个老奶奶。那老奶奶把我的胳膊看了看，猛然大力一捏，我一声尖叫——结束了，那个明显的S形在老奶奶的手掌下被打回了原形——她给我做了正骨。正骨完毕之后，老奶奶用白纱布在我的胳膊和肩膀之间缠上了绷带。再后来，就是去医院拍片子，等等，记忆不深了。

那年九月，父亲刚好要去外地上学读书，母亲要上班，姐姐读二年级了，他们一走的话，就剩我一个人了，所以，父母在那一年把我送进了小学。我是缠着绷带去上小学的。我清晰地记得，美术课老师让画苹果，我只好用左手画了一个苹果。后来听父亲讲，他在 6 岁那年也骨折过，是从一个高台子上玩耍时摔下来，磕在一个台阶上。我也是 6 岁骨折——父亲说：这只能用命运解释。

我读的小学是平凉市西郊小学，与父亲的学校平凉五中仅一墙之隔，所以我是同学当中回家最近的一个。两校之间的墙并不矮，翻墙不易，大约到小学四年级以后，我可以从那堵墙上翻过去了。从西郊小学翻墙过来，就到了五中的操场上。有一回，五中开运动会，我们在小学这头听见广播里传来的反复播放的响亮的《运动员进行曲》，很是兴奋，于是我和两个同学一起爬上墙头，观看五中的运动会，可是却被班主任发现了，老师认为我们这是危险行为。后来，那天下午放学后，我还没回家——站在操场上被罚站，直到母亲派姐姐来学校找我，我的罚站才结束。

我小学时很调皮，做过很多危险事情。还有一次，大约也是四年级时，课外活动期间，我爬上了学校操场上那个铁质的黑色爬杆（我爬杆爬得很快）的横梁，然后用双手把身体撑起来，两脚悬空，从一头往另一头挪动。我在上面胆大心细地挪动，一个男同学站在地上，仰着头，连喊带笑地加油喝彩。当我完成表演，下来之后，便被老师请了去，连同那位男同学。那是我们的班主任，叫马金凤，对我很好（我一到三年级时的班主任李玉芳老师，也对我极好，像母亲一般。现在回头看，那样善良的好老师在八十年代比较普遍，不像现在的一些老师，越来越散发出一种豺狼的气息。当然，这是社会大环境使然）。马老师坐在椅子上语重心长地数说、劝说着我俩，我俩面对马老师，端端地站在那儿听。忽然，我咯咯地笑了起来，想忍，但越忍越控制不住，我旁边的那位也被惹笑了，我的笑声从咯咯变成呵呵，笑神经推送出的气流越来越急促，最后像决堤的水一样把我的口腔完全打开了，我哈哈大笑……马老师诚恳的说教被迫停了下来，她没有生气，也没问我为什么笑，之后，我们就老老实实地关上了马老师的房门，出去了。

对，那时的操场是土操场。土操场是一种特殊的地方，既没有水泥，更没有塑胶跑道、假草坪。它上面没有建筑，也没有作物，它有一个规则的椭圆形的 200 米跑道，有足球门，甚至还有沙坑等。我家院子外的操场上东、西两侧有两个铁质的足球门，红色油漆，色块斑驳，而且没有球网。我时常攀上足球门的横梁，把身体撑直，两脚悬空从一头挪到另一头。操场上时常是热闹的，人影交织，人声喧腾，直到放学后，操场便迅即空下来，那些喧哗的声音随风消逝。父亲学校有一个体育老师，训练了一只女子垒球队，甚是认真，似乎每天都在操场上训练。我常常站在地上，或者坐在双杠上观看她们训练垒球。那些垒球在垒球手套之间啪、啪、啪地飞来飞去，疾如流星。我站在家门口的操场边，看着这些发出响亮声音的流星，还有那些操控流星的人。有时，家里的门是开着的；有时，是我没拿钥匙，只好在操场上等。也许，我那时是 9 岁，也许是 10 岁，也许是 11 岁。也许，我眼望那些飞驰的流星时，心情是无所住的，也许是无聊的，也许是忐忑忧愁的。

有时，会有足球毫无征兆地飞入我家院子，如果这只足球碰坏了我家的盆花（父亲爱花，养了很多盆花，我家院子里也种着许多花），父亲就会大怒，然后没收了这只足球——随后，这只球就成了他的儿子，也就是我的心爱的玩物。所以，小学时代，

我是同学当中少数时常拥有足球的人。很多年后，我才发现一个秘密：父亲以无可争议的理由没收那些足球的举动，实在是一箭双雕之举。

读到初中之后，踢足球逐渐成为我主要的运动方式。在学校踢；回到家中，操场上如果有人踢，能蹭进去的话，我便蹭进去踢。不以力量和速度见长，我以灵巧见长。印象最深的，是隔壁红峰厂有一帮子弟时常来五中操场踢球。他们是大男孩，我那时还小，和他们都不认识。这伙人中，有几个踢得不错，我路过时，就看看，心生羡慕，想混进去踢，又怕被拒绝。有时，就混进去踢了，这帮家伙也不说什么，大概认得我。其中有一个似乎是他们的头头之一，在我当时看来，踢得蛮好，身材精瘦，尖下巴，动作灵敏，左撇子。最特殊的，是他的一只眼睛是坏的，像玻璃球一样，近看有点吓人，我私下说他时称其为"独眼龙"，其实此人姓张，他的姐姐长得很漂亮。他的那只玻璃球眼睛可能是打架的结果吧，至少我们传说时是这样认为的，而他的球又踢得挺好，因此我有点怵他。那时，这小伙子大概也就十七八岁吧。可是，后来很久没见这帮人来踢球。听父亲说，"独眼龙"被人用刀子捅死了。祸端是从我家门外的操场上发生的。据说，"独眼龙"这帮人在五中的操场上踢球，突然闯来平凉一中的一帮刚高考完的毕业生，他们直奔"独眼龙"打杀而来（此前这两伙人曾因踢球发生冲突），独眼龙见势不妙，拔腿狂逃，这群少年一路追赶。据说独眼龙跑到了红峰厂家属院，最后被追上，走投无路，眼睁睁地被捅死了。而这帮杀人的血性少年，正是我的学长——一所重点高中的毕业生。我并未目睹这件事。但听说此事时，我脑海里却会浮现出独眼龙被一群少年追打，左冲右突，拼命奔逃，最后跑到了一排平房前的窄道的尽头，抱头求饶，瘫倒在地——这样的画面。后来，我再没见过独眼龙。

多年以后，我看到杨德昌的电影《牯岭街少年杀人事件》，曾想起这段往事。独眼龙的被杀，当属校园暴力。双方的义气，皆因足球而起，而不是钱，或者其他。

我所在的平凉一中，是一所足球风气很浓的学校。每天下午放学前，操场上人真多啊，一拨一拨，错综交织。我在操场上跑啊跑啊，渴望能和球多接触几下，但是一不小心就会碰到人，有时跑着跑着，似乎人都恍惚了，暂时忘掉了自己的不得志、自傲、忧伤、烦恼。那个我们追逐期间的操场和足球啊，仿佛是一个神奇的魔毯，把我从现实的地面上甩了起来，飞旋、飞旋。有时正奔跑间，忽闻同学喊我："赵鲲，你爸来了！"我一看，父亲骑着车子来到操场边找我了，这意味着：我们今天不回家，去爷爷家。

进入高中之后，由于某种更加深刻的精神自觉，我开始日甚一日地极端厌倦学校生活。除了英语之外，我几乎对学校的所有功课都感到厌烦，甚至包括语文，因为我高一、高二时的语文老师有种把语文课讲得味同嚼蜡的本领。那几年，我中午经常睡过头，迟到。迟到后，有时喊"报告！"——进教室；有时，就不去教室了，径直去操场踢球。当我做出不上课而去操场踢球的抉择时，会有一种找到了自我的美妙感觉。

然而，就像一个从精神病院逃逸的病人，一番游逛之后还是会回到精神病院一样，我偶尔的旷课、踢球，并不能推翻什么，也无法使自己获救。事实是，一天一天像合并同类项一样累积的苍白空洞的日子让我高中生活的孤独、压抑，病毒一样不断滋生，壮大。它像一个巨大的毒瘤栖居在我瘦弱的身躯和与众不同的灵魂中，而众人却视而不见。临近高考前，一天晚饭后，我和

父亲在家门外的操场上漫步，炎热的空气中弥漫着一种灰黑色的窒息的味道，我用低沉的声音给父亲说："我不想高考了。"——高考等于让我全力以赴去做一件我极度厌恶的事情，并且我对一位女同学的默默的爱恋让我每天的生活都变成了对精神安慰的竭力的自我压制——虽然，高三那年，我一直是第二名，所以，我对父亲说出了那句话。父亲当时的声音也是低沉的，他说："要么就不考了吧。先做个小生意也行。"于是，我们都不说话了，继续在操场上慢慢地走。如今，我明白了，假如教室是一种人，操场是一种人——那他们完全是两种人。

平凉五中的操场南侧，有两棵大槐树，树干甚粗，灰黑色的树皮裂成一道道的沟壑。它们太粗大了，我从来没有爬上去过，只能在捉迷藏时拿它们当掩护。西面的一棵，在我家客厅窗前就可以看见它那阔大的树冠。印象最深的是刮风的时候，也许是春天，也许是秋天，大风呼啸，我关着门，坐在客厅的书桌前往外观望。似乎有很多这样的白天，我一个人，坐在光线昏暗的窗前的木椅上，望着窗外石灰色的天空，那棵槐树凌乱的树枝在暴风的击打下狂舞恣肆，没有愤怒，没有伤感，没有喜乐，只有忽而上举、忽而飞渡、忽而摇晃的舞蹈的姿态，似乎像一个被鬼神附体的人疯狂而毫无章法地舞动着自己的肢体，向天空中隐藏的大灵传递咒语。

操场北侧，最早时连砖砌的围墙都没有，而是一排高大的杨树，杨树下是一条窄窄的水渠。再往北，便可算是野外了，有麦地，还有很多树。夏天时蛙声一片。有时黄昏以后，走在操场上，在微亮的光线下，会看见左一只、右一只的青蛙，蹦来跳去，你得小心了，躲着走，否则会踩着不在乎交通规则的青蛙。秋天，操场北面还有杨树的时候，我们曾玩过一种游戏，叫"拉

素瓷静递

022

拉根"。玩法是：把飘落的杨树叶的叶片摘掉，留下叶柄，然后用牙把叶柄咬一咬，但不要咬烂，再把这咬烂的叶柄在土里面蹭一蹭，即让土粘附在叶柄被咬烂露出的筋丝上面；然后，两人拿着这东西，往一块一勾，开始用劲，看谁把谁的拉断——这就叫"拉拉根"。别小看这简单的游戏，也有诀窍呢。自己的"拉拉根"要厉害，肯定得粗一些的根；但粗不一定厉害，咬烂之后，如果没粘土，就容易被拉断，土和唾沫混合之后其实起到了粘合剂的作用。而你选择的杨树叶不能太新，要稍微老一点，但也不能太干，这样的叶柄最有韧性。这是我小学时玩过的游戏。后来，我才知道古代有"斗草"之戏，正是我们玩的"拉拉根"。小学六年级以后，操场北面陆续迁来了一四六地质队家属院，以及国防工办丰收机械厂，那些麦地和树便消失了。操场边的杨树被砖砌的围墙取代，我再没有玩过"拉拉根"。

大学时的操场，对我而言有什么特殊之处吗？没有。因为我的家不在那里。迄今为止，在我和操场之间，再没有过可歌可泣的事情。有件大学时的往事，或许可以作为这篇回忆文章的结束。我大一第二学期期末考试前，因为要突击一门我从不去听讲的课，一个周末的上午，天气晴好，我便拿着那门课的教材去操场上看。我坐在操场边的水泥看台上翻那本书，越看越愤懑。这时，我的一位女同学也在操场上看书，看见我，她凑了过来，我们聊了会天，聊着聊着就说到了考试——突然间，我站起身，把手中的书往下一松，同时以娴熟的脚法，用我的右脚一脚把那本书踢了出去，那本书被踢得比不远处的教学楼的楼顶还高，在空中变了形，呻吟着掉落下来，重重地砸在操场上。恰好，一只被洗了脑的谨小慎微的蚂蚁从那本书的落点上经过，幸运的是，它没有被砸中，却被吓坏了——它用上帝赋予它最快的速度逃离了

事故现场，我甚至怀疑这只蚂蚁翻雪山过草地一口气逃离了这所
大学。

2017 年 4 月 9 日

坚家河

　　在坚家河，我一直没有认识一个姓坚的人。这其实是一个现象，比如戴家庄、马家坡、杨家岭、段家坪……原本这些地名起源于戴家、马家、杨家、段家等当地人丁最旺的家族，可是后来这些地方姓戴、姓马、姓杨、姓段的人却很少了，甚至一个也没有了，而那些地名却仍横在那里，就像某些词，能指未变，而所指已经被抽空了。当我走出小区，向北穿过菜市场，再往东行两百米，即到了女娲路，再往前走，便是伏羲路。伏羲路、女娲路，在我的感觉中，我应当在这些马路上遇到伏羲、女娲，或者长得像伏羲、女娲，抑或具有像伏羲、女娲一样智慧的人，就如同我走在中山街、中山桥，就会想起孙中山，想起他的照片、他的历史作为。可是在伏羲路、女娲路，我却没有看到一个具有伏羲或女娲那样深邃面容的人，我感到一丝荒诞，即便是作为象征意义上的人类初祖——伏羲、女娲，也不存在了，我感觉不到。有时，我觉得祖国的人已发生了质变，我们和祖先在内质上的联系已被切断了。祖先们只能在未来的某个时刻重新降临，并与我们血脉相连。这个国度充满了这样的玩笑，有太多的词语的所指已渺不可寻，而能指却像在风中招展的旗帜或者破布一样猎猎作响，五彩缤纷。

　　坚家河，它的范围是多大？不知道。因为城市当中两条相接的地名和地名之间并没有用白石灰画出的界限。这要看感觉，而且与混沌相关。比如，一个人的影响力的范围是多大？影响力其实是一个个叠加的点，渗透在他人的精神里，而且像量子一样时刻在变动不居，是测不准的。那些某人或某事物的影响力排行榜是如何得来的？那些高校以所谓被引用率和发表刊物的所谓"级别"来判定"影响因子"的做法据说是科学的，其实是荒谬的，它不符合传播学、概率论和量子力学的基本原理和哲学观，但是这样的判定方法实际上对很多人有很大的影响力——这既是荒谬的，又是现实的。对，荒谬而现实，那些荒谬的事，它们就那样存在着，像城市河道里汩汩流淌的污水，像汹涌澎湃的空气一样，一浪一浪地扑打着我们的全部生命。

这是汹涌、多彩而又温柔的春天，又一个春天来到我的生命里。我站在春天的楼群之间瞭望，瞭望缤纷变幻的天空，以及像分子运动一样纠结繁杂的大地和人群。我居住的小区景园水岸都市，就位于坚家河。这里算是坚家河的中心。坚家河的标志是坚家河菜市场，以及3年前迁来的花鸟市场。菜市场位于景园小区东面一条被称为"友好路"的南北走向的路上。我家位于小区东面的一栋楼的东南角部位，所以，我下楼，出了东门，便是菜市场。站在家中的玻璃窗前下瞰，也可见菜市场。但景观不同。站在18楼俯瞰，熙来攘往的人群像风雨将至前四下乱窜的蚂蚁；倘若从38楼下望，他们就是一个个移动的黑点。的确是黑色的——黑色的头发，衣服也大多是黑色的。夏天则浅色衣物居多。为什么在冬天、春天、秋天，人们穿的衣服大体是黑色系的？人们有没有互相商量？没有吧。这大概是一种集体无意识的趋同。对，我们以为自己是独立的、自主的，但其实只是有意无意地趋附于某些观念，是那些观念操控着我们。而这些观念的操控者又是谁呢？

　　不过，除了黑色，还有红色。黑点，基本是男人；红点，是女人。红与黑，男与女，它们有必然的联系吗？司汤达不是有小说曰《红与黑》吗？红流向黑，黑流向红，然后成为红黑色，或者黑红色。那是否世界的深层核心的颜色？比如通红的太阳，以及黑暗的子宫。色彩也是世界的内核之一，它以神鬼不知的方式在万物当中示现。色彩和形状以艺术家以及设计师的方式造出人和物，将他们区别开来，同时又保留着人与物之间微妙的相关与相似。那些蚂蚁般移动的人群（几分钟前，我也是其中的一只蚂蚁）是买菜、买肉、买水果的人，人行道上还有穿梭行路的人，此外就是那些卖菜、卖肉、卖水果的人。说是菜市场，其实这里还有很多卖小商品的人，总之都是小商小贩。卖菜者，有农民，有菜贩子，菜贩子都有固定的摊点，那是他们的势力范围。买菜者，则除了黄种人，就是黄种人。之前我们小区搬来一家美国人，一对三十多岁的夫妻，是我们学校的留学生，The American lady is very beautiful，态度也好，他们有两个女儿，一个儿子。有一次，我跟他们聊天，那位中文名叫李湘的美国男子说他们想再生两个！我吃了一惊。这就是文化差异啊。尔后思虑此事，我想这大概与他们是犹太人有关吧——犹太人想壮大自己，因而形成了多多生育的观念。这位美国犹太人有时也去菜市场买菜，可是不到一年时间，这家美国人从我们小区消失了，据说是被国家安全部门请了出去，于是，坚家河菜市场又成为清一色黄种人的舞台。

　　无论春夏秋冬，菜市场里凌乱的三轮车，被倒来卖去注定要下锅的蔬菜，叫卖以及挑选菜果的人们，遮阳挡雨的红色、蓝色、黄色的布伞，蓝色的塑料顶棚，坑坑洼洼的烂路，两边的大

小超市、牛肉面馆、发廊、药店、干洗店、童装店、早餐店、麻辣烫店、肉铺、五金店、两元店、小额贷款公司（唯独没有书店）……它们所构成的景观是基本不变的，无非是人来人往，钱进钱出。但是每日早、中、晚之间却有所不同。早晨到午时，市场里最为喧嚣。市场永远在我起床之前就开始了演员众多、道具无数、多声部交响的持续一整天的戏剧。这台戏没有分场导演，没有封闭剧场，你随时可以登台表演，也可下台观看。如果你置身这出戏的舞台中央，你的眼睛根本不够看，你要三分钟内能把舞台上所有的人和物尽收眼底，存入脑海，你就是最强大脑。但菜市的声音，我却可以一网打尽。无非是叫卖声、讨价还价声、咕噜咕噜的人的言语声，夹杂着不远处汽车的尖利的鸣笛声，有时还有拉着一个音箱的下肢残废的残疾人拿着话筒的唱歌声，那声音有种刻意而又无奈的悲情，像海滩上露出的一个海螺，瞬间就被浑浊而巨大的浪潮吞没了。如此拥挤、孤独、无所顾忌、混杂、隔膜，有无数色彩的声音，弹奏着天地不仁的命运交响曲。最刺耳的是喇叭里循环播放的叫卖声。有一个卖毛栗子的，喇叭里一直播放着这样的吆喝声："热毛栗、甜毛栗，热毛栗五元，甜毛栗六元"——间隔几秒之后，这操着地道天水话的男人的声音再次升起，飘到18楼的高度，贴在我家的落地窗上，扮着鬼脸道："热毛栗、甜毛栗，热毛栗五元，甜毛栗六元。"这流行音乐榜上冠军歌曲似的声调，早上夹杂在一片翻滚不已的喧嚣的声浪中，如同人群中带点二劲儿的浪子。中午，市场有点像散了架，昏昏欲睡，而这卖毛栗子的红歌却像八风不动的高僧的诵经声似的岿然不动，别有用心地飞到我的卧室窗前，向我的耳轮发功。直到晚饭之后，那循环播放的毛栗子之歌才满不在乎地消失了。但只要我想到这首歌，那永不疲倦的声音就像永不消逝的电波一样在我的脑路中叫嚷，挥之不去，它大约已经在我的灵魂中占据了一块领地——而这，恰似人类被洗脑的精神淬炼过程。天黑之后，菜市场猛然间像刚结束了战斗的战场似的，买家和卖家的大军都撤退了，剩下一些卖水果的守军，还有几个挥舞着长笤帚的清扫战场的清洁工。战场显出了它的原形——原来它只是一条路，并不是专门的规范的菜市场。这条名叫"友好路"的不到10米宽的马路，被买卖大军摧残得破烂不堪。可谁在乎这些呢？这个世界到处都是战场，甚至包括远离城市的风景区，人们在乎的是攫取与博弈，谁在乎场呢？天空、大地，众人以及万物皆在这大场之中，以至于我们根本不在乎它，不在乎这让我们容身其间，得以生存的空间。我们把垃圾撕成碎片，抛向天空，那些垃圾像最后的雪一样落下来，我们又将其点燃，如同往死火山碗形的山口内抛入一个奥运火炬，点燃了人类伟大的意志，那火焰让地球在银河系里光焰万丈，无比璀璨，以至于改变了宇宙黑洞自燃的速率。有很多个晚上，我走下楼来，路过在黑暗中喘息的菜市场，风吹起的塑料袋在我的头顶翻跹，发出叹息似的与空气摩擦的声音，鱼腥味以及腐烂的菜叶变成了暗紫色的光线，在空中兀自舞蹈，意欲享受这黑暗中的寂静。我站在那里，仿佛在阅读整个城市以及国度的秘密日记，而这日记似乎就是我曾写下的书，有种颤抖的难以言喻的哀凉和悔恨，那些我无法重写的生命之书和无力承担的事物，在心里萦回盘旋。有一回，我从寒冬的夜晚匆匆回家，经过菜市场，忽然瞥见路旁站着一个赤身裸体的男子，他背对着我的方向，披头散发，一丝不挂，手里似乎拿着什么东西，但放在他的身前，我看不到。我意识到，这是一个流浪汉、乞丐。我观望了几秒钟，寒风刺骨，他就一动不动地站在那儿，像一尊肉色的名人蜡像，因为没有证件被蜡像馆赶了出来，站在路边发呆。

顺着菜市场往北走，来到一个十字路口，往东是伏羲庙，往西还是坚家河。速 8 酒店，以及各种餐馆，一路排开去。小商小贩们，在人行道上拥挤不堪，他们为制造某种市场繁荣以及生活的热度不遗余力。然而，往西不到 100 米，一溜小饭馆的尽头，噪音便弱了下来。有一回，我和妻子在附近吃完牛肉面，打算从伏羲中学对面的巷道穿过去回家。走入巷口的小坡，我指着旁边的一排极其低矮、破旧的平房说："咱们进去转转吧。"要再下几层台阶，才能站到这排平房前一米多宽的通道上。这排房子的屋顶和路面几乎齐平，是砖房，瓦顶。那是中午一时许，我走进一家人的门户前，朝里一望，见一位年轻女子正在屋内被隔开的一个小隔断里低头炒菜。一个三十岁左右的矮胖的男子循声出来，我跟他们打了招呼，说：走到这儿，看看。他们热情地把我们引进家里。进得屋来，我便进入了只透着些微光亮的阴暗中。一间正屋，旁边一个小隔间。正屋居中有个天窗，说是漏雨，于是后来就改修成了天窗，但这天窗并不透光。从天窗下方，吊下来一只白色的节能灯。北墙上有一个 3 米多见方，分为 4 格的窗户，是这间屋子唯一的窗户，但窗后面紧挨着一幢三层民房，所以能透进的光亮很少。正屋进门左手是一张床，旁边立着一个至少有 40 年以上的高高的木柜子，对面靠门附近摆着一张非常破旧的沙发，我们被招呼坐在沙发上。主人——那位男子的父亲，一个 60 岁开外的大伯跟我们聊了起来，他说这排房子建于 1955 年，如今已经 61 年了，他儿时就在这间房里长大。房子的确破旧，他们也想换新房子，但没办法，前后有五位市领导看过，却没人管过。老人说他原来是天水市木器厂的，后来厂子解散，下岗了，于是只有靠低保过日子，直到如今。这家的家庭成员有：老

俩口，儿子，媳妇，一个一岁多的孙子。老人、老太太、儿子，毫无戒备蛮有兴致地和我们聊了十几分钟，我们起身告辞，他们全体出屋，送别。我注意到：矮胖、貌丑而又憨厚的儿子腿有些瘸，可能是小儿麻痹症，而那个一直没有说话、来回做家务的媳妇似乎把饭做好了。这女子长得颇有几分俊秀，却格外沉默。我心下诧异——如此其貌不扬的小伙子，如此贫穷的一家人，怎么会娶到这样一个俊秀乖顺的媳妇？想想也就罢了，不再深究，正如这车水马龙的大路边的城市贫民屋给我的震惊，谁会去深究这些呢？这些印象、这些感怀，像一阵雨一样在我的心田里飘洒而来，不久便沉入土壤，渐次淡去了。我又被其他的事物推着走，正如这年代、这久远的社会，浊浪滚滚，我们在水面上翻腾着，滔滔而去，有几人会深究淘尽英雄淘尽凡人的浪花之下的那个幽深广大的世界呢？

沿着这排贫民窟旁的窄巷道往进走，七扭八拐，两边全是两三层的民房。通常有狭小的院子，水泥漫地，外挂式的楼梯连接起一楼二楼和三楼。我从这里经过，通常只拐三个弯，就进入景园水岸都市，回家了，其他方向的巷道从未涉足。巷道之间布满错综高低的电线，各家楼房的朝向、高度各不相同，有些楼房之间的空隙几乎仅有一人之宽，形成"一线天"式的景观。这里没有汽车，只有骑着电动车以及步行的人穿梭其中，巷道的路上随处可见垃圾。总之，这里简陋，拥挤，凌乱，苟且，容纳了不少住户，但绝对都是卑微的平民。城市的伟大与怪异，就在于它是一幅构图、色调、质感、温度极为混杂的图画，华丽壮阔和伧陋破烂同处一片天地之中，也许它是人类社会以及人心更为真实的图景，充满着我们从未改变的存在的落差、习以为常，以及彼此的交替。

有一回，我看到一个纪录片《客从何处来》，演到台湾导演钮承泽大陆寻根，他徘徊在天水这座小城的大街小巷之中，原来他的太外祖父是当年雄霸天水、陇南一带的北洋军阀"陇南王"孔繁锦。我竟然从未听闻过孔繁锦这个对天水乃至甘肃有重要影响的历史人物。孔繁锦乃安徽人氏，1919年冬，甘肃督军兼省长张广建派孔繁锦带三营省防军抵天水。孔原为张广建胞弟（因过继给舅父家，改姓孔），民国3年随张到甘肃，任张的亲兵司令，袁世凯授其为"铭威将军"。孔繁锦在张广建的支持下，主持陇南军政，不断扩军，成为独霸一方的地方军阀。在北洋时期，孔算是一位小军阀，但对于天水、陇南两地，则影响重大。在孔繁锦统治秦州的八年间，他设造币厂，大造铜元，滥发纸币，致使物价飞涨，百姓叫苦连天；屡换货币，使小商贩相继破产；大兴土木，广征民夫，加大税收，繁重的劳役、赋税，致使民不聊生；大开烟禁，毒害民众，迫令农民种植鸦片，种者收烟款，不种者收"懒务款"，于是，陇南一带罂粟遍地。然而，北洋时期的军阀大都具有两面性，一面横行霸道，极力敛财；一面发展经济、兴文修教。孔繁锦也不例外，他通过各种肆无忌惮的方式敛收的大量钱物，除用于官府经费和供养军队外，还用来兴办实业，先后创办了陇南机器局、天水电灯局、和丰制革织毛有限公司、天隆纺织厂等工厂，这些工厂为甘肃省的工业奠定了一定基础；他还资助办学，修建西医医院；整修街道、兴修公路，便利交通；拓宽街道，加固河堤。此种人物是社会的祸害，还是功臣？显然不可一概而论。在我看来，孔繁锦的贡献实大于其破坏。1925年，孔繁锦被杨虎城部下的国民军击败，从此倒台。他先是逃离甘肃，及至北洋军阀彻底溃败后，又返居天水，1951年病逝于天水。而孔繁锦晚年闲居之地，就在坚家河。电视中播

出了孔繁锦晚年居于坚家河的邻居的后代，作为见证人，他指点的孔繁锦家的住所正在如今这片鱼鳞般的民房当中。呜呼，成王败寇，曾经威震一方的枭雄，不出百年就被抛掷在了历史的荒野中，无人问津了。历史，二千年、五百年、一百年，甚至五十年的历史，它们的真相，大多都在雾霾中消散或者模糊难辨了。我们一边创造历史，一边毁灭历史；既渴望历史的真相，又厌烦历史的事实；我们不堪其重，不堪其扰，想活在当下，又无力活在当下；我们把历史当皮球踢，当气球吹，我们用所谓"新闻"来包裹自己，我们岂止是不尊重历史，我们简直不尊重时间；因为我们不懂得如何在时间中安放自己的生命，生命的血肉、智慧、根系。在过去、现在和未来之间，有无数条血脉，如同坚家河这些高低错综的电线，这些此起彼伏、碰撞共鸣的人声，这些飞鸟划过的痕迹，这些阳光与花香和绿叶翩翩起舞的流动舞台，这些在下沉的憾恨中逆冲而上的金黄色的愿望的飞影——我们如何疏通这些血管，让生命之源奔流，让死者复活、生者蓬勃？

从这片民房往东绕过来，就是我所居住的小区了。小区朝南的大门外，是滨河路，近年来这里日益繁华、喧嚣，人很多，车更多。除了人就是车，除了车就是人……除了车多、喇叭声多之外，洗车店也多。小区外一楼道边有好几家洗车店，我每次从这里经过都要给正在喷水、擦洗、倒车的车们让路，倾斜的人行道上流淌着洗车的脏水，让我难以下脚；领着孩子时也很难在这里走路。有时我真想一脚把这些汽车都踢飞，踢到钢厂的炼钢炉里，增加祖国的钢产量，好让爱国者们自豪、自大。

哦，多么纷繁的剧场！春天来了，夏天也来了，花朵们含苞隐忍，当机怒放，当明媚的蓝天在海洋中照见镜子，俯身降临，我看到无数人扛着自己的头颅在街市上行走，发出咕噜咕噜的语

声，树木挣破空气的嫩壳，抖擞着无数纯真无畏的精灵，太阳是一个超然物外的灯光师，他忽而撒出明光灿烂的种子，忽而又任性地收走一切。于是，暮色欲坠，归鸟翻飞，我在窗前对月。那月亮，是一把镰刀，它轻轻地倚靠在云气之上，哼唱歌谣。风伯刚才还像一个暴怒的革命者一样狂吼示威，现在却安静下来，变成了一只温柔的小猫，蹲伏在直插云霄的教堂的巨大窗棂的窗台上。我站在卧室窗前，没有开灯，小城中央的大型商场的巨型电子广告屏变幻着光线和色彩。我像一只松鼠一样蜷缩在床上，时间仿佛南美洲的蚂蚁大军似的踩着我的毛细血管，趟过我的血液，走过父亲、母亲正在下沉的山坡，那里是一片深渊，我们都在往下坠落，我拼命地用一天活七天的速度追赶着夸父扬起的紫色披风，企图用我的大力举起那些正在消散的歌喉婉转的人们的心脏，而窗外蛙声一片，骊歌正酣，我却一夜头白，像被风吹起的细柳一样散开，像这春末的白丁香的歌声一样，随意飘散，在风中，越来越远。

2017 年 5 月 1 日

若无其事之《牵天机》

在师大旧文科楼前的一棵柳树下，我碰上了我的大学同学Z，旁边有个灵动可人的女青年盯着我看，我说："这位是你的女朋友吧？"

"噢。"Z有些羞涩，亦有几分喜悦地笑笑。

Z是个很有才华的文学青年，这几年在上海混。怎么在这里——兰州，师大，碰上这厮了呢？哦，无他，这是我梦里的情形。

我给Z讲了我昨晚做的被追杀，最终拿出我的折叠摩托车逃脱的梦。Z说，你怎么老能记住你的梦境，我就不太行。我笑笑说，记住的几乎都是噩梦，怪得很，范仲淹词云："夜夜除非，好梦留人睡"，此等清福，我是无缘得享了，哈哈。

Z于是像个理论家似的抛出一句话："据说能够经常记得自己梦境的人可以预知未来。有一部书叫《牵天机》，就是讲这个的，你应该看看。"

"我有这本书，呵呵。"Z的女朋友在一旁像个真正的高人似的若无其事地说（真正的高人总是若无其事的样子）。她笑着，似乎因我俩刚才的对话而发笑。凉风拂来，几根柳枝在她的身后摆过去。我注意到她扎着两根齐肩的辫子，两鬓略有几丝乱发，是个清新而又苗壮的南方女子。她用左手将右面的辫子一捋，

说，走，我带你去看那本书。

于是，我跟着这女子还有她的男友 Z 来到了他们租住的房间。

一进门，她先换上拖鞋，然后二话不说，跳上床，诡秘地看了我俩一眼——我们都不知道她什么意思。她穿着六分裤，抬起右腿在空中比画、晃来晃去，然后，她走到枕头跟前，用脚丫把枕头掀开，露出了一本书——《牵天机》。

此时，我的眼前突然出现一道玻璃墙，我打算从这道玻璃墙穿过去。然而，就在此时，那女子从玻璃墙里出来了。我问她：你干吗去？她说，我刚从梦里出来。我说，哦，我要进去。

2006 年 3 月 18 日

杀人之梦

我梦见我和我的一个同伴在一间屋子里。突然，一个男人冲进来，用枪顶在了我的同伴的脑袋上。他把他推到一张桌子跟前，威胁着我们。此刻，我在屋内走了四分之一个弧形，走到这个持枪者的正面大约十步远的地方，我毫不犹豫地掏出手枪，朝他的胸膛上连打了五六枪。而此人却还没死，我便用左手把他扯了过来，右手握着枪头，用枪把死命地砸他的头，直到这个人瘫死下去。

这时，一群军警从外面涌了进来。他们给我戴上手铐，把我扭将出来。迎面，亮晃晃的阳光，让我感到来自上苍的无声而严厉的惩罚。这时，我被告知：持枪者的枪是一个玩具枪——我防卫过当了。

当我被押出门的那一刻，我的内心有一个几乎在哭泣的声音呼喊着：我这一辈子就这么完了吗！

一种前所未有的恐惧将梦变成了"梦"。

2005 年 8 月 25 日

逃亡　逃亡

　　恍惚中，我跟着那个自称是我的弟弟的少年来到了一条郊外的沥青路上。两排笔直的白杨树在风中耸动着树叶，这似乎是我儿时常去的一条路。

　　那少年一直沉默着，而我也不知跟他说过些什么。他转过身望了我一眼，便继续走路，而我突然意识到他的表情是那么的阴郁。当感到杀机近在毫厘的同时，我已转身逃奔。此时，逃亡的路变成了下坡。我的奔跑如此之快，以至于我赶不上我的脚步，而我的脚步更赶不上我的逃亡之念。

　　一转眼，我来到了一个分岔路口。看见姐姐站在一辆停止的卡车上吃东西。她一手举着食物，一边无比惊异地看着我。我仰头望着她，无比哀伤，因为我的余生已来不及说话，而我也看到了姐姐对我的前所未有的哀怜。就这样，我像一阵风一样跟姐姐打了最后的照面。那个少年愈追愈近。很快，路边出现了一处农家院舍，我飞奔而下，迅速藏到了一个麦垛背后。抬起头，我看到那个自称我的弟弟的少年像一个幻影一样从路上飞跑而过。我的梦，就这样戛然而止了。

2005 年 11 月 13 日

掠过灵魂的噩梦

也许是天人感应，也许是身上盖的夏凉被太薄，当震彻天宇的惊雷让我翻身惊醒的时候，我正做着一个可怕的鬼梦。当时，我正左侧着身子沉睡。突然间，我感到一个鬼睡在我的身后，我的右手本能地向身后的虚空打去，但霍然惊醒的我发现，我只是使劲拍打了床板而已。与此同时，我听到了令人惊恐的巨雷和瓢泼大雨的响声。

噩梦似乎要在我灵魂的幽暗水域中肆意释放足够多的毒气。一个我从未经历过的鬼梦结束之后，我又变成了一只猫，被一群鳄鱼追赶，而我们生死角逐的地点却是楼道。我跟着一群猫在跑，鳄鱼们穷追不舍。幸好，作为猫，我会爬墙。当我爬上光滑的墙壁时，那群鳄鱼停止了追赶，并怏怏而去。

这种被群体追杀的梦，是一再出现在我的梦境中的一个原型。每次我都最终得以摆脱，而不是死去。而这个梦竟然把我变成了一只猫，追杀者竟以鳄鱼的面孔出现，这简直是对想象力的嘲弄。梦不是想象力，但我的梦何以如此诡异？

早上醒来，下地，我才发现，我的房门大开着，粘贴在防盗门开空处的纸躺在地上。显然，昨晚，同事小焦出去时没有把门锁好。也许，那个未曾谋面的鬼正是趁着一股猛烈的风把我的房门吹开之际，悄悄踅了进来。我不知道，这个在我的灵魂中出现

的鬼是否怀有恶意。

　　如果，此时我邀请你端着水杯，来到我的阳台上，如果你有足够好的视力，你会看到七星在天，河汉西流，槐树在黑暗中微微婆娑着身影，你的心或许会有片刻的出神。

2006 年 1 月 9 日

沙滩逃亡

这次不是我一个，而是和一大群人来到一条河边。那河有很宽的沙滩。我们先走到沙滩上。突然，从沙滩下面冒出无所不在的像地雷一样的袭击者，他们像鲤鱼一样飞腾而出，遇者必死。于是，暂时未死者纷纷跳下河水。我站在河边，犹豫了一会儿——我不会游泳啊，随即，我毅然跳了下去。河并不宽，但河水甚稠浊，几乎是泥水。已经有人上岸了，而我刚游到当中，两腿乱蹬，扑腾着，无法前进。

忽然，我又到了一条山路上，树林荫翳，鸣声上下，我发现：我已逃脱了，而且孤身一人。我继续向前奔跑，这时，遇到一群学生，他们说要到前面的风景区看看。我说，不要去啊，那里有死亡的危险。但不知怎的，我们又来到了我曾经逃离的地方。学生们欢喜自在，只有我因死亡迫在眉睫而不知如何是好。

这是昨晚的死亡之梦。我已多次记下我的死亡梦境了。死亡，仍是不时造访我的梦境的恶魔。因为，我的死亡之梦不是偶尔出现，它似乎是我的噩梦的主题，但我真不能明了它的机密所在。

跟众人一样，我的梦多数是平庸的无法记忆的乱梦。其次，是噩梦，以死亡为主题。而美梦，则很少出现。我真的想不起我有什么美梦。印象中的一次美梦，是梦见自己在特别雄奇美丽的

高山上走，那山形极美，云雾飘渺——嗯，还有一次梦见美丽的山，有奇松怪石和悬崖，那是仙境般的世界。我从未梦到我和人之间有什么美好的事情。

2007 年 6 月 4 日

死亡前奏

　　我得了绝症，快要死了，几乎是后天的事情。大限将近，心情格外肃穆，我克制着我的悲伤，看着平日里的熟人在眼前过往。这时，有几位同事在楼下叫我，还有学生，说："外面热闹得很！"我把头探出阳台玻璃，看到他们无一人觉察到我即将死去的悲凉。我强作镇定，来到他们跟前，心里寻思着要不要把我将死的事情告诉他们。这时，我又突然来到了我家以前住过的房子，房子里空无一物，四堵萧然，没有一个人，父亲也不在。我感到如此凄凉——于是，我发现自己从梦中醒来。环绕在四周的是四方形的黑暗，墙壁转折处是更深的黑线，两道窗帘中间未合拢的缝隙透着窗外灰黑的天色。凄凉的心绪依然停留心头。

　　后来，我又睡去了。

2009 年 12 月 29 日

毒 药

上次做噩梦是几个月前了吧。昨晚的噩梦是我做过的最恐怖的噩梦。

还是被人追杀。杀人者有天眼，我躲在任何地方，他都可以窥破。我梦见我躲在一栋楼房的房间里，以为会安全了，不想那栋楼突然全部炸裂飞迸，我孤零零地暴露在那里——于是，他来了。

然后，又梦见我在一间房里，还是被他看见。他的手摸了过来，触到了我臀部的裤子，我极其害怕，微微地往前缩、缩——然后，结束了。

我又听说他要从楼下西面的过道经过，我埋伏在旁边，当他过来时，我和父亲（出现了父亲）将其打倒，我看见旁边有一根较粗的方形木棒，于是我拿起木棒朝他的身上、头上一顿打，直至打死（这是我一次在梦中杀人）。然后，我把他拖回房间，发现他身上有封纸信。我拿起那信，从信中流出一股脓——在这一刹那，我意识到这是他虽然已死却仍可让我一见即死的毒药。我再一次极度恐惧和绝望。

我醒了，时间是 2010 年 3 月 11 日早晨 6 点多。

惊醒的那一刻，我产生了一个前所未有的念头——我想见到弗洛伊德。

2010 年 3 月 11 日

登石门

　　早上不到 6 点起床，6 点 20 分如约来到芝园公寓下等车。学生们都已经到了。04 丁班的学生说他们都大三了，还从未集体远游过。那好，今番我来了却大家这桩心愿。我们的目的地是石门。

　　石门是天水著名的风景区，大约位于麦积山东南十几公里处。我见过石门的风景图片，奇秀俊逸，远非麦积山一带所能比，而我一直未曾去过——今日前去，乐何如哉！

　　天是多云阴沉的。不过我已事先提醒学生们拿好雨伞，多带衣服。

　　大约八点半，已进入小陇山区离石门约 20 公里处，我们所包的 1 路车被一辆正在修路的大车挡住了，路窄，车过不去，人家也不让，让我们退后约一百米，说等他们把这段路铺好后再让过。拗不过这些工人，我们只好乖乖倒车——等，等，等啊等，一直等到 12 点，路终于铺好了，我们得过。

　　到达石门时，已是一点多。这时零零星星的雨丝从天上飘下，我们赶紧上山。一走到山路上，那细小的雨丝就被浓密的树木挡住了——呵呵，天然植物伞也。

　　随着攀爬高度的增加，周遭的山形逐渐呈现在我们眼前——快哉！真正的美总是出乎你意料的。只见四周万山连绵，山不甚

高却一律峻峭，完全被苍苍茫茫的树木覆盖，从山谷中升起的云雾在群山之间像白色的游龙一样翻腾游走，仿佛在给上天的神仙表演舞蹈。"飞云当面化龙蛇，夭矫转空碧"，秦观词境，正在眼前。

石门的山，主要有南峰和北峰。经过一段极为狭窄的山脊，一路和奇松怪石打着招呼，我们先登上了南峰。同学们兴奋至极，一路鬼哭狼嚎。当大家站在南峰顶端的大石上，遥望群山夭矫，云海缥缈，似乎都不想走了，一个劲地照相。

北峰比南峰略低，巉岩嶙峋，山势险峻，奇松挂于崖壁。当我们站在北峰峰顶时，已看不见南峰——弥天云雾彻底吞没了远山。我相信山和云此刻都感到了酣畅淋漓的造化元气的癫狂，他们相互吞吐着，抚摸着，吟唱着，即使万万年来都在上演这样的宇宙的诗剧，每一次却都欢天喜地。

我们在北峰之顶上坐下，吐纳着天地的浩气，开始大快朵颐，然后一齐下山。此时，雨点开始变大，变急。

在被云雾缭绕的山谷行进的归途中，奇迹再一次出现了——一只红腹锦鸡拖着长长的尾巴轻盈摇晃地从车前横窜而去，迅速钻进路边的草木丛中。红腹锦鸡是山鸡中最华丽堂皇的一种，其雄鸡兼有红、紫、金、绿、蓝等多种颜色，以前见到过标本，今儿个见到活物了。然而，它只是那样倏然闪过——离车大约三四米远的地方，仿佛为了炫耀，又好像是想见见人，却又心存畏惧，只好在我们眼前迅速地一晃。

车快回到学校时，我宣布请大家吃饭——好的没有，一人一碗牛肉面，同学们立刻爆发开来。于是，我带着 25 个女生，15 个男生浩浩荡荡来到西餐厅。40 个人齐刷刷落座之后，几乎占了这不大的餐厅的一半。经请示，女生一律小碗，男生大碗，先给女生上，男生端饭。等女生等着我和男生们吃完之后，在我的号令之下，我们一起唱了《让我们荡起双桨》和《打靶归来》两首歌。饭厅的其他同学和卖饭师父向我们投来惊异的目光。我说："好了，回家吧，好好休息！再见！"

2006 年 9 月 13 日

四川行

在火车上

上车时人不少，当我找到靠窗的位子坐下时，刚才在我前面验票进站的女子又出现了，她的座位恰好在我旁边。她二十五六岁的样子，黑色披肩发，黑色薄毛衫，黑色指甲油，蓝色牛仔裤，绿白相间的休闲鞋，体态匀称，略丰腴，塌鼻子，香气袭人。她的旁边是一位三十六七岁的、留着背头和两撇浓黑八字胡的中年男子。对面座上是一位抱着一个一岁多小男孩的小伙子和他的母亲。

车启动后，彼此说话。原来这位年轻的女子是天水宾馆世纪皇宫KTV的经理之一，成都人。她说她主管妈咪和小姐。过道边的中年男子是重庆人，现在成都，这次是出差来天水。在我们对过座上的几位是修天宝高速公路的四川民工。几位四川老乡开了话匣之后，首先抱怨起了天水的不好。那位英俊的、嗓音有些高而尖的民工用抑扬顿挫的四川调子说："天水，山没山，水没水，那个鱼香肉丝是个啥子鱼香肉丝！"这几位，便相互唱和开来，抱怨天水的吃食与四川比如何之差。

如此地道的川人聚会，有些话，我听不懂的。不知怎的，留背头、有腩肚的男子突然掏出了他的工作证，望着Z女士，Z女

士只偏头瞥了一眼——其实没看。我便伸手把他的工作证拿过来，一看，哦，原来是税务部门的。我说："你们这都是乱收费嘛。你的八字胡不错。"

"乱收费？原来有。现在是人性化管理。"

对面的小伙戴副眼镜，很谦恭谨细的样子，他不聊天。他的母亲撩起衣服给孙子喂奶。说是先去宝鸡，然后转车去杭州看儿媳妇，儿媳妇是东北人，在杭州打工。

Z女士给我们讲了她的一些工作情况、作息时间等，说她也不过是给董事长打工而已。那位民工开始询问天水宾馆的地点，说："老乡，能不能给打折？"Z女士说："最低消费三百八。"民工不依不饶地说："我到时候去的时候就穿这样子，行不行？""不行的。""我就这样子去，我这个样子又没法子改变。"Z女士没有应声。她说借我手机用一下，她的机子摔坏了。我便拿出手机，把她的磁卡换上，她用四川话打了两个电话。打完后，她说她让妹妹在车站接她。而我再一开机，发现我的一百多条短信及通话记录都不见了。她说，换过卡，就是这样的。

车到宝鸡，对面的母子、孙三人下车了。Z女士便躺过去睡觉。她把座位上的布罩掀起来盖在身上。我趴在小桌上迷糊，却不能睡去。身旁的税务官也时睡时醒。Z女士睡了一会儿后，抬起一只脚松鞋带，税务官连忙伸手把她的另一只脚的鞋带松了。

火车在漆黑的秦岭中穿梭，车厢内逐渐寂静下来，各种睡姿，横七竖八。

广元

我是在广元下车的，要去看剑门蜀道。

广元是川北的门户，与陕、甘交界。这里是武则天的故乡，位于城西的皇泽寺始建于北魏晚期，依山而建，有武则天的石刻金妆像，但我并未去瞻仰。

走出车站，只见天色阴霾，南北是山，一条浩浩之水从中间地带流过——哦，这就是长江著名的支流嘉陵江了。这条江水向南至重庆汇入长江。据说画圣吴道子曾于一夜之间画毕雄秀的嘉陵江山水长卷。此种山围水去的地形与兰州、平凉、天水相似。山树不十分繁茂，江水有滚滚之势，苍莽莽的雾霭让山水和城市亦真亦幻，一种暗郁的潮湿之气昭示着这是别样的天地——毕竟非黄土高原可比了。

广元市区分为老城区和新城区。一出火车站，展现在我眼前的是陈旧、零乱的老城区。早上的街市行人寥落，我立于长长的铁桥上，望着灰蓝的嘉陵江水和颜色更深的远山，一时竟方向莫辨（嘉陵江在广元市是由东向西流的？）。走在寂静的街道上，一种新鲜而又熟悉的感觉在心中混合着——其实，更多的是熟悉之感——中国的城市大抵相似，小城与小城相似，大城与大城仿佛，平庸的建筑，零乱的招牌，混乱的交通，精神欠佳的面影，整体的灰色调。天然的南北差异和东西差异，难以抵御人为造作的城市氛围，明秀为灰暗所掩，雄浑因凌乱而破碎，我在中国的城市中所看到的依然是三个赫然的大字："大一统"。

一碗浓稠的核桃红枣粥和三个素包子，填饱了我的肚子。

让我颇感新奇的是穿梭于街市的像人一样无所不在的人力三轮车。车夫多是青壮年男子，乘客则无所不有，时髦女郎似乎还居多呢，女郎的倩靓与人力车的简陋相嵌合，煞是一道风景。以前曾在苏州见过，但并不似四川之如此普遍。我与粥屋老板说及人力车，他说连成都到处都是，后去成都——果然（我儿时去成

都怎么没印象呢）。因不久前，我刚读了老舍的《骆驼祥子》，今番看到如此多的"祥子"，自是颇感兴味的。

那些摇着铜铃铛的人力车夫从街上过来，又过去了。

剑门关

在广元住了一晚，第二天乘中午 11 点半的汽车往南距剑阁县 30 公里的剑门关。

"噫吁嚱！危乎高哉！蜀道之难难于上青天。"我是因了李白的名句而踏至剑门的。广义的蜀道由成都沿秦岭而至八百里秦川，绵延上千公里，路程约与宝成铁路相当而更为伟大。蜀中自古天险屏障，然亦并非无可破决，先秦时秦吞巴蜀，即为伟业，否则岂会有都江之堰？三国征战，诸葛宰相于蜀山中凌空凿石而修栈道，乃使千古险峻之蜀山为可通之途。狭义的蜀道即指由成都至广元七盘关一段。剑门关则是蜀道中最为峻奇冲要的关隘，蜀中大将姜维曾在此镇守。

剑门关处于群山四围之峡谷地带，有河水自谷底流过，河中方形巨石累累散落，两边是高约一百多米的石壁形山，栈道即凿于山腰之际。我远远望见许多游人正紧贴石壁攀缘而行，如同一条弯曲的黑色的带子，又像是缘石壁爬行的大蚂蚁，对栈道的险仄便已了然几分，心想：这样的路只宜单程行走——或由栈道上，或由栈道下。于是，进剑门关楼之后，沿河行至放缆车处，乘缆车迅速至栈道上，然后再由栈道往关门返回。贴近石壁时，我发现这山的石质不是很好，好像是沉积的砂岩。说实话，论山形、山势，剑山不如天水的石门——石门的山多尖耸峭拔之态，有鬼斧神工之姿。同样是石壁形的峡谷，剑山也不如陇南成县的西峡——那里的山石质地坚密，且有刀枪剑戟之概，峡中巨石更是硕大怪奇无比。剑门关之山显得平正了些，其奇观当在人工开凿的栈道。这栈道时宽时窄，时上时下，极窄而陡处有铁索护栏，两向游人相遇，需一方紧贴侧面让过对方方可畅通，值此之地，或真可谓"一夫当关，万夫莫开"了。至于"黄鹤之飞尚不得过，猿猱欲度愁攀援"，当然是李太白之戏言也。

在这段不很长的栈道上，有一处两面石壁夹峙而成的"一线天"。当我走进"一线天"中的阴影时，一个约 11 岁的卖小食品的小姑娘，靠着石壁坐在石级上。她穿着粉红色上衣，赭红色裤子，红色凉鞋，光脚，屁股下铺着一张白色的编织袋，她的饼干、雪饼、豆干等小食品放在旁边的一张塑料纸上。周围有一些席地小憩的游人。小姑娘很安静地坐在那儿，全然不像是卖货。我在很多风景区都见过类似年龄的卖货的小姑娘，却未见过表情如此沉默、迷茫、无辜的人。我的心，像这一线天内的光线一样顿然暗落下来。我想给她照相，便说："小姑娘，来，我给你照个相。"她看我一眼，即扭头向别处。我打开相机，又轻声喊道："来，转过来。"她转过脸来，无任何表情。我照完，蹲到她身边，让她看相机上的她，她瞅了一眼，无任何表情，又望向别处了。她的表现让我微微惊愕，我的心再一次沉下去。在她的身边蹲了几秒钟后，我起身离去了。我想，当我离去时，她不会扭头看我。

德阳文庙

乘大巴由高速路至德阳市，这里距成都只剩 50 公里了。毕竟邻近成都，处于成都平原中心地带，德阳比广元繁华了许多，

街上姿容美丽衣着入时者，时或可见。

我在德阳唯一观赏的去处便是当地的文庙。德阳文庙，据说是仅次于曲阜孔庙和北京孔庙的全国第三大文庙，西部最大的文庙。去文庙甚便，它就位于市中心。古朴的石刻庙门前有一石碑，上刻"文武官员，至此下马"八字。其实，我向来不大喜欢佛寺道观等去处的，文庙，所遇多是地名或假庙，素来不曾真见，既有如此规模完善的文庙，去看看古时文庙的格局陈设，倒是应该的。

这天上午下着小雨，我临时买一把伞，入内。其中游人甚少，我一手打伞，一手照相——棂星门、万仞宫墙、戟门、泮桥、石狮、大成殿。入大成殿，则见孔子塑像端坐于中央，旁边是"四配"，即颜回、曾参、孟子、子思，殿的最两边是"十二哲"，究竟有哪十二位高人，我竟不甚了了，只知有朱熹先生（是否还有二程、张载等？）。这座文庙始建于南宋开禧二年（1206），现存建筑为清代道光二十八年（1848）至咸丰五年（1855）的基本格局。令我欣然的是陈列于孔子像前的乐器，有编钟、磬、琴、瑟（第一次见到瑟，比琴小，弦也只有几根），还有外形完全不像乐器的起始乐器和终止乐器，由此可见孔子时代礼乐之庄严、精纯。孔子曰："兴于诗，成于礼，终于乐"——音乐，在孔子的思想中是礼的落脚点，无乐则无以成礼。

无论如何，我对孔子是喜爱的——虽然我没带三牲之肉，对近来某些人士的祭孔口号和雅举亦嗤之以鼻。我对孔子之所感所思，无须多说。

其实，像德阳文庙这样的建筑规模和水准，在 20 世纪中期以前的中国，所在多有——只不过，被新新人类们毁灭了而已。

三星堆

此次四川之行的最终目标是三星堆。

自从知道三星堆文明之后，我一直对古蜀国的这一发祥地心向往之，尤其是那最富代表性的青铜人面像，仿佛是今人所想的外星人脸型，令人惊叹其诡谲超奇的想象。

李白《蜀道难》曰："蚕丛及鱼凫，开国何茫然。尔来四万八千岁，不与秦塞通人烟。"秦岭以南的巴蜀与秦岭以北的秦陇的久远的隔绝是可以想象的，我因见识了秦岭的博大而同情于此点。但蜀国的开国远主蚕丛（据说长着一双突出的"纵目"）和鱼凫（传说他"人面而鱼身，无足"）真有其人吗？至少李白是茫然的吧。自 20 世纪 30 年代以来的对三星堆遗址的发现和发掘，逐渐证实了这茫然坠绪的历史。蚕丛是最早进入成都平原的氏族首领，其时约同于中原的虞、夏时期，后来的蜀王相继是柏灌和鱼凫。

到达成都的第二天，我乘车至广汉市三星堆博物馆。三星堆的惊人，即在其甚为丰富的品相极佳的文物，主要有陶器、玉器和青铜器。尤其青铜器，迥异于其他文明遗址的青铜风格（楚国文物造型也富诡异浪漫之风，在此点上，南方与北方确乎不同）。我在被雨水浸润的空气中进入三星堆博物馆。身为文物与考古的外行，我本打算花 50 元钱请个讲解员的，但因为要照相，讲解员说："那你先照吧，照完了我再给你讲。"于是，我一路仔仔细细地看过去，照过去。等看过一遍之后，我发现——用不着讲解员了，呵呵。

陶器、玉器、青铜器及其时代，以前也曾多见（曾在宝鸡专门看过青铜博物馆），我更感兴趣的是三星堆器物的工艺造型。我无力描绘那些人物、器皿、鸟兽造型的精美超逸，唯余对数千年前蜀国工匠艺术能力的由衷赞叹。这些造型，具象而抽象，沉稳而灵动，古朴而富丽，远古之人，体物真而想象奇，他们在造型方面超凡通神的思力真堪现代人汗颜。我想，倘若毕加索、亨利·摩尔、贾科梅蒂等人面对那凸眼的蚕丛头像、长嘴的鸟头、身高腿长两臂环举的大首领、金箔的面具等作品，一定会长太息以膜拜兮吧。

技术有穷，而想象力无穷，人类在数千载的想象与实用中自我开发至今日，形象的想象力似乎日见窘迫了——三千年后，后人如何看待今人（如果我们能绵延至彼时的话）？

关于独自旅行

独自——旅行，意味着什么？

当你独自旅行，你是浪子，带着探索之心随意漂流，领略并领悟。这是多么灵动的存在。人真要如此地依赖于他人吗？空洞的寂寞是可耻的。人生在世，又在多大程度上是独自旅行？

2006 年 10 月 13 日

喷　泉

　　为躲开午饭的高峰期，他打算十二点半再出去吃饭。于是，他坐在沙发上读完了苏珊·桑塔格的《罗贝尔·布勒松电影中的宗教风格》一文。由于其中的某些话语让他悠然会心，他习惯性地在书行间用铅笔划下了一道道横线。文章读罢，正是十二点半稍过一点。

　　在开门往出走的时候，他看见隔壁的女主人刚走到她家的门口，打算开门而入。他们相互打了一个照面。那是一个四十多岁的女人，他确信她就是离他最近的邻居的女主人。在这间居室里住近一年了，他始终对他左面的邻居不甚了了。只知道这是一对中年夫妇，而他们究竟有几个儿女？长什么样？他都不清楚。有时，夜里十二点多，他时常听见女高跟鞋的声音非常清晰地由远而近，在隔壁门口停住，然后是哗啦啦的钥匙开门的声音，之后，那高跟鞋就进去了。这让他有一丝好奇。他猜想，这家可能有上夜班的人。

　　当他走下楼后，他的意识多少还沉浸在刚才读过的桑塔格的文章中。刚才阅读时闪现在大脑中的一句话像回镖一样飞了回来：想象力有时是有害的，它是搅扰我们心灵的某种东西。他的这句话是从桑塔格的文章中得出的一个小小的启示。

　　正思忖间，他已走到了图书馆前面的喷泉附近。这时，他看到两个提着水壶的姑娘迎面走来。她们两人都一手拎一个水壶，

好像一样胖，而且挨得很近，给人一种对称感。他认为这是他观察力的细微之处。

走到排球场旁边时，他看见有很多人在里面打排球。这个排球场四周是用网围起来的，这让他想起了师大东操场的排球场。有一天，傍晚时分，从那里经过，突然感觉有一只鸟朝他的脸疾速飞来。一刹那后，他的意识告诉他那不是一只鸟，而是一个棒球，那棒球从排球场里面向他飞来，遇网而落。他对这个细小的幻觉印象很深，因为这让他有所思悟——幻觉状态和我们所谓的"正常状态"之间的界限到底有多大？幻觉是不是虚假的，或者，我们的正常状态是不是真实的？

此时，他意识到从他出门到现在的心理活动是一种无序的意识流。他觉得这蛮有趣。乔伊斯、普鲁斯特、伍尔夫等名字瞬时跳入了他的脑海。

在外面吃饭的时候，他又想起了隔壁家的女主人。他想着下次碰见这家人是不是打个招呼——因为他们从未说过话。由于只是随便想想，这一想法并无结果。他的意识很快被其他意念代替了。

吃完饭回来时，他经过行政楼旁边的那个小道。由于当时是低着头，所以首先他看见了堆在地上的万年青的叶子。他把头抬起来，看见北面的一排万年青被修剪成了平顶的样子，而南面的万年青还没被修剪。于是，他开始比较修剪过和没修剪的万年青哪个好看。几秒钟后，他走到了这条小道的尽头。他回过身来，左右望了望，得出了结论——没被修剪的万年青好看。当他再次转过身的时候，顺着皮鞋的声音，他看见一个正从旁边往这条小道走的穿浅蓝色衬衣的中年男子看了他一眼。他想：这个男人可能在想我站在这儿看什么。

2005 年

箭　竹

　　去北京两周，回来发现校园里的树木繁盛了许多。法国梧桐比杨柳性子慢，如今也已全绿了。自阳台上张望，楼下的一排槐树在阳光下显得葱茂亮绿。前些日子满树繁花的玉兰，长出一身椭圆厚实的大大的叶片，憨态可掬地舒展着——原来，玉兰开花期那少女般的高傲，也只是一时的矜持。中午去西餐厅拎了一份扬州炒饭，往回走经过那条合欢路（我自己起的名。我时常以树来区别路，而不去理会立在路旁的带有高尚伦理色彩的"明德路"之类的路牌）时，发现两旁的合欢竟还是枯枝杈桠的裸树，方才醒悟：合欢出叶是很迟的。记得合欢花也开得迟，大约是在盛夏时光。乃想起我的诗《石榴红》中的一句："请告诉合欢的绿荫/六月的石榴红有甜美孤独的嗓音。"石榴红，多么纯粹、热烈，又沉静的红。我是在两年前写下那首诗的吧。生命总有钟爱，美是无形的火焰。石榴红，是你窜入我眼帘，点燃我的热和爱。然而，我并非厚此薄彼——暮春三月，花尚未浓，合欢如此伶仃，我竟有一丝怅惘于合欢的晚熟。合欢，等今年你出叶时，我定会格外瞩目于你的。我还要记下的是一株柳叶绣线菊，在校园某条路的拐角处。一条条水柱似的细枝从任一方向伸展出来，构成圆蓬蓬的一丛，每条细枝上都缀满一团团的小菊花，那花形完全不是秋菊一类的，而是极小的五瓣的淡白色的小花团成一簇

的样子，小花里矗立着极细的淡绿的花蕊，煞是朴素、清新又可爱。行至楼下，发现箭竹的叶子黄绿夹杂，于是想起自己鬓生二毛的头发。这竹子冬天时似乎没有这么多黄叶的——这是箭竹的习性吗？有机会，我要继续观察。也是在两年前吧，我写过一篇散文《一些花开在高高的树上》，写到了楼下的这一丛竹，它仿佛是校园里唯一的一片竹，当时不知是何种竹子。而今，学校为"迎评"给每一种树都挂了张红色的工作证似的牌子，上标有科名、学名和英文名，多好啊，以后我可以认得更多的树木了。虽然，植物是植物，名称是名称，但知道了它们的名字，我就觉得与它们更亲切了。你有这样的感觉吗？譬如，我们喜欢一个人，有时会与他/她的名字有关，无论我们对其名字的知悉，是在认识他/她之前，还是之后，总之，如果你见到这个人并怀有好感的话，他/她的好名字更会增加你的好感。名字，大概只是一种幻觉，但与你相遇的事物给你激发出的好感又是什么呢？纪德说："一切感觉都是无限的存在。"是否一切都是感觉？说到纪德，今天上午我刚好特意借了本《纪德散文选》，收有《人间食粮》《新食粮》和《秋叶》中的四篇。因纪德是木心喜爱的作家，而我尚未读过纪德，所以想一看究竟。翻译不甚佳，但果然好看的。纪德的思想，在我意料之中。那是一种永不满足地将自我投入新的情境寻求丰富体验的生命意志。法国多出此类文人，兰波、福柯皆然。我写过一篇评兰波的随笔《自我变形的诱惑》，即阐明此意。我喜欢纪德的思想——要爱，要热情。两年前，我曾在一篇日记中说我的生存态度并不是简单的热情，虽然说到底，我之所以活，且期望精彩，是有种热力在支撑，但当时有把热情当情绪的意思。纪德反复说"要热情"，我方醒悟：其实，热情可以是一种信仰，一种持久的生命意志，而非虚浮的冲动。

生命是一场燃烧，要把自己的爱投向万物。没有热情，何来真爱？没有热情，何来创造？没有热情，生命名存实亡。木心先生大约也是瞩意于纪德的生命态度吧。好了，打住，喝茶去。

2007 年 4 月 27 日

记张鸿勋先生

跟张鸿勋先生的结识，我记不清具体时间了。大约就在我2003年来天水师院工作后不久。来到这里，就听说张鸿勋是中文系最有学问的老先生之一——于是，心向往之。

第一次，好像是和同事陈于柱一起去的张先生家吧。陈于柱和张先生专业相近，都是搞敦煌学的，又都是兰大出身，所以说起敦煌学界的人事来，两人交集颇多。我是敦煌学的外行，但和张先生也很能谈得来。张先生的著作大致不出敦煌学的范围，但其实他的知识面很广，古今中外的文学知识都能在聊天时信手拈来。就这样，我和张先生很自然地认识了，而且成了忘年交——他长我42岁。

认识张先生时，他早已离休多年。一年当中，一半时间和夫人魏老师在天水，另一半时间在西安家中，通常天热之后，就从西安来天水"避暑"。张先生是河南人，少时在西安长大，后来在天水工作，故对西安、天水都很有感情。

因为张先生与我是老人与小孩的关系，加之他已不担任任何行政职务，我们又都是性情中人，所以，我和张先生在一起谈话，感觉无甚拘束，很是自由。张先生虽已头童齿豁，但身板挺直，精神矍铄，思维敏捷，我和他谈话是蛮惬意的事。

我和张先生的聊天，话题主要是学术和人事、人生。

学术方面，先生的专著我并未拜读过，只读过他几篇论文。每次去了张先生家，他如果有新近发表的文章，就会立即很高兴地拿出一份送给我。我印象最深的，是 2004 年冬天一个晴好的下午，有人敲我的门，我开门一看——是张鸿勋先生。他抿着嘴笑着看我，一边进门，一边说："特意来你府上拜访！"我当时真是惊喜。原来，张先生刚在台湾《敦煌学》第二十五辑（潘重规先生逝世周年纪念专辑）上发表了一篇文章《神圣与世俗：〈舜子变〉的叙事学解读——兼论敦煌变文与口承故事的关系》，特拿来其抽印本给我看。我知道张先生是高兴，希望与人分享；但也是寂寞，张先生之所以乐于跟我和陈于柱交往，是因为他在此间太缺少交流者了。这是一种饱学之士的寂寞，也是老人的寂寞。后来，我对此点体会越来越深。记得那天，我把我硕士期间写的《李白诗的速度感》一文呈给张先生看，他看后，沉吟道："你这篇文章发在《甘肃省广播电视学报》上，可惜了。"

我和张先生之间还有件趣事，就是他喜欢给我推荐性文化方面的书。有一次，似乎是说到了白行简的《天地阴阳交欢大乐赋》，张先生说他瞩目《天地阴阳交欢大乐赋》久矣，打算写篇研究文章，还打趣地说自己是"老不正经"。于是，谈及性文化，他便从书房拿出一本图文并茂的《世界性爱经典》，让我借去看。其中有古罗马奥维德的《爱经》、印度《爱经》，日本的性经典等。张先生尤其提示我看看中东的某部性爱经典，说是以前很少见到。

一年之后的一天，我收到由孟永林老师转交给我的张鸿勋先生的论文《〈天地阴阳交欢大乐赋〉与日本平安时代汉文学——以大江朝纲〈男女婚姻赋〉为中心》（《敦煌吐鲁番研究》第九卷）。白行简《天地阴阳交欢大乐赋》乃是中国古代一篇奇文。

作为白居易的弟弟,白行简流传作品并不多,但其《李娃传》则为唐传奇名篇。《天地阴阳交欢大乐赋》是从敦煌遗书中发现的,其文以华丽的赋体极写男女性爱性交之事,虽为残卷,但其描写性事之细致入骨,足以惊世骇俗。至近代,叶德辉方将此文辑入《双梅影庵丛书》,刊行于世。虽有怀疑此文果出白行简之笔者,但至今大体为定论。日本平安时代大致相当于中国中唐到南宋前期,其文学受中国影响甚大。张先生此文是把《天地阴阳交欢大乐赋》与日本大江朝纲的《男女婚姻赋》、藤原明衡《阴车赞》(阴车,女性自慰用具)及藤原季纲《铁槌传》(铁槌,指男根)加以比较,证明日本汉学家文章并非直接受《天地阴阳交欢大乐赋》的影响,但在文体上有承袭魏晋词赋的风格。去年,张先生曾去日本,带回些资料,故能做成此文。这已经属于比较文学了。我发现张先生善于发现问题。

今年七月份某日下午,我去拜望张鸿勋先生。张先生一见我,就从书房里取出一本书递给我,说:"给你的。买了两本,这本特意给你。"

我一看书名——《准谈风月》,江晓原、王一方著。上海书店出版社,紫色硬皮 32 开封面,很漂亮的一本书,内容原来是性文化。我觉得有趣。一个问题从我的脑海中闪出:张先生为什么这么喜欢给我推荐性文化的著作?我想,原因大约是:一,张先生对性文化感兴趣。他读这方面的书,写这方面的文章,希望有人分享。其二,大概他觉得我是个自由不羁的人吧,所以他选择跟我交流。当然,我们之间年龄相差 42 岁,不可能直接交谈性话题,只要能"奇文共欣赏",老先生大概就不会觉得太孤单了。

这本书是在西安买的。张先生在书店买书时就想到我,一并买了两本，特意带回天水。而且，据魏阿姨说，他们从西安过来时乘的火车没坐票，是站票。让我感念的是这个。

说起治学，张先生说："你的路子跟别人不一样。"说起敦煌学家张锡厚，张先生说："这个人性格很倔，典型的徐州人，比你还倔。"

从这两句话，可见张先生对我的洞察。我也感念。

真正的聊天，总会谈及社会、人生。张先生是刚正耿介之人，说起世道人心，我们都不免感慨。于我，是愤慨；于张先生，则是花开花落两由之矣。还能怎样呢？张先生何尝不心怀磊落不平之气？但他已是年过七旬的老人（用他自己的话说是："来日无多，行将就木。"），社会的改观终究要靠我们中青年人去做的，而老人的价值之一是给我们提供借鉴的明镜——可是，有多少中青年愿意去听老人的箴言呢？对于我的性格，我知道张先生是亦喜亦忧的。每当我在他面前放言高论时，先生一面对我的见解表示赞同，一面又会劝我不要太过倔傲，体制太强大，要适当地妥协，这样才能不至于太孤立而难以发挥自己的力量。有一次，在我表达了对当下学风的不满以及不趋时的态度后，张先生慨然曰："你呀，诗人气质太重！"接着，他引用了徐志摩的诗句——"我不知道风/是在那一个方向吹。"多么飘逸的劝示，一切皆在不言中了。

虽然，张先生在全国的敦煌学界有一定知名度，但就我的观察，张先生对自己的成就还是感到不满的，其中一个原因就是一直身在天水，窄仄的环境限制了张先生治学的条件以及名声的传播。所以，他也劝我吸取他的教训，希望我将来能走出去。有时，当我与张先生相对晤谈时，我能感到他内心深处散发出的独善其身的孤独。而这种气质，正是我最敬重他的地方。

若干年后的某一天，我会走到张鸿勋先生家门口，敲门，里面传来先生的声音："来喽！"然后，他开门一笑，道："欢迎，欢迎！"我拿出我出版的专著，先生兴奋地接过，看了一会儿，说："来，签个名。"

2009 年 10 月 30 日写于天水

茫茫来日愁如海：怀念张鸿勋先生

2016 年 9 月 15 日，中秋节，早晨不到 8 点钟，我刚醒转，在床上和儿子嬉戏，突然接到陈于柱的电话，说是张鸿勋先生去世了。陈于柱是听张宇说的，他第一时间告知了我。我匆忙洗漱完毕，朝市医院赶去。

到得市医院太平间院子外，看见张先生的长子张臻正在打电话，我们握了手。旁边还有离休办的王博。还有一位中年男子过来和我握手，张臻介绍说是魏阿姨姐姐的女婿，他说见过我一面，我才想起 2012 年冬天去医院看望张先生时，见过这位兄长。

张臻告诉我张先生是零点十七分去世的，现正在等殡仪馆的灵车。我和张臻曾有过数面之缘。言语间，这位文质彬彬身材高大的男子声音有些哽咽，我眼眶潮润，一时，都沉默了。

不一会儿，陈于柱来了。我们几人立在那儿，等了一会儿，灵车到来。工作人员打开太平间的门，我看见张先生躺在一个平台上，身上盖着布单。三位工作人员把张先生的遗体从那张平台上抬下来，放入一个宽度仅容一人的黄绸包裹的棺材里，然后，装进灵车车厢。我和张臻、那位表兄、陈于柱、王博，一起登上灵车，分别坐在棺材两旁的长椅上。灵车出发，向北山上的殡仪馆驶去。

车开动了。一种真正的静默降临。我们坐在棺材的两侧。生与死的悲痛抓住了我的心。在深深的静默中，我听到张臻兄发出抽泣的声音，我给他纸，泪亦涌出。一路无言。到了殡仪馆，张先生遗体被置放起来。

我与张先生之间，原无憾恨，却也留下了遗憾。其一，是未等到我的著作出版，张先生就去世了；其二，这学期开学以来，我和陈于柱几次相遇，说要一起去看张先生，可是却一直拖到教师节那天，于柱和我分别在上午和下午给张先生打了电话，家里都没人接，于是我们说，那就过几天再联系看吧。没想到，几天之后，先生就去了。而上次见面，是在今年"五一"，我抱着儿子，和父亲一起去市医院看望张先生。张先生躺在病床上，见我们三个，称我父亲为"老赵"，称我为"小赵"，称我儿子为"小小赵"。

说实话，本学期开学以来，几次想去看望张先生，都没有去，是与我的懈怠心理有关的。心思和力量基本都集中在自己的事上，为自己的那些计划、目标，像蜗牛一样一天天向前爬行着，对他人实际的顾及、帮助，越来越少了，心里有种怕与别人打交道而消耗了自己的时间的吝啬。年轻时，我发觉倾心做事的中年人有种自私，现在，这种自私在我身上也萌生出来了。

亲人故旧的去世，我经历过，虽然不多。上一次动感情，是2011年12月21日，木心去世，他也是年逾八旬的老人。这位和我神交数载，却缘悭一面的前辈去世的消息传来时，我一时懵了。一个人的死意味着什么呢？意味着你和他/她的交流从此中断，两处茫茫皆不见。

自从做了父亲之后，我对老人的心情有了更深的体会。社会总体上是属于年轻人、中年人和孩子们的，老人大抵属于被忽略、被淡漠的群体。孩子和老人都是弱势群体，但唯有老人是既弱势，又被忽略的。人类社会，迄今为止，大概从来都如此吧。而我们，都是要老的。有时，我内心有种恐惧——怕父母去世，怕老人们的离去，怕人到中年的我们不知不觉间就老了，站在人生舞台的边缘，站在那光影的黯淡处，叹息神伤。

对于张鸿勋先生的记忆，2009年我曾写有一文，记了一些片段。那时是"记"，现在是"怀"了。后来我们的交往，我印象最深的，是2012年12月底的一天，听说张先生病重，被送进急诊室了。马超老师给我电话，让我去医院看护张先生。因为是突然晕倒在家中地上，被送到医院，张先生的两个身在西安的儿子都赶不过来。我到医院时，王睿颖老师也来了。魏老师在忙着办手续。那天晚上，医生把魏阿姨叫过去，让她在病危通知单上签字，当时，我陪在魏阿姨身旁。魏阿姨不知所措，迟疑片刻后，颤抖着签了字。我第一次看到了颤抖着签字的人和手。

那天晚上的氛围是特别的。我刚走进病房时，张先生看见我，伸出手，我立即迎上去握住他的手。先生插着输氧管，大口喘了几口气，先是连说感谢，然后，沉思了一会儿，再喘了喘气，对我说道："我现在的人生感受，可以用两句诗来形容。"我凝神谛听，先生说："一句是'不如意事常八九，可与语人无二三'"。我一听这话，心头一沉。先生又说："第二句是'茫茫来日愁如海，寄语羲和快着鞭'"。这是清代诗人黄景仁的诗句。呵，这是什么话？——希望自己的生命快点结束？前两句，是南宋方岳的诗句，意为回首人生，唯觉苦痛与孤独；黄景仁诗句则谓想念来日，已无甚眷恋。听到插着输氧管的张先生道出这两句诗后，我能说什么呢？想想人生，不过如此。一时间悲情盘郁，无以言表。

张先生和我都沉默了。他喘着气，眼睛直视前方。不一会

儿，又对我说，他觉得他一生在学问上的成就很有限，但他研究敦煌学、俗文学，主要的方法，或者说努力的方向，就是把文学跟民俗学、人类学等与文学相关的其他文化联系起来研究，也就是一种"跨文化"的研究方法。在方法上，他注重比较，将俗文学和雅文学，敦煌文学和外国文学相比较，等等。

张先生说这些话时，一字一句，条理、用词，格外清晰，准确。顿时，我感到一种临终感——这似乎是一个即将赴死的人所说的话。那种总结自己的口气，让我深感悲凉，又肃然起敬。梁启超说："战士死于沙场，学者死于讲坛"。我面对的这位老者，躺在病床上插着输氧管声音微弱的老人，此时此刻，念念不已的仍然是学问。学问的内容无关紧要，重要的是学问在这位意欲赴死的老人的灵魂中的重大感。

这样的人，便是我心目中的学者。我对张鸿勋先生的怀念，至此无需再多言了，因为我向他的学习不会结束。

2016 年 9 月 24 日写于天水

按：张鸿勋先生去世后，一日我偶翻旧日记，见到 2005 年 11 月 2 日有一段和张先生晤谈的文字，记录了张先生和季羡林、周作人交往的往事，念其动人，故补记如下：

下午 4 点多，和柱子相约去看张鸿勋先生。因谈及学者周绍良、作家巴金的死，便说到了仍然在世的季羡林先生。张先生立刻从书房取出一本书，说上面有季先生的签名。我一看，是一本《关陇文学丛书》，系张先生 1983 年在兰大参加"敦煌吐鲁番学会成立大会"的赠书。这次会议，时任北大副校长的季羡林也来

参加了。张先生说季先生穿一身洗得发白的 4 个口袋带盖儿的老
式制服，足蹬布鞋，极其朴素。会上，他们这些中年学者高谈阔
论，而季先生却极少发言——"如今想来，真觉惭愧。"会后，
张先生拿着这本《关陇文学丛书》请季先生签名，并请季先生用
梵文写句话。我在这本书的封面上看到一行像线条画一样的难以
形容的奇怪文字，张先生说这就是季老给他用梵文写的"向你致
敬"，季老还在下面用拼音注着读音"nama te"，再下面是圆珠
笔的签名和年月日。季老的字刚劲俊脱，一望而知其为饱读诗
书、深阅沧桑、风骨严峻者之手笔。张先生在说起季老给他的赠
言"向你致敬"时，语气忽然沉缓下来，并感叹道："这么大的
学者，这么谦逊，让人无法企及。"

　　以前，在张先生家还见过周作人给张先生的亲笔信。张先生
在大学时对黄遵宪非常感兴趣。他曾看到周作人 30 年代的一篇
文章说周先生购有黄遵宪《人境庐诗草》的稿本，与后来出版的
《人境庐诗草》有很多不同。1956 年鲁迅逝世 20 周年时，周作
人在《民间文学》杂志上发表过一篇文章。张先生很想借阅周作
人收藏的稿本《人境庐诗草》，于是就给《民间文学》杂志社写
信，请把他恳求向周作人借阅其所藏 30 年代版《人境庐诗草》
的信转交给周作人。《民间文学》杂志社把信转了，张先生很快
收到了周作人的回信。周说他的稿本《人境庐诗草》被国民党没
收了，当然他没有说原因。周还说，即使《人境庐诗草》不被国
民党没收，保留到现在——50 年代，他也会把它卖掉的，因为
他当时的生活相当困难。原信我是看过的，非常考究的信笺，竖
行的行书字体，其字比鲁迅的字清瘦，散淡内敛并隐隐透着冷漠
怪异的气息。

2017 年 3 月 29 日补记

初晤陈丹青

一

记得第一次和陈丹青通电话，是在一个周五的晚上 7 点多，我激动而又镇定地拨通了丹青先生的电话——电话那头传来我在视频中熟悉的声音："喂?"

"请问是陈丹青老师吗？我是赵鲲。"

"噢。你好、你好、你好、你好！可是我现在不能讲，我在上课呢。我晚点给你打过去好吗?"我永远忘不了第一次和丹青先生通电话，他低声地连说四遍的"你好"。

我最早读陈丹青的书是在 2004 年底，读到《陈丹青音乐笔记》，欣赏之至。2005 年，陈丹青的出走清华，及《退步集》的出版，让我对他有了更多的了解。我始终对陈丹青保持着热切关注，并暗自以他为标尺。而能跟丹青先生直接联系，结交，则缘于我在网上对木心的评论引起他的重视，这是我始料未及的。

早在去年，陈丹青就说想召开一个"木心研讨会"，在南方举行，到时要我一定去。于是，我便盼望着这一天的到来。木心先生也说过要和一些读者见面的。后来，去年 9 月，木心经陈丹青苦口婆心的劝说和一番辛劳操持，漂洋过海回到了他阔别 60 年的家乡乌镇——这位当代罕见的大艺术家离我们更近了。然

而，"木心研讨会"之事此后再无下文，后听李静说木心先生不同意召开这样一个研讨会——他不愿落入俗套。

二

我这次因事去北京，适值陈丹青新书《退步集续编》上市。4月15日，他在西单图书大厦签名售书。我跟他打电话，时通，时不通。18号，终于打通了，他说这几天在参加一个项目，连续开会，所以常关机，约二十二三号还要出去，有小时间，他给我电话约见。21号中午，陈丹青打电话给我，说他下午有时间，4点钟给我电话。下午4点整，他又来电话，问："我们在哪里碰头？"当时，我在清华，而他在东四环一带，距离远着呢。我说："我也不知道啊！"他说："亚运村怎么样？"我支支吾吾的不知道亚运村在哪儿，他也在那头沉吟着，最后，他说："赵鲲，要么这样，明天中午我去清华找你，你有时间吧？今天时间紧，6点钟我要赶回去，路上还要堵车，这样见面时间太短。明天我去清华，11点给你电话。"于是，我当下大为感动，忽地想起鲁迅当年跟白莽、柔石等青年的交往、见面。当然，我和白莽、柔石不是一回事。

第二天上午11点，我主动把电话打过去，陈丹青说："哦，我正要给你说呢，你到中央美院来吧，有个画展，吴作人基金会办的，我们一起看画展，然后在咖啡厅坐坐吧。"他告诉我中央美院在花家地，让我在门口等，保持手机畅通，约12点到12点半之间见面。

我立马带着特意让母亲给陈丹青写的两幅字，打车前往中央美院。途经东四环，道路宽阔、笔直，车多人少，两旁高楼林立，颇有现代气息——我还看见奥运会主场馆"鸟巢"了呢，约修了七成的样子。

到达中央美院，是 11 点 45 分。天有几分热，我站在大门口的一棵树下等待。看见路对过的广告牌上有高考美术辅导班的标语"考上才是硬道理"，心里骂了声："我操！"

半小时后，一辆出租车在路对面停下来。从后门里首先下来一位女士，我知道这是陈丹青的夫人黄素宁。接着，陈丹青从前门冒了出来。他绕过车，从眼镜上面望出，朝我走来。只见他穿一件靛蓝色休闲衬衣，黑裤，黑皮鞋，左肩挎一只休闲包。我们相互招呼，握手。陈丹青指着旁边对我说："这是我夫人。"我便和黄阿姨握手。黄女士一身黑衣黑裤，面容素雅、平易。然后，陈丹青又对他夫人说："这是赵鲲。从甘肃来，玩文学的。"

我们直奔"十张纸斋"作品展。丹青先生拦住一位戴眼镜的男生打问展览在哪里，那同学说在多功能厅。于是，朝多功能厅而来。

进入展厅，丹青先生兀自看前言。而我，因没戴眼镜，那展板反光，看不清楚，有一丝尴尬。后来，我逐渐搞清楚这项画展是怎么回事了。这是五十年代时，吴作人、萧淑芳、董希文、王式廓、蒋兆和、李斛、李宗津等画家搞的一个绘画沙龙，在吴作人家，每周末聚会一次，每次每人画十张素描或速写，彼此互为模特，各具手眼，各显性灵。这些画，是超脱于当时政治束缚的"纯绘画"，虽篇幅短小，模样简素，但却因随意、家常，而洋溢着画家难得的真性情，数十年来，从未展出，丹青先生也头一次遭遇，其价值诚属可贵。

我是第一次亲眼看到这么多名画家的素描，于是拿出相机便拍。可惜的是，刚拍了一张，相机镜头就缩回去了——没电了。

我说："陈老师，我刚拍了一张，就没电了。"他说："没关系，他们都有画册的。"一抬头，看见王式廓《血衣》的素描稿；一转身，又望见靳尚谊的《青年女歌手》，再一回头——天哪！吴作人的油画《齐白石》。这些大名鼎鼎的作品就在眼前啊！但，隔着玻璃，左瞄右看，我好像也无甚触动。丹青先生指着一幅素描，说："你看，这是高瑛。"我说："嗯，艾未未的母亲。"

丹青先生看画看得很投入——弯腰，把眼睛凑到跟前去，像要吃了下去似的。

正在我们看画之际，突然闯进一拨电视台人员，约七八个人，扛着摄像机，是来录像的。先是一位30多岁的穿裙子的妖娆女人，亮着清脆的嗓门跟陈丹青招呼。她带着陈丹青看画，只听她朗声说道"这是我爷爷，这是我奶奶"，一边指着素描中的吴作人和萧淑芳——原来她是吴作人孙女。

摄像机、照相机都对准了陈丹青，展厅里的一些观众也都凑过来看。黄素宁阿姨一手提着一只装着3本《退步集续编》的手提袋，一肩挎着陈丹青的包，站在一旁。我走到她跟前，说："这袋子我来提着吧？""不用、不用，不重的。"这时，有电台人员跟黄阿姨说话，我便走开，去看画了。

过了一会儿，我方得知，原来这是南京军区的一家电视台，在做关于吴作人的专题片，特来"十张纸斋"画展拍摄，正好把陈丹青逮个正着，于是便提出采访要求，而陈是吴作人的学生，他去美国，就是吴作人写的推荐信，这采访，自是推脱不过的。据说，此专题片要在央视播映。

陈丹青作为一个文化明星，以及媒体对他的追捧，算是被我看见了。

待陈丹青被吴作人孙女带着看完画之后，他们又让陈写观展留言。我站远了看着陈丹青在展厅入口处桌子上的留言簿上题写留言，镜头统统对准他。写完之后，采访要正式开始了，陈丹青提出到外面去抽一支烟的要求，于是，他走出展厅去过瘾了，旋即又进来，说："没带火，算了。"

采访正式开始。按照电视台人员的要求，陈丹青站在展板之间的空地上，两手叉在裤兜里接受话筒的提问，我站在一旁观看。关于采访的内容，我就不多说了。采访者主要是问陈对这项展览的观感，及对当今绘画的看法。陈表现得很愤怒，激烈抨击当今绘画以及我们这糟糕的时代，言语间不时喷射出骂人的粗话（老愤青咋了？愤又咋了？一个人对社会愤怒，说明他还有良知）。那位举着话筒的提问者，似乎逐渐难堪、不支了，我心里窃笑着：你采访陈丹青，不是找抽吗？约15分钟后，采访结束。那位采访者重新恢复了自信似的，大声说道："陈老师，我们会把精髓播出来的。"我大笑。

我和陈丹青夫妇告别了电视台人员，走出展厅。黄阿姨问我吃饭了吗？我说："没有。"她说："那我们随便吃点吧。"于是，我们向右拐，来到位于展厅地下的咖啡厅。这家咖啡厅里没什么吃的，只有面包、三明治之类，于是陈丹青夫妇一人要了一块面包，我一块三明治，丹青先生一小杯咖啡，我一中杯哥伦比亚咖啡，黄阿姨一杯茶，丹青先生买单。只见他从裤兜里摸出一张100元钱递出去——呵呵，看来此君跟我一样啊，不用钱包。我们环顾四周，没有座位，原来这家咖啡厅主要是卖图书、音像制品的，咖啡只是附带，我们只好端着吃食来到咖啡厅外路边的桌旁坐下。

围坐在黑色的小方桌旁，我们一边啃面包、三明治，一边聊起来。

如此近距离的相对，我自然会留意丹青先生的外貌。他身材修长，清瘦；耳大，鼻阔，眼睛的面积更大，双眼皮，少胡须。我还发现他的手指纤长。他的嗓音当然很有魅力的，带点鼻音似的，再加上深邃复杂的眼神，俨然黑帮老大的感觉，气场很足。

我们彼此都没怎么谈自己，话题主要围绕木心。我们第一次通电话是说木心，第一次通信也是谈木心。有一次，我给丹青先生打电话，他正在上海街头，我们匆匆说了几句，还是关于木心，他说木心早已没什么亲人了，只有像他那样——一个人，才能写出那样的东西。

丹青先生说木心先生现住在宾馆里，当地正在给他修房，修好后，就搬进去。政府还给木心配了三个秘书，轮换工作。我问："她们的素质怎样？"他说："80后的女孩，都还不错。"我说起我所见到的目前国内文学界人士对木心的无知、漠然。丹青先生说现在对木心漠然的主要有两种：一种是确实不知道，一种是知道而且了解，但却绝口不提，不说好话者。我说我都为大家对木心的反应迟钝而感到着急。他说，就是，有太多的问题让木心难以被接受，不然他怎么会对木心话题沉默了20年？譬如台湾曾评选散文十大家，就把木心排斥在外，因为余光中他们不答应的。说到这里，我们都有点沉默了。我感觉到丹青先生刚才接受采访时的激动还未平复。他的眼神中流露出与这个时代相周旋时的复杂。

接着，他又讲到木心的才华，说他跟木心谈一晚上话，就会受不了，因为木心随时会吐出很精妙的言论来，他根本记不过来。他说先生特别幽默，在乌镇时，记者来采访，他在一间屋里的电脑上写东西，而木心先生的屋里则不断爆发出众人的笑声。

丹青先生真是烟鬼。他从精致的烟匣里取出长长的白色的纸烟，突然起身离去，只见他走到另一桌前，向一个戴着 MP3、眼镜、夹着烟、手捧书本的瘦瘦的少年去借火。没听到他怎么说，只见那少年点头，丹青先生俯身，点烟，然后回来，吞云吐雾，整个过程像是在码头上对好切口，迅即离去。

这时，一只猫咪跑到我身后的草地上玩耍，黄阿姨说："这是一只波斯猫。"

关于木心先生的文学造诣是否超越了鲁迅的问题，陈丹青说："超越不是超过。"我说："我觉得木心在某些方面已经超过鲁迅了。"他问："怎么超过？"我说："譬如，在语言上，鲁迅的语言就还有点夹生，而木心的语言则已高度精纯。另外，在思想上，木心的思想'幅度'似乎比鲁迅更宽，他对西方文化有更多思索。"

陈丹青说，在审美旨趣上，木心不喜欢现实主义的东西，他的画木心也不喜欢的。

我问近代以来的画家，木心先生比较认可谁。

"他比较认可齐白石，还有一部分的林风眠，还有徐悲鸿。"

我问："那黄宾虹呢？"

"黄宾虹，他不喜欢的。我也不喜欢黄宾虹。"

陈丹青说在文学上，木心认为鲁迅之后张爱玲才气最高。但张爱玲、沈从文也只是聊备一格，他们都缺乏世界观的高度。

丹青先生说："聊备一格，就已经很不错了，有那一格，就不会低下去。"

我说到对《陈丹青音乐笔记》的欣赏，便问："您现在在音乐方面投入得多吗？"

他说："没投入什么。我是外行，我什么都是外行。"

"您说要写一本《次要的作品》？"

"那是夸口。写这样一本书，需要搜集很多资料。说次要的作品，还是为了谈主要的作品。"丹青先生目光望着远处，片刻沉默之后说："我是有一些见识，但学问不足的。"

这时，坐在旁边的一位20岁左右的漂亮的小女孩，转过身来，站端了，小心翼翼地说："请问，您是陈丹青老师吗？"

"嗯，是。"

"可以和您合个影吗？"

"哦，对不起，我在和朋友聊天呢。"

那小女孩遗憾地坐回去了。

我又接着说："但是您的知识都是活的，善于综合。"

"嗯，木心先生也说过我善于使用材料。"

三

虽是"偷得浮生半日闲"，但丹青先生三点半要离去，第二天他要去重庆，而我下午还要去鲁迅博物馆听关于李零《丧家狗——我读〈论语〉》的研讨会。于是，约三点一刻，我们起身离去。丹青先生夹着我母亲的字，说："这是第一次有人给我送字。"我略一惊，心想："不会吧？怎么搞的！"说起书法，我问木心先生喜欢谁的字，他说："于右任和孙中山。"

陈丹青夫妇住在团结湖，说正好打的把我送到东直门乘地铁去鲁博。出了美院后门，我们坐上出租。我坐司机旁，丹青夫妇坐后面。在车上，黄阿姨说起丹青先生说脏话，陈丹青说："据说披头士当年写文章就是这样的。"我回头说："重要的不是话说得脏不脏，而是事情做得脏不脏。"到东直门，我跟丹青先生和黄阿姨握手，再见，下车。我站在车外，再次向他们招手，丹青先生灿烂地笑着，稍稍端起我母亲的字，表示感谢。

后来，我常想起丹青先生那天被采访时的愤怒，记得他说徐悲鸿很幸运，死得早，如果活到"文革"，只有被糟蹋。又说现在的画都没文化，现在最可恨的是割断记忆。他那种裹挟着愤恨的脏话的强烈的不满情绪，让我觉得有点迷惑。而现在，我还是对他报以同情。进而又想：在这样一个时代，像陈丹青这样一个人物，该如何自处？如果，我有与他类似的阅历，我会比他表现得更平静吗？在这样的时代，我该如何自处？

2007 年 5 月 24 日

水天中印象

水天中是当代中国卓有成就的美术评论家、美术理论家。我小时候就听父亲给我说起水天中。父亲在平凉二中读初中时，水天中给父亲教过美术课。水先生是兰州人，因为父亲水梓被打成大右派，水天中被分配到了平凉，先后担任艺校和平凉二中的美术教师，在平凉前后共 20 年之久。1977 年，恢复高考之后，水先生考入中国艺术研究院读硕士。此后，就留在了北京。这是我早就知道的水天中的大致情况。

父亲也从小爱好美术，觉得初中时能遇到水天中这样的美术老师是一种幸运，但他和水先生并没有交往。父亲说他印象中的水天中瘦瘦高高的，皮肤白皙，戴一副眼镜，冬天常围着一条大围巾，在平凉这个小地方，他的气质、风度显得卓尔不群。父亲说他常看见水老师画毛主席像——那是他的政治任务。尤其让我敬仰的，是父亲说水天中的父亲水梓，曾在民国时期任甘肃省教育厅厅长，学贯中西，境界高远，有很高的威望，蒋介石曾赠给水梓一副匾，题曰"陇上完人"。水天中是我心目中的世家子，而且是乡贤。

以上便是我幼时从父亲的讲述中获得的水天中印象。

后来，大约是 2009 年，父亲在平凉的一份杂志《晚晴》上面看到平凉二中的两位老教师回忆水天中的文章，触动了他的思绪，于是父亲也写了篇回忆水天中的散文，在《晚晴》杂志上发表了。不久，水天中托人打听赵继成，说是看到这篇文章，很是感念，没有想到他年轻时在平凉二中美术课教过的一个并无交往的学生对他能有如此清晰的记忆。自此，父亲和水先生联系上了。

父亲不用电话，他和水先生通信。水先生身体不好，虽不能常和父亲通信，但他却不时地给父亲寄书。除了水先生的几部著作如《中国现代美术理论批评文丛·水天中卷》《穿越四季》《美术历史与现状思考》《当代画家集评》《记忆的断片——那些远去的人和事》（水先生的回忆文集）外，他还把他认为好的书给父亲寄来，诸如汉娜·阿伦特的《极权主义的起源》、蓝英年的《那么远、那么近》，以及余英时的几本书等，多是思想方面的，由此可见水先生在美术之外的思想底色。

水先生的几本著作，我都读了。印象最深的是《当代画家集评》和《记忆的断片——那些远去的人和事》。作为非专业人士，《当代画家集评》中对当代老、中、青不同年辈，油画、水墨画、水彩画、抽象画等诸多领域的众多画家的评论，敏锐精到，尺幅千里，且文章本身写得很有美感，不仅让我在美术方面受益匪浅，我觉得倘若写作当代文学评论，水先生这些文章的运思、写法，也极值得借鉴。在《记忆的断片——那些远去的人和事》中，水天中用细腻的笔触回忆了他从童年到老年的大致经历——童年和少年部分尤为细致。书中写水先生儿时的家园"煦园"（过去在兰州很有名，后被毁），以及写他 1971 年去祁连山社教、写生的两篇，格外精彩，我以为是当代散文中的一流作品。

去年，因为起意给《记忆的断片——那些远去的人和事》写书评，我和水先生通了电话。有一次他正在医院做检查，但依然很有耐心地跟我交谈，我不忍多扰，水先生却说："你有什么想法，随时都可以给我打电话。"一直听父亲说水先生性格温雅，这一点我在电话里就感觉到了。

以上是我从水天中的书中，以及和水先生通电话，获得的水天中印象。

今年，我因参加 5 月 12 日在河北大学举办的"顾随诞辰 120 周年纪念会"，便受父亲的郑重嘱托，会后去北京看望一趟水天中先生，这是父亲的一个夙愿，于我当然也是乐事。

5 月 14 日我从保定到北京。下了高铁之后，我拨通水先生的手机，询问他从北京西站高铁站去水先生家所在小区的乘车路线。水先生用短信给我做了详细指示。下午 3 点多，我到达水先生所在的小区门口。然后，我在小区附近一家普通的酒店住下来，街边吃了碗刀削面，就去找水先生。

来到水先生家门口，门半开着，水先生站在门内，把我迎进去。水先生让我坐在沙发上，他端起事先在杯底泡好茶叶的玻璃茶杯去接热水，把茶杯放在茶几上后，又拿来一杯纯净水，掺进一点凉水。然后，他坐在我对面的一张铺着布垫的木椅上。我站起来，让水先生坐沙发，他说他坐那张沙发不舒服，习惯坐这把木椅子。我回头一看，这沙发的靠背离我还有段距离，相当之宽。水先生见状，说："这沙发、房子里的家具，都不是我买的，这房子是租来的，家具、装修，都是别人弄的。我们搬过来就直接住了。我家的房子，有些东西放不下了，所以又租了这套房子。"

随后，水先生给我讲他的病况。我早听说水先生这几年有重病，现在才闻其详。水先生说因为他看病服用的一种特殊药物，让他的牙受到极大损害，有时痛到要咬毛巾，现在几乎一口假牙，基本只能吃流食。水先生说他的病况，不是唉声叹气的，而是像讲故事似的。讲得差不多时，水先生问我："你一来，我就给你说了这么多我的病，不好意思。"

我说："我来就是看望您的。您尽管讲。我回去还要给我爸说呢。"

水先生起身，说我给你拿点点心吃。他拿出几块来自云南的玫瑰饼，说是现制的，很新鲜。我没客气，一口咬下去，口感酥软，味道香甜。我想起水先生在《煦园》里回忆他少时的生活，水家是一个中西文化合璧的大家庭，少时的水天中家境优越，他们家是很讲究吃的，有高级厨师。当然这不是主要方面，作为真正的大家庭，水家最了不起的是他们的学术以及艺术的高度。

说起平凉，水先生的话语滔滔不绝，说了不少故人旧事。他说他在"文革"中被迫害的还不算很严重，主要是画主席像离不开他。但曾经一度不让他上课，他就从二中图书馆里借书看，管理员给了他一把钥匙，工作组不注意的时候，他就去借书，看了很多书。我们又说到煦园，我说："可惜煦园完全被毁了。"水先生说："没有完全毁。还有一些珍贵的花木。五十年代时，这些花木被移植到了宁卧庄宾馆。那些紫藤都长得很大了，全部被移植到了宁卧庄宾馆。"（宁卧庄宾馆是甘肃省政府接待贵宾的宾馆。水先生对煦园的描写，就是从煦园的花木写起的。然而，这便让我想起水先生在《煦园》中的一句话："我对一切花木的珍视，多少是由于目睹了花木的毁灭。"

我发现，水先生说起过去的这些悲剧经历时，仍然是像讲故事一样，波澜不惊。眼前这位 82 岁的老人，虽疾病缠身，但却腰身修挺，肌肤细致，对半个世纪前的旧事又记忆清晰，语调不激不沉，有种云淡风轻之致。

　　说话间，水先生的手机响了，他站起来通话，我听出来，是水先生的女儿，他们用微信语音聊。接完女儿的电话，水先生告诉我：这是他的小女儿，现在英国剑桥。这个女儿在英国留学之后，就留在了英国工作。经过一番努力和磨练，她进入了查尔斯王子主持的一个基金会，做金融管理工作。后来，伦敦举办2012年奥运会，她又应聘到了伦敦奥组委的国际部工作。伦敦奥运会结束后，组织解散，她又进入英国一家类似美国微软公司这样的大公司工作。我听了水先生小女儿的经历，甚为钦佩，也为水先生有这样的孩子感到欣慰。

　　不觉就到了晚饭时间，水先生拨通外卖电话，点了3个菜。不一会，外卖送来了，水先生请我进厨房，我们在餐桌两边相对而坐，开始吃饭。走进厨房时，我看到餐桌上放着一本书，是布罗茨基的《悲伤与理智》，看过的部分用一个铁夹子夹着。水先生取出一瓶打开的洋红酒，问我喝不喝酒，我说能喝一点。这时，窗外暮色降临，我们在厨房的灯下用餐。除了豆腐之外，水先生几乎不吃别的菜，他拿出几个鸡蛋糕，泡在汤里吃，并说道："你别管我，我只能吃这种流食。你好好吃！"

　　我问："水均益常来看您吗？"

　　"很少来。他太忙了。"

　　在和一位比自己年长42岁的长者，一个极富品格和修养的文人共进一顿普通而温馨的晚餐之后，我起身告辞。聊了近4小时，水先生一定累了。对于这样一位不寻常的长者，我能做什么呢？远道而来，一杯清茶，半日谈欢，如是而已。我深知，在中国，出生于上世纪三十年代的杰出的知识分子，如今已所剩不多了。像水天中先生这样一个人，坐在我眼前，就是一个宝库。文章著作可供后人览读，但一个鲜活的人物，他的灵魂中却有书籍所无法完全呈现的丰富和美妙，如何让这些丰富和美妙在世上存续，于我，仍是需要长久努力的事情。

临行前，水先生说让我带两样东西给我父亲。他取出一盒云南玫瑰饼，一筒正山红茶，装好，让我提上。我是空手而来，却带着礼物回去了。

水先生把我送到小区门外，就告辞了。

水先生居住的这个小区比较偏，不通公交，也没有菜市场，饭馆很少，一路外卖小哥穿梭来往。小区路对面就是铁道，不时有火车呼啸而过。水先生说他第二天还要去医院检查。我都没顾上问，第二天他怎么去。

2017 年 10 月 20 日

老杜的故事

  知道老杜的故事，是从他的一部书开始的。老杜实在是一个很平凡的人，但当我得知他的经历之后，便想把他那令人唏嘘的遭遇记下来，并告诉给更多的人。

  老杜在晚年的时候，自费印了一部叫《中国魂》的厚厚的书。根据书中的介绍，我得知他是河南通许县人，生于 1928 年，1949 年毕业于河南中原大学历史学专业。这一信息显示在《中国魂》前附录的一张毕业证书上，上面有著名历史学家时任中原大学校长范文澜和哲学家时任副校长潘梓年的署名。老杜大概是以这张毕业证书为荣的。

  按照朋友提供的线索，我亲自去寻访了这位老人。

  去年冬天的一个下午，我找到老杜的家，敲门，敲了几声之后，屋里传来一声苍老的声音："谁？"我说："我是小赵。"

  "我咋不认识你？"

  "您认识晚报社的郝记者吗？我是他的朋友。"

  "噢，知道，知道。我给你开门。"

  门开了，七十多岁的老人，稀疏蓬乱的白发，又瘦又高，布满皱纹的蜡黄的脸，一身褴褛的中山装上点缀着汤饭的痕迹。屋里几乎没有像样的家具。一张摇摇欲坠的露出原木的破旧的沙发歪在墙角，上面铺着一张旧床单。在老杜的再三邀请之下，我小心翼翼地坐了上去。对于我这样一个不速之客，老杜显得极为热情。当老杜把一杯热茶放在我面前时，起初这间屋子给我的与世隔绝的感觉开始淡去。我急切地想知道老杜的经历，而这也正是这位像乞丐一样的老人意欲倾诉给我的。

老杜不是我所常见的七八十岁仍然思维灵敏的知识分子，他是一个长期受痛苦生活折磨的人——我的问话，他已不能清晰流畅地回答了。于是老杜把钉在墙上的一张名不见经传的《商报》拿下来让我看。因为老杜的出书，这家报纸在第一版对老杜及其作品《中国魂》进行了介绍。在这份资料的帮助下，老杜的人生际遇在我的心中逐渐完整起来。

刚刚大学毕业，迎来了中华人民共和国的老杜，参加了工作。不久，被保送到清华大学学习机械制造，成绩优异。毕业之后，到中原局王任重秘书组任秘书。1958 年，调到甘肃省钢铁办。当时是钢铁遍地开花，老杜需要到基层调查指导工作，当他看到大跃进造成的农村的严重饥荒、饿死人的情况时，震惊不已，便连忙奋笔疾书，向各级领导写材料，反映实情，结果被打成"以彭德怀为首的右倾机会主义分子"，遣送到平凉市景家沟劳改监狱接受劳动改造。当时，这个劳改监狱以烧制土坯砖为业对劳改犯进行改造。而老杜主动提出加工机械零部件，在得到领导的支持后，便由他来负责产品开发、工艺设计等一系列生产流程的技术工作。老杜果然有本事，由他设计的产品在当地销路甚好，优化了该劳改队长期以来单调落后的生产结构，经济效益随之大幅度提高。随后，他又不断设计出了更新、难度更大的零部件产品，直至七十年代生产出了整台的合格的牛头刨床，该产品曾行销全国。后来，这家劳改队更名为平凉市机床附件厂，全体员工增加到近千人，成为当地的一家中型企业。由于老杜的突出贡献，其劳改日期提前结束，被该厂留任，从事技术指导工作。在此之前，老杜的家属已从河南农村老家迁移到平凉。

八十年代之后，机床附件厂领导不断更换，对老杜从前的贡献不甚了了，视其为无用老朽，至八十年代后期，遂将老杜以退休工人身份处理，老杜每月只能领到四五百块钱退休金，生活难以为继。九十年代，在离开故乡几十年后，老杜回河南老家探亲。"少小离家老大回"，开封一带历来为战乱多难之地，乱世弃家，隔世重归，举目茫茫，哪有亲戚可见！所幸的是，老杜在老家碰上了一位童年老友。此人除务农之外，跟两个儿子在村子里开了一间以修理架子车、自行车为主的小铺子，收入并不丰厚，亟盼发财致富。老杜发现此地的手扶拖拉机一概没有相配套的拖斗，除一年耕两次地之外，其余时间全部闲置。于是，老杜亲自设计了一种适应于当地手扶机的拖斗。这样，农民们除耕地之外，还可以用此机器搞运输，带来更多的经济效益。老杜的童年老友便开始生产这种手扶拖拉机拖斗，产品供不应求，很快风靡全县，得到了县政府的欢迎和支持，生产规模进一步扩大。老杜的童年老友乃从此致富。

在老杜返回平凉时，他的发了财的童年老友拿出数万元现金给老杜作为酬谢。回到平凉后，机床附件厂恰好在集资修建住宅楼，这笔钱遂派上了用场。否则的话，老杜一家数口便不可能有安居之地。

长期以来，老杜不仅是一个非常优秀的机械技术工作者，而且他还有着和一般人不同的精神追求——对中国历史的酷爱和钻研。他的宿愿就是能够写一部体现爱国主义精神的中国历代名人略传。老杜在图书资料极其缺乏的情况下，千方百计地从报刊上搜集资料，"恒兀兀以穷年，"加工、撰写成了这部书。当然，没文化的老伴是绝对不理解他的这种毫无收益的奇怪行为的，但老杜对这项名山事业就是铁了心一根筋要走到底。经过多年的努力，老杜终于在 2001 年自费印制了 1000 册题名为《中国魂》（657 页）的历代名人略传。该书对从老子到詹天佑以来的老杜心目中的"奇人""名人"进行了概略的介绍。其中思想家、文学家、艺术家、科学家无所不包。科学家在这本书中所占的比重相对较为突出，如世界上最早的建筑学经典之一《营造法式》的作者、北宋的李诫，就很少为人所知，而老杜则对这一类人慧眼独具，盖老杜亦一制造行道中人也。此书虽无多学术价值，但它是老杜一生心血之凝结，或重于泰山焉。从老杜的角度看，实为痴心人做痴心事。老杜原以为这部非正式的印刷物会受到世人青睐，孰料这 1000 册书至今躺在老杜家中，无人问津，犹如一堆废纸。老杜为这部书耗尽了自己最后的心血，晚年他患有心脏病、高血压等多种老年病，印书花去了他多年的积蓄——卖书无望，治病没钱，家人抱怨，全家生活更加困顿不堪，老杜亦无可奈何，瘦得像一把枯柴。不到四年，老杜便在凄凉中离开了他百般天真地热爱着的人世。

　　老杜一生悲凉，本来这一去倒也干净，但是还有一件让老杜牵挂的事——他唯一的一个三十多岁的儿子，由于精神错乱仍然把自己整天关在一间黑房子里，除接受家人送去的生活必需品之外，不与任何外人接触，等同废人。他儿子为什么会成这样呢？据老杜说，他的儿子因为出生并生活在一个劳改犯家庭，从小就遭受了无数的歧视和侮辱。成年后，在机床附件厂当了一名工人。因为童年伤害造成的性格畸变，他根本无法与他人正常交往，在他的眼里，几乎所有的人都会像豺狼一样伤害他，父亲的训斥，也会让他感到恐惧万分。后来，机床附件厂产品老化，日

渐衰落，职工大量下岗，老杜的儿子便来到街头卖水果来寻求生路。但像他这样一个绵羊一样的人，在那些奸诈凶狠的街头小贩中无异于撞入狼群的小兔子，没几天就被其他水果贩和城管排挤欺压得走投无路了。从此之后，老杜的儿子就彻底地避开了他恐惧的社会，躲在一个小黑屋子里苟且偷生，连父母都不愿见。

后来，我还到老杜家去过一次，他已经一病不起了，那是我和他的最后一面。老杜跟我告别时再三叮嘱我好好推销他的书，我满口答应，他握住了我的手，说："你的手真热，到底是年轻人啊！"我怔怔地不知该说什么，只好说："我的手就是比一般人热。"

老杜的名字叫杜效国，他的书名叫《中国魂》。说真的，我没有资格了解老杜，我只是觉得他是一个不改初衷，异常纯良的人。

末了，要交代的是：文中的"我"，其实是家父，这故事是父亲讲给我的。

2005 年

阿　翔

　　阿翔来找我，他刚从广东打工回来。

　　阿翔大专毕业之后，不想做一名乡村中学教师，非要到外面去闯一闯，于是就去了广东东莞。我知道阿翔是个极其散漫的人，他适合于读书、谈天、抽烟、喝酒、乱逛、胡思乱想，不适合去下苦挣钱。所以自阿翔走后，我一直对他不放心。有一次，他把钱花完了，打电话向我借钱，我劝他早点回来算了，他说还行，要待下去。而他今天一见我，就说不行，他实在受不了了，一天工作12小时，一月才挣六七百块钱，整天跟那些小学都没毕业的民工混在一起，感觉越来越傻了。

　　阿翔说那是个工业区，到处都是工厂，路边尽是垃圾，那是老鼠们的乐园。空气污染很严重，太阳很少灿烂，总是一副鸡蛋黄的样子。那里的民工主要来自广西、四川和河南。街上随处可见背着包找工作的人，他们都来自非常贫困的地区。阿翔在他所在的工厂曾亲眼见两个工人为5毛钱的煎鸡蛋打架。许多打工仔都人手一把砍刀，跟他在一起聊天时最爱述说他们在哪里抢过人、砍过人的"英雄事迹"。我说："那你怎么跟他们相处，那不是很危险吗？"阿翔说："我给他们发烟啊。买一包烟，一到宿舍，就一人一根，所以他们对我很友好。那些打工仔都很小气，有烟只顾自己抽，要都不给。"

　　阿翔这小子爱看书，去广东前从我这儿借走了维特根斯坦的《哲学研究》（大学教师摸过这本书的也极少），结果给弄丢了。他说他到了广东买。可是东莞这地方哪有书啊，阿翔做感叹状说："这地方的书基本上就是些言情武侠小说，或者是一些非常夸张的黄色杂志。民工们最高级的娱乐是花 6 元钱去看 3 个小时的色情表演，真是便宜啊！那些小姐都是川妹子。"阿翔说有个和他一个车间的四川女人领着一个 13 岁的女孩也在干苦活，那女孩长得十分心疼，但家里穷得吃饭都成问题。他看着那女孩感到心酸，心想："这女孩在这工厂里不知能干几天，指不定哪天就沦落风尘了。"这其实是许多农村女子的命运，阿翔的担心一点不差。

　　由于我有事要出门，没时间跟阿翔多聊了，就打发他走了。他准备回他所在的乡镇中学去教书。我说："不管怎样，你先把你的口糊住再说。"

　　你想想，一个想看维特根斯坦《哲学研究》的大学毕业生去从事不需要什么文化的低级劳动，他能适应吗？

2005 年 5 月 9 日

素瓷静递

考研热： 欲说还休

院里每年一度的"考研经验交流会"，前几天就有学生干部电话约请我届时参加，给学生做报告，我辞谢了——因为，我对学生们一窝蜂考研并不赞成。但，事到临头，有关负责老师又给我打电话，恳请我去，我碍不过情面，便去了。

这项活动主要面向大二、大三学生，请几位老师现身说法，大约是要给学生讲考研的意义及方法。我实在不是参与这项活动的合适人选。首先，我对"考研"本身就有抵触心理——虽然，那是学生们的事。

显然，"考研"已是我们时代的关键词之一，"考研热"也当之无愧。在我六年前考研时，就是如此，而今，这股风潮刮得更大了。老实说，我是研究生教育的受益者，从中受益的人还有很多（受伤者更不在话下），但这并不证明目下中国的研究生教育有多么成功。

照理说，研究生教育是一种"精英教育"——诸位稍微睁眼看看，我们的研究生教育是精英教育吗？研究生教育的基本目的是培养高层次的学术人才，而我们考研的学生，有多少是奔着学问而去的？——遑论做学问的能力如何。我所看到的，在考研路上成败浮沉的学子们，多数都是为了更好的饭碗——这是难说之处，人为饭碗，人往高处走，本属无可厚非，但可悲的是，研究生教育压根就不是解决大学生就业问题的一条途径，而我们的许多大学生迫于社会资源的匮乏，不甘于并不美妙的就业前景，便紧紧抓住"考研"这根稻草，奋力一搏，以期通过研究生学历较大幅度地改变自己的经济和社会地位。诚然，如今的本科毕业生，并不能在社会中占有多好的就业空间，是否拥有研究生学历，便可决定他们前途的光明与黯淡。"知识改变命运"这句话，在他们身上放射出真理般的光芒。的确，读研改变了无数学子的命运，让他们拥有更丰美的个人生活。但，最大的悲哀，在于这种目的不纯的求学深造对学术文化的戕害。单个看来，读了研究生的人，都有了更好的出路，受益了，但功利的目的以及并不出色的学术基础和能力，让中国的研究生质量大打折扣，并进而影响到我们学术成果的质量，直至我们民族长远的文化素质的升降。

君若问——道理何在？曰："对进入学术层面的知识和文化的追求，应该是超功利的（普通的文化追求可以有功利的成分），任何掺杂功利目的的所谓学术探究必然不能将学术提升至超越的真理层面。对真理的追求应是无条件的，是一种单向度奉献，而功利的学术研究则是以对个人的有用性为出发点，所谓'真理'只是一个幌子，是可以随时被替换的道具，倘若无用，便可随时抛弃，甚至可以指谬为真。能玩出如许花样的，尚属聪明之辈，更荒谬的是——当彼辈利欲熏心时，心思混浊，灵明滞涩，哪里会有智慧的火花照亮他们那饥渴的脑袋瓜？所以，并非出于兴趣而得来的'知识'，其实是'伪知识'，只有爱知识的人才会有真知。这便是我'危言耸听'的理由。"

然而，当我面对学生时，这些不合时宜的话，真不知该如何讲出。我的确看到了许多家庭背景贫困低下的学生，预见到他们不无艰难的前途，不忍心他们毕业后继续生活在沉重中，但我更不忍心的是我们民族文化的长远之患。所以，我对学生考研的态度是：既不反对，也不鼓励。此言一出，众皆纷纷。反对考研当然是没道理的，但倘若只大讲"知识改变命运"，对功利化的"考研热"不加反思，则是对民族文化的不负责。民生多艰，千军万马，一心考研者自有其决心和技巧，我即使不鼓励，也丝毫不会影响他们奋进的步伐。我之所愿是唤醒学生们超越一己之利对研究生教育进行反思，乃至对民族文化保持忧患意识。希望学生们能有一点大的关怀，这是我的痴念。

2006 年 11 月 16 日

十　年

今天下午讲东坡词，讲到他悼念亡妻的名作《江城子》，首句是："十年生死两茫茫，不思量，自难忘。"苏轼写这首词时，距他的第一任妻子王弗去世整十年。我给学生说：这个"十年"不能轻易放过。"'十年'这个词经常在诗词中出现。香港歌星陈奕迅不是有首歌叫《十年》吗？'十年之后，我们是朋友。'很浅，但为什么要选择"十年"这样一个时间段呢？这里面有中国文化的背景。"这样一说，学生们似乎来了兴趣。

苏轼说：我跟你（王弗）生死悬隔已十年矣。这十年来，我在世间碌碌奔走，你在泉下永陷哀痛，两处茫茫皆不见。说实在的，世事繁乱，我现在已不能像从前那样时常想到你了，但对你的思念仍不时地萦绕我的魂梦。所谓"不思量，自难忘"的"不"字，意在表达不刻意去想，却总忘不掉的心理状态，更显其思念之深。

苏轼这话很真实。再深的感情，十年之后，肯定已不会像妻子刚去世时那么难以释怀了。人能够对十年前深情相依的人时时想念，是不容易的。

古人诗词中时常把十年作为一个赋有特殊的深沉意味的时间段来回忆人或故乡，如杜甫《天边行》"九度附书向洛阳，十年骨肉无消息"，韦应物《淮上喜会梁川故人》"浮云一别后，流水

十年间",贾岛《渡桑干》"客舍并州已十霜,归心日夜忆咸阳",杜牧《遣怀》"十年一觉扬州梦,赢得青楼薄幸名",黄庭坚《寄黄几复》"桃李春风一杯酒,江湖夜雨十年灯",姜夔《除夜自石湖归苕溪》:"少小知名翰墨场,十年心事只凄凉",《水龙吟》:"我已情多,十年幽梦",吴文英《望江南》"欢事差,十年轻负心期",张炎《壶中天》"叹十年不见,我生能几?"等等。无论是漂泊他乡,还是与情人分别,所谓"十年"也未必是真正的十年。诗词中的年份有时是确指,如刘禹锡"巴山蜀水凄凉地,二十三年弃置身"(《酬乐天扬州初逢席上见赠》);有些则是概指,如王安石"三十年前此地,父兄持我东西"(《西太一宫壁》之二)中的"三十年"其实是三十二年。诗词中也常有"二十年"或"三十年",如张祜《宫词》:"故国三千里,深宫二十年",黄庭坚"三十年来世三变,几人能不变鶄蛙?"(《和蒲泰亨四首其二》),陈与义《临江仙》:"二十余年如一梦,此身虽在勘惊"等。人世多故,二分尘土,一分流水,十年已让人感慨系之了,更何况是二十年、三十年?李煜"四十年来家国,三千里地河山"(《破阵子》),陆游"梦断香消四十年,沈园柳老不吹棉"(《沈园二首》)的回首感喟又是怎样的沉哀深恨!

但,我们时常说的还是"十年"。且不说吾人用"十年"来划分年代的习惯,我们只说个人。自从夫子自道:"吾十有五而志于学,三十而立,四十而不惑,五十而知天命,六十而耳顺,七十从心所欲不逾矩"之后,中国人已习惯于把"十年"作为人的成长曲线的坐标单位。是啊,白云苍狗,人心如流水,十年之间,许多事情都会改变的。我给学生说:"各位可以想一想,你们十年前最要好的朋友,现在又有几个能时常牵挂得起呢?别看你们现在男男女女笑骂相聚,日日如常,甚至形影不离,十年之后，又有几个同学能常留你的心底呢？为什么时兴搞毕业后的'十年聚会'呢？就是一些好心的同学怕曾经在一起同窗了上千个日子的同学们相忘于江湖啊！然而，人与人之相忘于江湖，实不得不然，处处皆然，自然而然之事。有时，时间久了，我们连父母都要淡忘的。人事纷纭，新人代旧人。只需十年，我们的人生就足以产生奇异的变幻和足够深沉的感慨。"

然而，我们总不能，也不愿把记忆中的一些旧人就这样化为乌有，所以我们说："但愿人长久"。这"但愿"二字包含了何等沉厚的祈愿！"十年生死两茫茫"、"人间别久不成悲"，人的感情能经得起几个十年的考验？"不思量，自难忘"，因为难能，故而可贵。

2005 年 10 月 26 日

隐痛：　李白出蜀后再未返蜀之谜

　　关于李白，有一个问题始终让人迷惑不解，即李白自 25 岁出蜀之后，虽遍游大江南北，却再也没有回到过他的家乡四川江油。李长之先生说："李白从来没有谈到他的家庭，他亲密的友人也没谈到过，所以我们很少有什么凭藉知道他曾经受过如何的家庭教育。他很早就度一种奇异而漂泊的生活，他似乎是没有家，好像飘蓬。从这里也可以发掘他有一种隐痛，使他很深的怀着一种寂寞的哀感，支配他全生。"（李长之《道教徒的诗人李白及其痛苦》）李白在他的诗文中提到过其族叔、侄子、外甥等亲属，但不是从来，而是几乎没有提及过他的父母兄弟等家人。只有一次，他说："余小时，家大人令诵《子虚赋》"（《秋于敬亭送从侄专游庐山序》），言及其父。蜀中的亲密友人，李白只提到过赵蕤。所以，我们很少有凭藉可以知道李白早年蜀中的实际生活。许思园先生也注意到了这个问题，他说："太白 25 岁出蜀东下，数十年间于家庭亲友，除道士赵蕤外，几无一字称述，定有隐衷。"（许思园《李太白论》，见许思园著《中西文化回眸》）

　　周勋初先生在《诗仙李白之谜》中说："按李白排行十二，足见其兄弟群从之多，只是他在诗文中从未出现一人名字。直到他以永王璘事获罪而下狱，在《万愤词》中悲呼'兄九江兮弟三峡'时，仍然不提兄弟之间往来的丝毫踪迹。这在注重家庭关系的中国士人中，情况显得很特殊。与此相同，李白在诗文中也很少提到父母，以致后人无法知道其名字。王琦为李白《万愤词》作注，云'李白诗中绝无思亲之句'，这在当时其他文人中是不多见的。"又说："杜甫屡次提及其父杜闲和几个兄弟，感情极为深厚。这些地方，充分反映了中国士人注重伦理道德和家庭关系的特点，在这些地方，李白却完全不同，这不能不引起读者的惊异。"

的确，李白一生在他的诗文中对其生活经历有非常丰富的记录，他决不是一个内敛的人，恰恰相反，他口无遮拦，甚至喜欢天真地夸耀——但是，李白自始至终对他的家庭讳莫如深，这实在令人大惑不解，于是，我们不得不猜想：李白可能怀有一种极深的隐痛，这种隐痛当与其家世有关。到底如何相关，很难确知，但显而易见的是，李白隐藏了他的家世及其早年生活的许多情况，这种隐藏直至他死去都未改变，为后人留下了一个永远都无法水落石出的谜团。面对谜团，我们的好奇心无法安顿——李白到底隐藏了什么？为什么？

熟悉李白作品的读者都知道，李白对巴蜀、峨眉、故乡的思念终其一生，不可断绝。他的许多动人作品，皆自此种感情出，如《峨眉山月歌》《静夜思》《宣城见杜鹃花》等。但令人费解的是——既然如此思念，何不返乡归省？此一奇也；不返乡也罢，更奇的是，李白在他的诗文中为何几乎从不述及父母、兄亲？李长之、许思园、周勋初等学者都注意到了这个谜团，并推测可能有某种隐衷——"隐衷"之说，定无疑义。但，这也只是提出了一个疑问，却未给出解答。李白出蜀后为何再未归返？为什么他几乎不提及他的家人？迄今为止，在李白研究中，这仍然是一个悬而未决的问题。

　　日本学者松浦友久在其《李白的客寓意识及其诗思——李白评传》中综合众说，对李白的家世做出了非常有力的考证。他也注意到李白离蜀后再未归蜀的事，但并未直接给出解释。而在对李白"客寓意识"的分析中，他提出的主要理由是李白的异族家世及其父亲的商贾身份造成了李白强烈的被排斥感和屈辱感。譬如，李白父亲无正式名字而被称为"李客"，即可见其家庭在当地较低的社会名位。另，李白未参加科举，向来被笼统地归之为不屑为之，其实据《新唐书》和《唐律》所载当时贡举制度，像李白这样的家世，他根本就没有资格参加地方的"贡举"。故李白之不预科举，更合理的理解是：在现实的层面，他首先是被科举制度排斥在外了，然后才高举远引不走寻常路的。这一切，都暗示着李白早年蜀中生活所可能蒙受的屈辱。

　　所以，倘要解释李白离蜀后再未归返的原因，根据松浦友久的说法，似可归之于李白的异族和商人家世给他造成的尴尬和屈辱。

　　但这种尴尬和屈辱真的至于让李白终生不再归省并提及家人吗？这似乎仍不太符合常情。在李白的时代，出身于异族或者商人家世，抑或两种身份合一的文人，并非极其罕见或者不堪的事情。唐朝李氏本就有胡人血统，异族出身不是大问题。那么，到底为什么？李白终生不愿吐出的那个"核"到底是什么？我对这一悬案有个似乎不该的大不敬的推测：李白的家人可能"集体死亡"了，可能是在李白出蜀后不久死于非命。这给李白以极深、极大的刺激，以致于他一生再也不愿提及家人。

　　从李白对妻子、儿女的感情看，他是一个重视家庭感情的人——虽然他曾有过几个妻子，且很少过稳定的家庭生活，因而，李白不可能对他的父母没有感情。"事君之道成，荣亲之义毕"（《代寿山答孟少府移文书》），"一生欲报主，百代思荣亲"
（《赠张相镐》），李白光宗耀祖的愿望不可谓不强烈。那为什么
他在 25 岁出蜀之后再也没有回过四川的家，甚至连提都不提他
的家人，难道李白对父母就不思念吗？难道他和家人在感情上彻
底决裂了吗？到底发生了什么事情？我们不禁想追问个究竟。从
李白极重感情的个性可以断定，他无论如何都不会跟父母毫无感
情。因为他出蜀后再也没有回过家，我便猜想可能他的家人都已
不在人世了。可是，即使不在人世了，可以不回去看，为什么连
提都不提呢？按照松浦友久的观点，李白对他的异族出身和商人
家世感到极为尴尬，甚至屈辱，加之唐朝的社会文化状况，以及
李白狂傲不羁的个性，他大概不会因为其并不光鲜的家世出身而
那么看不起自己。故此，松浦友久的观点（其实也是一种情理的
推测），我并不信服。于是，我想李白的家人可能是死于非命了，
这可能是扎在李白心灵深处最残酷的一把尖刀。不是耻辱，而是
这最深最深的伤，李白把它掩盖了起来。

　　李白在《上安州裴长史书》中写到他蜀中的友人吴指南的死
和他的极端悲壮的情状："又昔与蜀中友人吴指南同游于楚，指
南死于洞庭之上，白禫服恸哭，若丧天伦。炎月伏尸，泣尽而继
之以血。行路闻者，悉皆伤心。猛虎前临，坚守不动。遂权殡于
湖侧，便之金陵。数年来观，筋肉尚在。白血泣持刃，躬申洗
削。裹骨徒步，负之而趋，寝兴携持，无辍其手。遂丐贷营葬于
鄂城之东。故乡路遥，魂魄无主。礼以迁窆，式昭朋情。此则是
白存交重义也。"李白的这次洞庭之游是在他 25 岁时的夏天（见
安旗、薛天纬编《李白年谱》）。我们可以看到，李白对蜀中友
人吴指南的死有一种异乎寻常的悲痛和悲壮之感。"泣尽而继之
以血，"李白何以会如此悲痛？请读者注意，李白对这种悲痛用

了"若丧天伦"这样一个比方。细心的读者不禁要问：李白怎么知道"若丧天伦"是什么感受？他是不是在此时已经丧失了"天伦"？似乎有这个可能。否则，李白怎么能拿"若丧天伦"来比吴指南的死呢？要知道，唐代也是很重孝道的。若"天伦"未丧，而说"若丧天伦"，那是既违礼教，也违常情的。再请读者注意"故乡路遥，魂魄无主"八字。是谁"魂魄无主"？似乎指吴指南，但也未尝不包括自己。这一句似乎也透露出李白的家人已经不在人世了，所以当他遥望故乡时才会说"魂魄无主"。按理，吴指南死，虽被李白暂时"殡于湖侧"，但几年后，当他从金陵归来，为什么把吴指南的尸体剔肉携骨，葬于"鄂城之东"，而不送归其家？既是至朋好友，当归送其尸骨于故乡才是。难道吴指南蜀中没有家人了吗？不大可能。"故乡路遥"也绝不是问题，原因大概在于李白已誓不入蜀。吴指南之死所引起的李白的这种无以复加的悲痛，恐怕与他已丧天伦的大悲痛有关。吴指南是李白蜀中的友人，也许他就是李白此刻唯一的乡亲，吴指南的死，可能意味着李白蜀中亲友的彻底丧失，故而，李白才会表现出那种"泣尽而继之以血"的极度悲痛。丧失了家人的李白，从此彻彻底底地成了无根的游子。李白一生极重朋友之情，可能就与他失去了家人有关（"岑夫子，丹丘生，将进酒，杯莫停；""李白与尔共死生，"这样的话语，恐怕不只是出于酒酣之际的情热与天真，那种异乎寻常的态度可能也包含着无法言说的丧家之痛，因此才会对朋友生死以之），而他一生都过着漂泊浪游的生活，恐怕也能够从这里找到某种不得已的现实的原因。李长之和许思园所感到的李白的"隐痛"或"隐衷"，也许就在于此。而至于李白的家人是如何"集体死亡"的，因为没有任何线索可寻，我就不能再假设下去了。

　　如果这种假设成立的话，那么这一致命的打击带给李白的最刻骨铭心的感受则当是生死无常的飘忽感，以及对无法回头的故乡的刻骨思念。生死无常的飘忽感，李白在《古风五十九首》等诗中有深沉的表达。也许，正是感于死亡的伸手可及，李白才会对超越生死的神仙有那么强烈的渴望；也许，正是这一"隐痛"大大地刺激了李白的叛逆性格，才会使他"手刃数人""天子呼来不上船"，才会使他追求及时行乐——"浮生若梦，为欢几何？"生命对于李白来说显得过于飘忽。正因为李白的"痛"远大于常人，所以他才会拼命地追求"乐"。我们可以感觉到李白总是想扼住命运的咽喉，"泪亦不能为之堕，心亦不能为之哀"（《襄阳歌》），从这样的话语，不难觉察，李白似乎在隐忍着一种很深的悲哀。"平生不下泪，于此泣无穷"，恐怕只有心中充满血泪而又不能忘情于世的人才能说出这样的话。也许，正是因为这种"隐痛"，这种欠缺感太深了，李白的理想才格外大，格外强烈。"故乡路遥，魂魄无主"，明乎此，我们就更能理解李白"举头望明月，低头思故乡"，"一叫一回肠一断，三春三月忆三巴"的不能自已；明乎此，我们就会体会到"但使主人能醉客，不知何处是他乡"那旷达背后潜藏的悲酸。

　　最后，我要声明的是，本文是很郑重地提出"李白出蜀后为何再未归蜀"的问题，但此一问题原本差不多是个无解的疑案，我提出其家人的"集体死亡"说，乃是根据李白的感情来反推，内证本虚，外证阙如，思虑至此，不得不发，读者倘以严肃的戏说视之，则或有所获焉。

2002 年

贺铸《青玉案》中的性幻想

北宋词人贺铸的《青玉案》，堪称其代表作。

> "凌波不过横塘路，但目送，芳尘去。锦瑟年华谁与度？
> 月桥花院，琐窗朱户，只有春知处。　　碧云冉冉蘅皋暮，
> 彩笔新提断肠句。试问闲愁都几许？一川烟草，满城风絮，
> 梅子黄时雨。"

这是首典型的朦胧诗。它是写爱情的吗？不能说是，至少，
这样说不准确。这首词是多情词人对他偶然在横塘邂逅的一位妙
丽佳人的痴想。这位佳人的美丽，大概是不可言状的吧，词人只
告诉我们，她绝尘而去时有飘飘若仙子的轻盈。就这样，一个轻
倩掠过的面影和背影在词人心中留下了久久的温热和想望。"油
壁香车不再逢，峡云无迹任西东"，晏殊亦曾表达过这般怅恨。
贺铸此词情境，照我看来，其实就是写"性幻想"。他与她，并
无恋爱关系，甚至连攀谈都不曾有过，然而，她却让他心神不
定。"锦瑟年华谁与度？月桥花院，琐窗朱户，只有春知处。"他
的心，已然被她带走。他幻想着她所居住的庭院，猜度着——
她，这样一位惊艳的女子，当是何人所属呢？这不是想入非非，
是什么？他猜想着，那位女子大约已经名花有主了吧。"锦瑟年

华谁与度?"暗含着对"那个人"的嫉妒。一个更深的声音是,如果那个人是我,该多好。

以我之所见,尚未有从性幻想的角度解读这首词者。但我以为,"性幻想"这顶帽子蛮适合这首词的。在大街上,我们蓦然间看见一位靓丽异性,激素水平油然上升,也并非罕有之事。说到这里,我想起了库布里克的电影《Open Eyes》中的女主人公对她仅见过一次的那位军官的性幻想。然而,与一位佳人的无声的擦肩而过的邂逅所引起的痴想就只有性的成分吗?也不尽然吧。词人不仅是痴念不已,他甚至再次来到横塘,等待那位女子奇迹般地再次出现,但是,直等到天暗了,碧云缓缓从水边高地的上空飘过——她,却没有来。于是,他的旖旎情思像被风轻轻扬起,又吹送了回来似的,在空的心里回旋着,挠着他微痛的神经——这种感觉,大约就是惆怅吧。

我是不是说,这里也有爱呢?也许吧。性与爱的纠葛是万端复杂的,文学解读,何尝不能举棋不定、三心两意呢?让词人如此深长思之的一段邂逅,恐怕含有爱的成分吧。性与爱,确乎不同。性是不要意义的,爱却寻求意义。性欲未必导向恋爱,恋爱却依存于性欲。性欲在心里存得久了,便会像谷子发酵,成了爱恋。帕斯说:"性欲是爱欲所起的那最初的一苗火心,爱是火焰。"由性的兴趣而生出爱意,这期间的流转自如,又有谁分得清呢?

爱又是什么呢?"解释爱是人生中的徒劳之举"(哈罗德·布鲁姆语),还是免了这徒劳之举吧。所以,我就异常欣赏张爱玲的那篇简短的散文《爱》。那位十五六岁的少女,春天的晚上,在后门口的桃树下站定了,与对门的那个年轻人,那一会儿的相望。

2006 年 10 月 27 日

"鼻端从此罢挥斤"：王安石与王令

北宋中期，有一位卓尔不群却不幸早逝的诗人，如果不是有幸被王安石发现并极力奖掖，中国文学史上恐怕不会留下他的名字——王令。

韩文公曰："世有伯乐，然后有千里马。千里马常有，而伯乐不常有。"此之谓天下奇才往往"才美不外见"者，在于缺少发现奇才的伯乐。不过，历史上并不乏幸运的千里马，如王安石、苏轼知遇于欧阳修，欧阳修知遇于晏殊等。天才与天才相遇，乃一见钟情，触目惊心。但我相信，那些默默的，或者未曾显赫的天才其实更多。

宋仁宗至和元年（1054），王安石自舒州被召入京试馆职，道出淮南，过高邮。对王安石仰慕已久的青年文人王令，趁机作诗《南山之田》投给王安石。王安石读罢其作品，欣赏之至，自此两人成为莫逆之交。其时，王令23岁，王安石34岁，相差11岁（杜甫与李白也相差11岁）。王安石深爱王令之文章道德，"以为可以任世之重而有功于天下"（《王逢原墓志铭》），可谓期望极高。王令则称王安石为自扬雄以来的有学之士（《与东伯仁手书》六）。当时，王安石尚未显贵，王令则是靠聚徒讲学为生的一介寒士，二人的爱慕推崇可算是文章道义之交。此后数年，王安石声誉渐隆，在他的大力揄扬之下，当时文坛上负有名望的

学者孙觉、黄莘、黄晞、王回等人，开始与王令投赠唱和，使王令的诗文得以传抄流通，并使其成为江淮一带颇负声誉的青年文人。

王安石在熙宁元年（1068）任参知政事实行变法之前，除嘉佑元年（1056）一度入京为群牧判官之外，一直在江南一带担任着地方官；而王令一生行迹也基本不出江淮一带，故两人除书信往还外，也时而见面。他们的话题，不拘于文学，还涉及经学及天下事。王令曾给其生徒讲《论语》《孟子》，颇推崇孟子，并写有关于《孟子》的讲稿，可惜未完篇；而孟子恰是王安石的偶像之一。王安石在《寄王逢原》诗中说："晤言相与入圣处，一取万古光芒回。"可见两人在一起交谈时的相得。而他们的英雄相惜，恐怕更多的在于经邦济世之学，而非文学。譬如，王安石提点江南东路刑狱期间，王令就曾建议王安石上奏朝廷不宜让从北方发配来的犯人去上岗（江浙湖广的钱粮汇聚于此，由运河而送至汴京）运船上服役，因其不服水性。两人曾就此事几次书信往来加以商议。可见，王令绝非不谙世事的书呆子。

不过，两人的思想也有分歧，即王令认为"天下无道"，不可为也，所以他不应举，不做官，只愿安贫守道，并力劝志在兼济天下的王安石归隐。他在《寄介甫》一诗中说："谁与跖徒争有道，好思吾党共言归。古人踽踽今何取，天下滔滔昔已非。"葛立方赞此诗曰"识度之远，又过荆公"（《韵语阳秋》），我以为不然。王令固然节操甚高，但从他的话语中，我们能感觉到一种不无偏激的愤世之情。王安石岂不知世事之不堪？岂不向往独善其身的宁静？他说："永怀古人今已矣，感此近世何为哉？"（《寄王逢原》）同样感叹今不如昔，对于当今之世，他表达的是"何为哉"的感慨，而非"不可为"的毫无余地。在这里，我们

看到的是一个 20 多岁的年轻人和一位 30 多岁的更为成熟的中年人之间的差别。

如果阅读王安石与王令之间的书信，你会发现王安石对王令的关切，不止是文章道德方面的，他甚至亲自张罗并成全了王令的婚事。嘉佑二年（1057 年），王安石由群牧判官改太常博士，知常州。王令移家暨阳，聚徒讲学，并曾来常州依王安石。是年王令 25 岁。王安石见他仍未婚娶，便致意其妻舅吴佑，请吴佑将其女吴氏嫁给王令。由《与舅氏吴司录议王逢原姻事书一》可知，吴佑对王令的为人及经济状况表示忧虑，王安石则在信中说："王令秀才，近见文学才智行义皆高过于人，见留他来此修学，虽贫不应举，为人亦通，不至大段苦节过当。他恐二舅不欲与作亲，久不得委屈，不审尊意如何。传闻皆不可信也。安石目见其所为如此，甚可爱也！"其后，又再次致书吴佑，说："王令秀才，见在江阴聚学，文学智识，与其性行，诚是豪杰之士。或传其所为过当，皆不足信。安石比深察其所为，大抵只是守节安贫耳。今日人从之学者甚众，亦不至绝贫乏。况其家口寡，亦易为赡足。虽然不应举，以安石计之，今应举者未必及第，虽及第未必不困穷。更请斟酌。此人但恐久远非终困穷者也。"看得出来，吴佑对王令的顾虑主要是其不应举而困穷（这位王逢原真是孤傲得很），而王安石则认为此乃守节安贫之表现，可见其人品之高；即使从现实层面看，王安石也认为王令的贫困是暂时的。为王令这位老弟的婚事，王安石不惜苦口婆心，真是令人动容。最终，吴佑将其女嫁与了王令。

然而，出乎所有人意料的是，贤惠的吴氏嫁与王令两年之后，王令就去世了。留下了寡妻和尚在母腹的女孩。20 多年后，隐居金陵的王安石仍然惦念着王令的遗腹女，为之择婿，将其嫁给了一个叫吴师礼的人。吴师礼者，亦为名臣。王令地下有知，恐怕亦当为之动容吧。

王令死于脚气病。早在嘉佑元年（1056），王令居天长时就得了脚气病，痛苦不堪。王安石每信必问，关怀备至。他甚至在信中给王令教过足底按摩的治疗之法，但王令终于没能躲过这一劫，以 27 岁之龄早归道山。他的早逝令王安石极度痛心。如果我们对读王安石和王令之间相互的赠诗及书信的话，会发现王安石对王令的感情比王令对王安石深长得多。此并非王令感情寡淡，亦非王安石自作多情，而是因为王荆公一生特立独行，知音甚少，故王令与他的相得，对他来说极其宝贵。他在《寄王逢原》中说："力排异端谁助我，忆见夫子真奇材。"王令去世后，王安石在《与崔伯易思王逢原书》中道："逢原遽如此，痛念之无穷，特为之作铭，因吴特起去奉呈，此于平生为铭，最为无愧。惜也如此人而年止如此！……窃以谓可畏惮而有望其助我者，莫如此君！……今则已矣，可痛，可痛！"他是以"共功业于天下"期待于王令的。孰料此人未及而立，匆匆离逝！王令去后，王安石不仅为其写了感人至深的墓志铭，还写过好几首哀悼王令的诗，其最感人者如《哭逢原》：

> 布衣阡陌动成群，卓荦高才独见君。
> 杞梓豫章蟠绝壑，麒麟要求跨浮云。
> 行藏已许终身共，生死哪知半路分？
> 便恐世间无妙质，鼻端从此罢挥斤。

王安石在悼念王令的诗中几次用到《庄子》中"运斤成风"的典故。那位才质卓荦的郢人去了，这可以运之成风的斤斧自此便无用武之地矣。"呜呼，惜哉！""可叹！可叹！""可痛！可痛！"王安石每念及王令之死，就发出这种反复、强烈的伤叹之词。如果我们联系王安石后来实行变法，天下反对滔滔，最终被罢相、失败的经历，便会理解他何以对王令如此深情——王安石的确太缺少志同道合者了，他是一个有大孤独的人。王安石执政之后，遇青年才俊吕惠卿，对吕亦是倍加信任，擢吕惠卿为变法第二号人物，可是吕惠卿最后却与王安石分道扬镳，成为伤害他最深的人。想及王安石早年极其看重却不幸早逝的王令，荆公一生之遭遇真令人不胜感慨。

王令死后，六百多年几未受到什么重视。直至清代，方有沈文倬点校了《王令集》，但至今尚未有人注释，亦鲜研究。在现在的文学史中，有人把王令和另外两位短命天才王勃、李贺并论。我以为，论诗歌成就，王令不如王勃、李贺，但若论整体才力及人格境界，王令当在王勃、李贺之上。而他的英名，除其作品价值外，与他和王安石的感人交谊有相当关系。遥想荆公当年，22 岁及进士第，其才华惊动了当时文豪欧阳修，欧公以"翰林风月三千首，吏部文章二百年"称扬之，王安石可谓深知人间知遇之滋味的。而当其施行变法之后，却与曾经的恩师欧阳修发生龃龉，包括韩琦、富弼、文彦博等大臣豪杰皆纷纷离他而去，这位倔强而又深情的一代大才内心不知体味过多少恩怨尔汝的滋味！与王安石和王令的相知相似的是，王安石与宋神宗的相得。熙宁元年（1068），王安石奉诏入京，受到年方 21 岁、锐意改革的宋神宗的极度信任，从此实行变法。尽管阻碍重重，但由于神宗对王安石的支持，变法以很快的速度改变了当时天下的局面。王安石与宋神宗的相得之深，只有三国时刘备与诸葛亮的君臣遇合可以比拟，此真乃"千载遇合"也。然而，17 年之后，

宋神宗竟以 38 岁之龄英年早逝，从此，王安石的政治理想便雨
打风吹去矣。这个人，一再遭遇了知音的离弃，理想的失落，
"失行孤雁逆风飞"。

古人云："人生得一知己足矣。"历来才士，才有多高，孤独
便有多深。于千万人之中得遇一知音，乃何等快意之事！对青年
才俊而言，得遇伯乐，往往意味着人生命运的逆转；就巨匠前辈
而论，遇千里之才于蒿莱之中，于己于国皆是光彩的焕发，希望
的腾烁。倘略过前辈与晚生的差异不论，在这种英雄相惜的故事
中，最为重要的是，有才能的人，在有才能的人身上看到了自己
的才能。两个人的才能仿佛两股电流，刹那相遇，乃合为一股更
为强大的才华的电流、灵魂的华彩。而遇与不遇间，不知其为天
耶？事耶？这是世间最令人感慨的事情之一。

2009 年 12 月 19 日

超完美与完美

陈振濂在《〈祭侄帖〉——抒情艺术的楷模》一文中说"颜真卿的《祭侄帖》作为中国书法史上一种最具抒情意识的盖世杰作，为我们留下了超完美的感情留注与起伏变化的珍贵痕迹。""超完美"，算不得一个普遍的用词，但似乎也并非生硬荒诞。在这句话中，"超完美"究系何指？陈先生并未作说明。

时下，以"超"为前缀的词似越来越多了，如超爽、超酷、超炫、超女、超一流、超值享受等等。加上一个"超"字，会使一个词顿时带劲起来——超者，锦上添花也，喜出望外也。在一些眩目的词前平添一个"超"字，就如同为一个绝色美人添上一段赞美的言辞，令我们更平添一份激动。然而，有趣的是，看似已无以复加的"完美"还有什么可超的呢？让我们从颜真卿的《祭侄帖》说起。

颜真卿为唐代大书法家，其楷书——颜体字至今仍是书法初学者临摹最多的字体之一。颜体楷书雍容浑厚，是大唐气象在艺术领域的典型代表之一。然而，颜真卿以行草写就的《祭侄文稿》，却为后人展现了一幅激情跳荡无意为书而令观者动心骇目的书法极品。作为国家臣子的颜真卿在"安史之乱"之际，与其从兄杲卿、其侄季明等家人后辈毅然投入这场平叛斗争。然而，杲卿和季明皆壮烈而死。当此国忧家难之际，真卿悲慨无已，忧愤难平，乃作《祭侄文》以寄抒哀痛，所谓《祭侄帖》即为《祭侄文》之草稿，故其本不为书法创作而写。从通常的角度看，《祭侄文稿》显然有形式上的缺陷，如圈字、丢字、加字甚至墨团等，显得凌乱、粗率。通观只有 230 字的《祭侄文稿》书迹，我们不难发现，书稿的前半部分字体为较规整的行书，而随着行文的展布，情感的叠涌及书写动作由自觉而不自觉的挥洒，其字体渐次趋于飞动不羁，至最后两行，实已天马行空，草率而书矣——最具抒情效果的草书的出现，乃成为颜真卿书写之时艺术自由的必然幻化。我们几乎不难想象得到与笔墨线条出现在同一时空中的颜真卿那挥舞的手臂、凝重的表情，甚至无法遏制的沉痛难当的叹息。

围绕着这篇书迹，评价历来褒贬不一。宋代大书家米芾和明代书法外行谢肇淛都认为《祭侄文稿》丑怪草率，而元代书法家鲜于枢则将《祭侄文稿》评为"天下第二行书"。此二种正反评价显然基于不同的书法美学，前者着眼于形式，后者则着眼于情感的表达。无论是否定还是肯定，两种立场其实都是对完美的眺望。然而，"完美"这个看上去像精美的瓷器一样无瑕的词，在这里显现出了某种罅隙——所谓完美的标准并不是唯一的，而是见仁见智，甚至相互抵触的。米芾对《祭侄文稿》的批评基于古典主义的书法美学立场，而现代书法观念则更能超越形式的局限将书法艺术的精髓维系于更加抽象的精神层面，所以陈振濂评价《祭侄文稿》说："这是一种可遇而不可求的，书法史上百不一见的完美的情感表现。"陈振濂在这篇评论文章中同时采用了"完美"和"超完美"两个词。实际上，在这两个不同的词之间隐匿着一个同样重要的词"不完美"，"不完美"正是完美和超完美的前提，或曰组成部分。就《祭侄文稿》"笔墨狼藉"（见熊秉明

《中国书法理论体系》）的表面形式而言，它的确不完美，但也许正因如此，才使得书者在书写时能将其整个灵魂从笔下不可思议地倾泻出来，挥洒于纸上，从而使这篇无意于登峰造极的字迹成为了体现书法的抒情性的完美典范。这是一种内在的抽象的不寻常的完美，此种境界无以名之，乃名之曰"超完美"。"超完美"，这个看似"不合法"的词到底指向怎样的真理？

我想，"完美"并不只是属于审美范畴的一个概念，《说文解字》中说"羊大为美"，原来"美感"是从享用食物之乐中发源的。后来，我们将"美"字用在令人愉悦的各种形象上，如人之美、山水之美、器物之美，等等。其审美心理的投射顺序如何？从心理根源上分析，美感应该是从快感中生发的。"食色，性也"，人在发现了食物之美之后，紧接着应该是对美色的想望，或许这两种意愿发生的时间顺序几乎微不可寻。人在欣赏自然之前及之后都有畏惧心理，而器物之美的涌现则需到文明发达的更晚的时候，故人的审美意识从能提供直接快感的食色之乐出发应该是不无道理的吧。

美是由感官到心理的一种感受，它是直觉的、感性的。"完美"则不只是感性的，它是对对象（其内涵比审美对象更宽泛，如一件事情）的一种理想化的要求，这种理想化带有一丝理性的苛刻，它来自于抽象的完美与现实的不完美的计较，在这种计较中，直感的审美已然让位于对不完满之处的不能释怀——而这，是理性的。

对完美的追求大概应是人更聪明更复杂之后的事情吧。新石器时代的祖宗在做石斧时会考虑到石斧的既顺手，又美观，但恐怕不会为一件心目中"完美"的石斧而精雕细琢，三年乃成，而铁器时代的干将莫邪则会为锻造一把绝世宝剑付出无数日夜的心血。再说搞文学的人，张衡写《两京赋》，"精思傅会，十年乃成"，非才思不敏也，为完美也。后代有些诗人写诗往往弄到"两句三年得，一吟双泪流"的悲惨境地，固因才力不逮，亦由追求完美的心理在作怪。看来，追求完美是人的痼疾，是一种准本能，此种心理，于人类的进步功莫大焉。正是人类给自己悬设了许多永不可能的完美理想，人类才不断地超越当下的不完美，抵于更美好的境地。

在所有人中，科学家和艺术家的完美意识可能最强。科学家追求科学的进步，其进步的结果是普泛的，其"完美之路"是线性的；而艺术家的"完美"则完全没有统一的标准，也永远不会落到实处。艺术家心灵中的完美是一种内心的幻觉，幻觉决无先后好坏之分，故艺术家的完美是梦中的云彩，永远变幻莫测，也永远牵引人心。再加细辨，还可发现：科学家的完美相对来说较为单一、固定，科学有真命题，如"哥德巴赫猜想"，就是科学家为之努力的"完美"，其结果有时也可显示出理性之美，如爱因斯坦的 $E=mc^2$；而艺术，在本质上，从头到尾都只是一段恍惚之梦而已——无论它具有怎样的物质形态。我乐意用"云彩"来比喻艺术，艺术家就是造云的人，真正的艺术家内心永远充满着云彩般的虚灵和不安。艺术家的完美只是当下的一种幻想。杜甫自谓："新诗改罢自常吟"、"语不惊人死不休"，这"惊人"正是他心目中一种完美的幻想。

无论虚实、真幻，人们更多的是在完美与不完美两种感觉中荡秋千，却忽略了"超完美"的存在，它是介于不完美与完美之间的真实之物。当罗丹把他精心雕塑出的维纳斯的胳膊毅然砍断时，他获得的正是一种表面残缺而灵魂完美的超完美的维纳斯，这是生活很难企及而由艺术给出的真实的完美。庄子在内篇《德

充符》中塑造的王骀、申屠嘉和叔山无趾都是些身体残疾而心智
道德极为健全的人——庄大师早就认识到超完美才是真正的完
美。《老子》中说："大成若缺，其用不弊。大盈若冲，其用不
穷。大直若屈，大巧若拙，大辨若讷。""大成若缺"，不正是残
缺的完美——"超完美"吗？

　　我们的世界永远都是"凿混沌"之后的二手货。完美在彼
岸，超完美在此岸。

2005 年 3 月 1 日

自由的幻觉：读《水浒传》

容与堂本《水浒传》第九十七回评语曰："《水浒传》文字不好处，只在说梦，说怪，说阵处；其妙处，都在人情物理上。"我以为，此论甚确。

《水浒传》反映了被统治阶级对残暴昏庸的统治者的痛恨，以及对反抗道路的茫然情绪。这些属于社会"阶级斗争"方面的意味，一向为《水浒传》研究者所重视。然而，正如一切伟大的文学作品都有意无意地揭示了某种人性一样，《水浒传》"人情"描写的伟大之处，还在于它以浪漫奇特的情节和沉痛的结局表达了一种人类最基本、最可贵的情绪——对自由的向往。

梁山好汉征辽回京后，皇帝给宋江一个皇城使的小官。南征北战，替天行道，却只得此小官，宋江心下甚是不乐，乃叹气道："想我生来八字浅薄，年命蹇滞。破辽受了许多劳苦，今日连累众弟兄无功。我自职小官微，因此愁闷。"黑旋风李逵道："哥哥好没寻思，当初在梁山泊里，不受一个的气。却今日也要招安，明日也要招安，却惹烦恼。放着弟兄们都在这里，再上梁山泊去，却不快活?!"看官注意！黑大哥"快活"二字可谓一语中的。想我梁山泊一百单八兄弟啸聚山林，大块吃肉，大碗喝酒，论秤分银，路见不平，拔刀相助，该出手时就出手，风风火火，何其逍遥痛快！而一旦招安，为朝廷卖命，就得受制于人

了。大破辽兵之后，不但未受重赏，反遭冷落、压制，如此不公之待遇，怎不令人愤懑？于是，六位水军头领按捺不住，向吴用倾诉其苦闷，欲杀将起来，把东京劫掠一空，再回梁山落草。吴用便对宋江说："仁兄往常千自由，万自在，众多弟兄皆快活，今东京受了招安，为国家臣子，不想倒受拘束，不能任用，弟兄们都有怨心。"不料宋江自有高论，他引古语道："成人不自在，自在不成人。"宋江是个很复杂的人。其"成人"究系何指？照其一贯声口来看，当是指成全所谓"忠义"。宋江之于忠义，似乎是"颠沛流离，念兹在兹"的。其实不然，他在喝了朝廷的药酒，知道中了奸计后，叹曰："我自幼学儒，长而通吏，不幸失身于罪人，并不会行半点异心之事。今日天子信听谗佞，赐我药酒，得罪何辜。我死不争，只有李逵见在润州都统制。他若闻知朝廷行此奸弊，必然再去啸聚山林，把我等以一世清名忠义之事坏了。"可见，宋江最大的志愿乃是青史留名，而不是啸聚山林，图个痛快。梁山泊一百单八人，宋江与其他人心思最不同。宋江并不好利，却极为好名，"及时雨宋江"如雷贯耳之大名正是宋江苦心经营之结果。与宋江截然相反的则是李逵、鲁智深、武松、燕青、阮氏三雄等人。李逵到死都只有一念：快活！——"招甚鸟安！"梁山泊排座次时，宋江喜不自胜，作词一首，命乐和演唱，其中露出招安之意。武松、李逵、鲁智深等不以为然，顿时便发作起来，而李逵又与鲁智深、武松自有不同。李大哥是一派天机，童心未泯之人。此兄具有比较彻底的反抗性，但他对朝廷的认识却不及鲁智深深刻。李逵动不动喊着要杀进京城，取了皇帝老儿的鸟位，让宋江当皇帝，大伙儿都当将军。这种无所畏惧、毫不顾忌的思想似乎具有很彻底的叛逆性，其实不免流于儿戏，而且李逵的所谓"快活"中未尝不包含着以杀人放火为快的成分。不管怎样，李逵要快活，要自由，而宋江却不要自由，他要的是"清名"。宋江和李逵完全是两种人——为了"清名"，宋大哥甚至可以置兄弟于死地。

鲁智深虽是一介莽汉，但却是个了身达命能成正果之人。对于世态，他看得十分透亮。梁山排座次时，宋江露出招安之意，鲁智深说："只今满朝文武俱是奸邪，蒙蔽圣聪，就比俺的直裰，染得皂了，洗杀怎得干净。招安不济事，便拜辞了，明日各去一个个寻趁罢。"花和尚此时早已看透终局，后来之所以还跟从宋江征辽讨腊，乃是尽其兄弟之义。鲁智深拳打镇关西、大闹五台山、保救林冲等举，皆是率性任真而行，虽不无鲁莽，其心中是非却极为分明。大抵人间有真性灵之人，皆不喜受人约束，自由自在，而善根夙具终成正果。鲁智深之所以能成为《水浒传》中最可爱的人物之一，就因他是梁山泊一百单八将中最接近自由的人。

水浒好汉们，本为追寻个人自由而上山落草，这是一个几乎成了真的梦，但最终却死在了少数胸怀大志者"替天行道"的大旗之下。自当时社会背景看来，水浒英雄们的悲剧结局是早已注定了的，但一百单八将中却有几位异人从集体的命运之环中逃逸而出：鲁达在浙江坐化成佛；武松失了一条胳膊，早已看破红尘，出家于六合塔；燕青浪迹于江湖；李俊去海外快活，后成暹罗国主——生而不自由，毋宁死耳！他们追寻着自由的圣境，直到生命的最后一刻。

我以为《水浒传》中最让人叫绝的是"李逵寿张乔坐衙"一节。黑大哥闯进官衙，身穿官服，升堂断案，纯是为了玩耍，虽出于无意，但此段描写却在刹那间给人一种绝对自由酣畅痛快之感。我相信，每位读到这里的读者，在发出笑声的同时，心中一

定会被勾起一种妙不可言的快感———一种久远的自由之梦恍然间
成了真实的生活戏剧，而稍一回神，我们发现，这段浪漫的戏剧
原是一出道地的喜剧——我们苦苦追寻的自由之梦，竟是一种
幻觉。

1999 年

"荒诞性"的《红楼梦》

　　晚上翻看借来的 2005 年第 7 期《读书》，发现刘再复评论《红楼梦》的一篇文章《悲剧与荒诞剧的双重意蕴》，颇为精彩。

　　《红楼梦》历来被视为中国悲剧文学中之最深彻、最伟大者。刘再复则指出："《红楼梦》不仅是一部伟大的悲剧作品，而且是一部伟大的喜剧作品。如果说，《堂吉诃德》是在大喜剧基调下包含着人类的悲剧，那么《红楼梦》则是大悲剧的基调下包含着人类的大荒诞。""一百年来的《红楼梦》研究只重其悲剧性，忽略其荒诞性，今天正需要我们做一补充。"我以为，此言甚有见地。

　　"荒诞"之作为文学表现的重要意味，或者其本身作为人的存在的深刻感受，是由现代性的虚无哲学揭示出来的。除庄子外，中国古代哲人对此并无太多感受，而曹雪芹的《红楼梦》则将人的存在的荒诞感揭示到了极为深刻的程度。"假作真时真亦假，无为有处有还无"，这是《红楼梦》中我最欣赏的警句。真假颠倒，悲喜无常，哭笑不得，爱恨不得，生死两空，此岂不为存在之大荒诞欤?!《红楼梦》一开场就将主人公贾宝玉的来历安排在一个极富象征意味的"大荒山无稽崖"，就此，贾宝玉及所有人的人世遭遇无不笼罩于荒诞无稽的阴影之下。与其说《红楼梦》旨在揭示存在的悲剧性，毋宁说"荒诞感"或许才是曹雪芹

素瓷静递

的最大感受并着力表现于《红楼梦》者。

　　荒诞感，是尖锐的疼痛过去之后更深一层的无以言说的感受。悲剧尚且是理想的失落，荒诞则是悲喜莫名，已无理想与价值可言，如一心高洁的妙玉最终为强盗所污，"欲洁何曾洁，云空未必空"，有价值与无价值有何区别？荒诞感让世界带上了可笑的表情，具有了一种滑稽的喜剧性，人仿佛只是自身的笑料而已，内心却被捅了一刀又一刀。故刘再复将"喜剧"与"荒诞"交替并用，但我觉得荒诞性并不能等同于喜剧性。我一直不大明了的一个问题就是"什么是喜剧"？喜剧是否比悲剧肤浅？抑或真正的喜剧本身就包含着"悲感"，即本无纯粹的喜剧？荒诞已有滑稽之意，而滑稽则是喜剧性的，但荒诞当中最深的成分还是悲剧感，只不过，荒诞是退后几步看悲剧，显出了悲剧所求意义的可笑，套用鲁迅的话说就是荒诞是"出离了"悲剧。故而，荒诞感是人的存在最复杂最深刻的感受，它包含了悲喜混合莫可名状的一切——荒诞之余，唯有悲悯。浅薄之人，无荒诞感。

　　在说及荒诞文学时，刘再复提到了加缪的《局外人》，并称这种"局外人""异乡人"早在二百年前就出现在曹雪芹的笔下，即自称"槛外人"的妙玉。妙玉和加缪之"局外人"的荒诞体验自有不同，但其共同之处，用尼采的话说就是"个人与世界无法达成共识"，尼采说这是"最苦涩的孤独"，它吞噬着身处世间而心在局外的孤独者的心，而来自那个"反认他乡是故乡"的滚滚俗世的残酷风霜将他们本应拥有的爱和暖剥夺净尽。

　　刘再复对贾宝玉的推崇也深合我意。谈到《红楼梦》，经常会有人问我对林黛玉的评价。林黛玉固然极真挚灵纯，但《红楼梦》中的人物，我最喜欢的还是贾宝玉。贾宝玉最可爱可贵之处即在其"博爱"，虽然他的博爱未尝不是对林黛玉深深的伤害。

刘再复说："贾宝玉，本身也是一个诗人，这颗诗心甚至是比林黛玉的诗心更为广阔、更为博大。这颗诗心爱一切人，包容一切人，宽恕一切人。他不仅爱那些诗化的少女生命，也包容那些非诗、反诗的生命，尊重他们的生命权利，包括薛蟠、贾环，他也不把他们视为异类。""贾宝玉心里没有敌人，没有仇人，也没有坏人。他不仅没有敌我界限，也没有等级界限，没有门第界限，没有尊卑界限，没有贫富界限，甚至也没有雅俗界限。这是一颗真正齐物的平常之心，一颗天然确认人格平等的大爱之心。"总之，我们从贾宝玉身上能更集中地看到人的纯善与纯真。贾宝玉初见黛玉，即问："可有玉没有？"这一问固然见其爱黛之心（爱之本质为无私于对方），但其实更深地表现了贾宝玉对人的普遍的平等心，而平等心正是爱心。唯其本心如此，才会在初次见黛时有此一问，甚至在得知他人皆无宝玉时，神经质地大发怒气。如果"可爱"可以作为对人的品性的最高评价，我愿意把"可爱"一词郑重地送给贾宝玉。

关于《红楼梦》，一百年来红学家们已有了无数的言说，目前仍有蔓延之势，但关于《红楼梦》的"荒诞性"意蕴，竟俨然是新发现的样子。我们的红学家们，还有很多古典文学研究者们恐怕该擦亮自己的心眼，多从美学的、哲学的，总之是生命的角度来研究我们的传统文学了。

2005 年 7 月 19 日

戏谑与伤不起："恶搞杜甫"事件之我见

几月前的所谓"恶搞杜甫"事件，我本未特别在意，只一笑过之耳。近日，某媒体邀我去谈谈"恶搞杜甫"事件，我便想了一下，对此事发表观感如下。

看了那些穿越风格的现代版杜甫肖像之后，我以为，严格说，这些图画其实算不上"恶搞"。笼统地说，所谓"恶搞"有两种：一种是无恶意的，温情的游戏；另一种是攻击性的讽刺。那些最初出自中学生笔下的现代杜甫是何种形象呢？是端着AK47打CS的杜甫，是手拿Ipad在笔记本电脑上写QQ空间的杜甫，是穿着酷酷的服装骑摩托车的杜甫，是火隐忍者杜甫、送水工杜甫，甚至是大腿上坐着妖娆女郎的杜甫——这些形象，显然没有任何讽刺杜甫的意思，而只是灵机一动间的穿越式的想象游戏。所以，不是"恶搞"杜甫，而是"戏谑"杜甫，是"谑而不虐"。

为何中学生们要拿杜甫"开刀"呢？我注意到，很多杜甫漫画像，是画在高中语文课本中杜甫七律《登高》这一页上的，这是戏谑杜甫的发源地，它完全是一个很原始、很随意的行为。《登高》这首诗悲天悯人，但是说通俗一点，时尚一点，就是很悲催的感觉。数十年来，中学语文课本上的杜甫肖像，一直是蒋兆和的那副愁眉苦脸的杜甫像。蒋兆和的《杜甫》画于1959年，有它特殊的时代背景，再加上以《流民图》为代表作的蒋兆和是深具"杜甫精神"的一位画家，其笔下杜甫之悲愁形象，就不难理解了。这幅画的杜甫形象本身无任何问题，问题是，一个历史人物的形象被一幅画定格了（犹如鲁迅的形象被我们片面定格一样）。长期以来，孩子们首先感知到的杜甫形象，就是一副愁眉苦脸、老气横秋的样子，而李白则是面颊丰润、神情飘逸的范儿，其实杜甫比李白小十一岁呢。在对杜甫的文学与人格缺乏了解的前提下，中学生们透过这幅画的暗示，便会认为杜甫就是一个整天忧国忧民、苦着脸的病歪歪的人。其实，杜甫性情幽默，时常自嘲，且与很多诗人一样嗜酒好色，年轻时还曾有过一段裘马轻狂的浪荡岁月，这与他的好学、正直、悲天悯人，毫不矛盾。这些方面合起来，才是杜郎本色——他是一个有血有肉的人。所以，那些杜甫的漫画，有其想象力的合理性。我们完全可以幻想：如果杜甫生活在当代中国，他穿什么、玩什么、想什么？其实不难猜测。

"中了枪"的杜甫，其实只是一个符号。符号，是可以随时被替换的——这不，李白、诸葛亮、岳飞等大腕，不都接连被漫画了么？重要的是符号所象征的事物。这些历史人物的被"恶搞"，反映的是青少年们对那些不可侵犯的、神圣化的东西的怀疑。许多事物，本没那么神圣，但却被我们别有用心地神圣化了，其不可侵犯的威势给人造成文明的压抑，压抑深了，必然要反弹。其实，**虚假的神圣化、片面化，反而是恶性的，因为它在抹杀真实。想想我们的中学生精神有何等压抑，就应当对他们的漫画杜甫别有会心了。**

所以，**重要的是**，戏谑杜甫所体现出的社会心理和文化心理。其所体现的社会心理，主要是我们因种种压抑感而需要幽默、游戏来释放压力的心理机制。尽管，这些戏谑者主要是青少年，但它所反映的心理是普遍的。对于游戏，我们不能以太正经的态度对待，正如你不能对一个卖黄瓜的说："这猪肉味道不怎么样！"

就文化心理而言，孩子们对杜甫的漫画化，一方面反映出他们对杜甫的不了解、困惑，另一方面恰恰又表现出他们试图亲近杜甫的愿望。这是我们传统文化教育的尴尬。有一些所谓传统文化的捍卫者，对"恶搞杜甫"颇为恼火，认为这是对杜甫、对传统文化的亵渎。其实，明眼人都看得出来，这些图画丝毫没有影响杜甫的伟大形象。谁都知道杜甫的诗写得好，同时也是有血有肉的人，无论如何，他的诗就是好，《登高》永远值得我们肃然起敬。所以，对"恶搞杜甫"事件反应强烈者，映射出我们一些人对传统文化"伤不起"的心态，即没有搞清楚自身与传统文化之间的界限，以及对传统文化应有的定位，故而容不得人们对传统文化的幽默态度和平等意识，甚至超越意识。这其实是一种文化上的犬儒心态。

再从大的时代讲，当今世界已然是大众文化的时代了——经典文化的时代过去了。虽然，经典有其永不可替代的存在价值和地位，但我们的主流文化却是由极度发达的网络、媒体等主宰的天下。这是事实，而不是愿不愿接受的问题。反讽、戏谑、恶搞、解构，这都是大众文化时代以及后现代文化中的常态。再者，传统文化或经典文化，譬如杜甫的形象，也从来不会一成不变，历史从来都是被后来者重新塑造、重新接受的。

2012 年 8 月 3 日

文学中的"荒漠"

当"荒漠"这两个字出现在你眼中时，你的脑海会浮现出什么？沙漠，那黄色的一望无际的起伏的沙漠——对，你一定会首先想起这样一幅景象。紧接着，美国西部片中那荒凉辽阔的沟壑，或者香港武侠片中的沙漠打斗，又在你脑中闪现。是的，对于没有真正见过荒漠的人，首先想起的就是电影中的"荒漠"。不仅如此，这种荒漠的景象似乎总是和传奇的故事、情态联系在一起。猎猎长风，漫漫黄沙，大漠孤客，生死壮烈，一时间，荒凉悲壮之感涌上心头……

然而，"荒漠"究为何物？地理学、生态学，各有其精确的解释。从地质学说，荒漠的典型样态是流沙、泥滩和戈壁。且不去管它，我们一起聊聊文学中的"荒漠"。文学中的荒漠，比科学中的荒漠来得更广漠、更虚漠。

我生在西北甘肃。西北在很多东部和南方人的想象中，就是一副大漠骆驼图。在北京时，一位清洁工听说我来自甘肃，问曰："你们那儿是不是风沙特大，人脸黑？"我说："我们那儿风沙没北京大。你看我脸黑吗？"问者无语。可见外地人对西北的陌生。甘肃很大，从东南部的平凉、天水，乘火车去敦煌，跟去北京的路程相仿。所以，居于黄土高原的我36岁之前从未见过戈壁、沙漠，没见过真正的荒漠。36岁，乘车自酒泉去嘉峪关、

敦煌，才见识了戈壁滩和沙漠。戈壁，印象尤其深刻。那真是伟大的荒漠，几乎寸草不生，只有干旱的赭黄色的土地。汽车在似乎永远笔直的道路上行驶，天地之间别无它物，有时周围会飘浮着极低的虚云。人的时间感和空间感在这里都会被拉长。要之，欲言说荒漠，需亲至荒漠，因为戈壁、沙漠的地貌与高原或平原截然不同。

我想，荒漠自地球诞生之初就有了吧，它的存在将持续到地球消失。中国古书《山海经》中的《大荒经》，记载了"东北海之外，大荒之中，河水之间"的山、水、兽、国等若虚若实的物事。"大荒"——多有表现力的词语！所谓"荒漠"，一以其"荒"，二以其"大"。荒漠，进入文学似乎较晚。中国文学中，《诗经》《楚辞》都没有关于荒漠的描写。我推想，主要原因或许在于《诗经》《楚辞》的作者大约都没有去过遥远的荒漠地带。荒漠在文学中大量展现，是在唐诗中。唐代边塞诗风行，描绘塞上风光的诗作风起云涌。王维诗曰："大漠孤烟直，长河落日圆"（《使至塞上》），王昌龄诗曰："大漠风尘日色昏，红旗半卷出辕门"（《从军行》七首其四），皆以"大漠"称之，凸出广袤辽阔的感觉。岑参诗曰："君不见走马川行雪海边，平沙莽莽黄入天。轮台九月风夜吼，一川碎石大如斗，随风满地石乱走"（《走马川行奉送封大夫出师西征》），写荒漠风云更是无比生动。李白诗曰："长风几万里，吹度玉门关"（《关山月》），李白并未亲至边关，却写得如此到位——玉门戈壁滩上，那茫茫风沙，浩浩风力，确须"长风几万里"来形容。然而，中国文学中对荒漠的表现，盛于唐代，此后便基本消歇了。故此，北宋范仲淹词"四面边声连角起，千嶂里，长烟落日孤城闭"中荒凉阔大的意境，便庶几成为绝调。我们认为唐以后中国文学的气象渐小、减弱，而此点是否与对西北荒漠描写的阙如有关呢？林则徐诗曰："天山巉削摩肩立，瀚海茫茫入望迷。谁道崤函千古险，回看只见一丸泥。"（《从军北征》）意谓中原景物，与天山大漠相比，便显出了它的局促。至于南方的明山秀水，山阴小道，其气象、美感与北方荒漠之间的差异，就更悬殊了。

大漠无边，大海无涯，辽阔的草原，千里平畴，广大的景象不止于荒漠，荒漠之独异，首先在于其"荒"。"荒"者何也？荒野、荒地、荒废、荒芜、荒凉、荒残、洪荒、八荒……，《说文解字》曰："荒，芜也，一曰草荒地也。"荒，意味着植物稀少；漠，意味着土地干旱。荒是一种视觉感受，也是一种内心体验，是一种冷落萧条单调悲凉的感觉，一种特有的情调、意境。我们先看艺术评论家水天中笔下玉门花海子农场附近的戈壁荒漠：

> 从我们的住地四望，最为触目的当然是一直消失在地平线上的荒漠，到处散布着露出红柳梢头的沙丘，一块块白色地面像融雪天露出土地的残雪，那是盐碱土的表层。就在白花花的碱土之间，凹下的褐色土地上丛生着白刺、芦苇的枯枝。这是一片极宽广的荒漠，它的表面几乎没有一块真正平坦的地方。（《记忆的断片——那些远去的人和事》，湖南美术出版社 2014 年，74 页）

生机稀薄，生存艰难，这是荒漠的真实景象。美学家高尔泰笔下的荒漠，则时常呈现出一种奇异的美，如：

> 这一带地势很高，可以望见千山万壑，像波浪一样奔涌；可以望见山那边淡紫色的大戈壁上，蓝色的云影追逐奔

驰，一望无垠的朔风吹拂着银色的凤尾草。（《寻找家园》，
花城出版社 2004 年，238 页）

他写敦煌一带的大漠群山：

> 我们到门外观望，什么也看不见。落日苍茫，云山万
> 重，天地间一派金红。无数雪山的峰顶，像一连串镶嵌在天
> 空的宝石，璀璨辉煌。从乌黑浑浊的小屋里出来，突然面对
> 这份庄严肃穆雄浑苍茫，我们都愕然悚然，一时没了言语。
> （《寻找家园》，花城出版社 2004 年，234 页）

是的，我们很难说戈壁、沙漠的景象是一种美——要论美
感，荒漠当然无法与青山绿水、鱼跃鸢飞相比。可是深入荒漠的
人，却很难不被打动，因为其中深藏着"庄严肃穆雄浑苍茫"的
气质与感觉。甚至，戈壁、大漠中的那种单调，极致的单调，会
让人觉得神秘，深不可测，造物主何以如此精巧又如此诡异？有
一种天地风华，便有一种人心境界，人与天地的伟大奥妙，就在
于这无尽的形态与感觉。

深入荒漠是异常艰难的事。你可以了解一下玄奘西域取经的
经历，也可以看看瑞典探险家斯文·赫定的《亚洲腹地旅行记》，
在新疆、中亚一带的荒漠中穿行，那是何等的壮举！譬如，沙暴
来临时，那种可怕，水天中这样描写道：

> 我们遇到的第一场沙暴出现在挖掘红柳根之后不久。先
> 是一个温暖的早晨，接着就吹来浓密的风沙。那种风是非常
> 之"稠"的，"稠"得伸手不见五指，世界上的一切都坠入

黄沙的大海里。风势逐渐增强，沙尘变成沙砾，在空中持续地轰鸣，好像不间断的雷霆。(《记忆的断片——那些远去的人和事》，湖南美术出版社 2014 年，76 页)

这描写令我想起昌耀的诗句："宇宙之辉煌恒有与我共振的频率。/能不能感受到那一大摇撼?"(《巨灵》) 所谓"大摇撼"是昌耀心中的博大境界，而当沙暴袭来时，你感觉到的则是宇宙的大摇撼。那是一种天地的大力。"天地不仁，以万物为刍狗。"所谓可怕、恐怖，只是人的感觉，沙暴、飓风、暴雨、地震，其实是地球能量的爆发。人对自然感到可怕，只是因为人太过渺小而已。那么，人在荒漠中生存，岂不是悲壮的事?

唐代边塞诗的盛行，与唐代国力、军力的强盛，中原与西域密切交汇的社会背景有关。这一大背景，此后再未出现。近代以后，大量西方殖民者、探险家从中国西北入境，他们的探险活动，有力地推动了中国人对西北荒漠地带的历史文化考古活动。敦煌莫高窟、流沙汉简、楼兰古城、高昌故城，无不出于荒漠之中。西北考古的热潮以及东西部更加密切的交流，带动了艺术家对大西北雄伟粗犷风情的热情表现。画家朱乃正有句铿锵有致的话——"一个艺术家，要北渡黄河，到大西北去，才能完成自己。"什么意思呢? 我想他是见于中国传统艺术有以风神秀雅为主脉的局限性，而意图让现代艺术包孕一种雄伟强健之风。大西北不止有荒漠，还有高原、草原、雪山，有黄河、长江的源头，它们共有的气质便是雄伟博大。

就文学而言，最具西北的雄强博大气质的作品，就是昌耀的诗。长期生活在青海的昌耀，其诗中高原、莽原、旷原、荒甸、戈壁，处处可见，从物象，到气质、氛围，可以说昌耀所有的诗

就建筑在高原之上，闪耀着西北高原特有的荒莽之光。他的诗中
有对荒漠的具体描写，如：

> 沿途没有看到第三只乌鸦。
> 也未见到第二只草狐。
> 四周是辉煌的地貌。风。烧黑的砾石。
> 是自然力对自然力的战争。是败北的河流。是
> 大山的粉屑。是烤红的河床。无人区。是
> 峥嵘不测之深渊。……
>
> ——《旷原之野——西疆描述》

他写旅行者在荒漠中行走：

> 一个蓬头的旅行者背负行囊穿行在高迥的内陆。
> 不见村庄。不见田垄。不见井垣。
> 远山粗陋如同防水布绷紧在巨型动物骨架。
> 沼泽散布如同鲜绿的蛙皮。
> 一个挑战的旅行者步行在上帝的沙盘。
>
> ——《内陆高迥》

沼泽如"鲜绿的蛙皮"、沙漠如"上帝的沙盘"，多么传神的
比喻！当然，无论古今，最重要的，不是对荒漠的描绘，而是那
被荒天漠地映照的人心。昌耀一再书写的其实是他对宇宙洪荒
（包括空间和历史）的感应，精神博大的可能以及它的反面——
人身处其中的孤独、孤愤和悲壮。且看昌耀笔下的荒蛮之地：

这——

被称为荒蛮的一角。

亘古以来，大山峻嶒的体魄和逼人的寒光，

堵塞了这一方的半边天宇，赫赫然，伟哉，

而拒斥人众与之亲昵。只有大胆的叛逆

才得叩开这幽闭的关隘

潜入深锁的门庭

借水草丰茂的一隅养育儿女。

这是被称为野性的

土地

蛮荒、博大、煊赫、有力、粗头乱服。在这样的诗句面前，许多当代诗人的诗作显出了他们的娘娘腔和伪文人气。

何为"自然"？为什么我们要在"自然"前加上一个"大"字？天地万物的底蕴到底是什么？我们能感知什么？昌耀说："正是为了大自然的回归/我才要多情地眷顾/这块被偏见冷落了的荒土？"（《莽原》）荒漠之上，宇宙洪荒，我们最终所能感知的，不是快乐，也不是悲伤：

而我，直要在这

风云的笑噱中嚎哭了——

不是出于悲伤，徒然为了

关山之壮烈。

——昌耀《驻马于赤岭之敖包》

2016 年 7 月 12 日

摄影的迷思

——写给贾红东、闫明广《碎言假说》摄影展

　　我相信摄影在当代中国人，乃至人类的日常生活中，都在发生某种历史性的转变。因为手机强大的摄影功能，我们每个人几乎随时都可以产生摄影行为。"摄影"的门槛变低了，作为艺术和科技的混合，摄影的定义变得暧昧起来。这一现象，是电子时代人类文化不断趋向快速切换的结果——当我们按下拍照键，急切而又想当然地寻找下一个拍摄对象时，恰好完成了当代人面对世界的态度的一个极好的象征——浅尝辄止，浮光掠影。我们的手机中存储着海量的照片，我们顾不上把它们存入电脑，分类、回看、玩味，我们甚至会忘记自己拍过的照片，我们像在行驶的汽车上观看风景一样让世界的景象不断从眼前一闪而过。

　　摄影包含着两种人类基本行为：一，观看；二，对观看记忆的保存。我们正在图片宇宙中丧失着第二点。而微妙的是，我们不是看得太多，而是太少。看看那些在旅游景点上蹿下跳、不停自拍的人，就会明白此点——我们缺少真正的观看。即便摄影与绘画或影像相比，是一种短时的观看，它也必须是一种"凝望"——当我们的眼睛、心灵凝聚于某一瞬时画面时，摄影发生了。

　　当然，相对缓慢的、精益求精的专业摄影仍然存在，并且会不断发展、蔓延，毕竟这已然是图像与文字平分秋色的时代。而我仍然觉察到某种流失，比如，曾几何时，无论在城市，还是乡村的许多寒素之家居室的墙壁上，都悬挂着大大小小的黑白照片镜框，那些照片在墙壁上停留多年，凝定而匮乏，但我们伫立墙侧，凝望照片的体验却是深入而温热的。而今已是"轻文明"的时代了，摄影者观看的分量变轻，同时，我们对照片的观看也变得轻率，甚至草率——我们对世界以及自我，缺少"凝神"。

不过，以上对摄影的迷思，当然只是某种不完全的概括而已，否则我如何言说贾红东和闫明广的摄影呢？贾红东学画出身，同时他做设计、玩摄影、听音乐、参茶道。我的印象，红东兄总是手持相机顽童似的在你眼前晃来晃去，他真的是在玩艺术——"玩"不是轻佻，是艺术上了他的身，他随时都像个小孩子一样在艺术的小游戏中自嗨。所以，虽然不常出离庆阳西峰这座小城的范围，但贾红东摄影题材的丰富却丝毫不弱，人、景物、动物、器物、街景，忽大忽小，忽动忽静，他的每一副作品几乎都包含一个独到的视点，这一视点由美妙的构图、光影和色调构成。他不是那种观念先行的摄影者，而是一个完全把自己交给眼睛的摄影者，他游走于大街小巷，城镇乡村，在一个并不广阔的空间里像玩万花筒一样幻变出了无数有趣的画面。我认为这是原初意义上的摄影，在哲学上它符合苏轼的一个理念——"凡物皆有可观，苟有可观，皆有可乐"。

同处西峰，与贾红东年龄相仿的闫明广的摄影风格又是别样的。他玩摄影时间并不久，却拍出了一些颇为动人的作品。即将拆除的旧楼、荒无人迹的土路、砂砾堆积的工地、黄土塬上被风压弯的孤树、被闪电撕裂的夜空下血红色的大楼……闫明广的作品弥漫着一种灰冷的色调，题材则以静态、凝滞，甚至残缺、破败的景观居多，有时在孤寂中的一瞥中，一道不屈的血光喷射而出……他似乎在以沉默的方式揭示着某种生活之痛。这是一种更为自我、内省的摄影方式。病痛让闫明广与生活的某些面向拉开了距离，于是他用摄影来抒情，这是"写心"的摄影。有一回，在微信上，我和明广兄说起从平凉走出的大作曲家王西麟，他推荐我听王西麟的第三、第四和第五交响曲，我听罢，为之震撼。在一则访谈中，闫明广说王西麟的《第三交响曲》触及了人类精神的底线，而这正是我深觉震动却无法言明的感觉——以此，我向闫明广积淀着艺术营养的内心致敬。

2017 年 8 月 4 日

后书信时代

我教《大学语文》课十来年了。新版的《大学语文》教材，第一篇范文出自《傅雷家书》，是傅雷 1961 年 2 月 6 日、7 日写给傅聪的信，应当是 6 号没写完，7 号接着写出的一封长信。《大学语文》所选范文，只能挑着讲，我每次开篇就讲傅雷的《家书二则》，我觉得这个很有讲头。

我讲《家书二则》从三个方面切入：一是关于傅雷（学生们几乎都不知道傅雷）；其二，关于家书文化；其三，关于傅雷在这封家书中对中西文化的对比性的见解。这里要说的，是书信文化的衰落。

我提醒学生：面对傅雷家书，你们可能没有意识到——人类传承了几千年的书信文化现在基本消失了。

我问："你们写过家书吗？"学生摇头。我说："我知道你们没写过家书，因为你们现在刚离开家庭，进入大学。以前没有离开家时，不用写家书。问题是，你们将来可能也不写家书，因为你们用手机。"

我又问："你们读过《傅雷家书》吗？"学生默然。我告诉他们，我读过。大约是在初二，或是初三的时候，我读了《傅雷家书》。尽管我和父亲有不同寻常的生活情形，但真正深刻理解《傅雷家书》中那种父子情，还是到了上大学我和父亲书信来往之后。对，我要说的就是——那时还是书信时代，用信纸写信的时代、贴邮票，往信筒里投信的时代。我大学四年和父亲写了很多信，几乎一周一封，每封信都会写至少三页纸。当然，这非我一人之事，大家都有家信，每个班级有个信箱，专门有负责取信的同学，但我可能是最多的。每次，父亲家信的到来，好像都会给我寂寞的生活添入一团温热的火苗。我的一位舍友，有天望着我，慨然道："赵鲲，我觉得你三分之一的时间在读书，三分之一的时间在睡觉，还有三分之一的时间在写信。"此言一出，众皆喧然。

我和父亲的信都写些什么呢？我告诉学生，就是像《傅雷家书》这样的，既谈生活琐事，同时还海阔天空地谈人生、谈文学、谈历史、谈社会。虽然层次和《傅雷家书》不能比，但类型相若。当时只道是寻常，因为我和父亲平素聊天即上天入地，无所不及——我们是用书信来延续谈话。后来我逐渐发现，像我们父子这样的家书可能并不多。也是后来，我才明白：父亲之所以大量地给我写信，一是因为他读了一肚子书，很少有可谈之人，同时，他是有意用书信的方式给我传授学问和思想，而且通信也是情感需要。待我读研时期，家里也有座机，但父亲很少给我打电话，他坚持给我写信。然而，2000 年之后，时代变了，大家都在打电话，宿舍里的 201 电话是常用的。后来，我还买了一款小灵通，除了和父亲之外，跟其他人都是打电话。2003 年，我工作了，买了一部 TCL 牌手机，并且开始使用电子邮件。父亲依然给我写信，他不用手机，不用电脑，不上网，但我们的通信却越来越少，虽然此种行为在当今已属稀罕。有一回，父亲对我说：我给你写的信，好几页，你给我回的信，是用电脑打的，只有一页。我默然。这到底是我的问题，还是时代使然？

先抛开个人不谈，我们不得不承认：时代确然大变了。自从手机普及之后，人类传承了几千年的书信文化基本告以结束。或曰："电子邮件难道不是书信吗？"电子邮件是信件，但和传统的书信已大不同。在电子邮件中，我们谈论的大多都是实际的事务，基本上都是以最简约的方式传达信息，沟通情况，很少有谈心或谈天说地的电子邮件。速度快多了，传递消息，倚马可待，但人和人深层的交流，情感的温度，却大幅度减少。点击开一封电邮绝对没有剪开信封，展读信纸时的那种温馨之感。至于"烽火连三月，家书抵万金"那样的痛苦和幸福、"岭外音书断，经冬复历春"那样的煎熬、"鱼书欲寄何由达，水远山长处处同"那样的多情，也不可能在我们身上降临了。古语云："见字如面"，我的理解是：手写的字，带着人的神情。一个人特有的笔迹给予熟悉者的亲切感，高兴时字迹的潇洒，悲伤时字迹的滞涩，都会如影随形地显现出来。这些，在面对电子屏幕时，统统消失。曾经有位同学给我写来的一封信里，夹着一片纯黄的银杏树叶，沉静、烂漫——在电子邮件中，这如何可能？网络天下，漫谈式的书信没有了，书信的浪漫感也不复存在。古代书信产生的丰富，精妙的提称语、祝愿语、客套语、署名——"某某尊鉴、某某足下、某某道席、顺问金安、即请道安、手书捧悉、某某叩禀、某某手书"等等词语，都不再使用了。诸如司马迁《报任安书》、曹丕《与吴质书》、吴均《与朱元思书》、韩愈《答李翊书》那样精彩的书信文章，已不复有。《傅雷家书》式的现代书信，恐亦从此绝矣。

回望历史，我发现，我大量写信的上世纪九十年代后期，可以说正是中国书信文化的尾稍，而且书信的结束恐怕是世界现象，其转折点即在手机和网络的普及。广义的书信仍然存在，但

传统意义上的书信时代结束了。我告诉学生："你们生活在后书信时代。你们还没开始写家信，就已经不用写家信了，这不能不说是一个遗憾。"

2017 年 9 月 26 日

阅读印象

《马背日记》

　　《马背日记》和《骑兵军》的翻译出版，才使得伊萨克·巴别尔这位苏联的文学奇才为国人所识。《马背日记》是巴别尔1920年7月至9月以战地记者身份参加苏波战争时的随军日记。苏波战争，是20世纪历史上具有关键意义的一场战争，也是人类最后一次大规模的骑兵战。巴别尔在出生入死的战争间隙，以史诗般的笔墨记录了他在这场历时仅三个月的战争中的所见所闻。这部日记，也即是小说集《骑兵军》的真实原型。

　　在纷飞的战火和极度的疲惫中，巴别尔高度警觉而细致地为日后的小说写作准备着素材，日记中经常有"描写""记住""仔细观察""深入了解"等字眼，其后，则是他要观察和描写的对象。我从未见过如此真切、细致的战争速写。26岁的巴别尔已具备极高的描写能力。巴别尔就他所见到的战争，进行了全景式的描绘。他很少抒情、议论，而是以高度警觉隐忍的细节观察和描写，描绘了一幅残酷悲怆的史诗画面。

　　所有的战争都是人性恶的瘟疫暴发，战士是"讲原则的野兽"（巴别尔语），战争的本质是一种破坏行动。有时，我会想：假如有一日天下大乱，该是如何景象？看了巴别尔的《马背日记》，我可以肯定地说，那只能是惨痛，彻底的惨痛，只有在那时，才能深深体会宁静生活的无比美好。在 8 月 9 日的日记中，巴别尔这样写道："白天我睡在庄稼地里。没有军事行动，休息——这是多么美好，而又必不可少的东西。骑兵，马儿可以不干非人的活儿，人可以远离残酷，可以聚在一起，轻轻地唱歌，彼此可以倾诉衷肠。"在 8 月 31 日的日记中，巴别尔说："我在花园里记日记，草地，鲜花，看着都心疼。"我们怎能体会这样的心疼？

巴别尔让许多作家钦佩不已的一个超凡之处是他高度精炼而传神的语言，如："返回，傍晚，在黑麦地里抓了一个波兰人，就像猎获野兽似的。广阔的田野，鲜红的太阳，黄澄澄的雾，庄稼随风摇摆，村子里在赶牲口回家，路上扬起一团团粉红的尘土，形状非常柔软，从珍珠状的云彩里钻出一条条火舌，橙色的火焰，大车掀起一团团尘土。"也许是由于仓促，巴别尔很喜欢这种意象并列，或动词并列，或把事物、动作、状态并置连贯的拼贴手法，这给人以诗歌般的感觉。巴别尔的语言与拖泥带水绝缘，跟散漫臃肿无关，也不会似是而非，他的笔锋直抵事物真相。我不懂俄语，但我敢肯定，俄语没有汉语精炼。《马背日记》虽是翻译后的作品，但其语言高度精炼，倘无固有的底子是不可能的。语言的精练，根本上还是取决于思维（观察、剪裁、表达）的效率。至此，我更加相信雕塑家吴为山的一句话："雕塑的过程就是删繁就简的过程，是减法。减得只留筋骨、灵魂。"这话道出了所有艺术的奥秘。

《骑兵军》

如果说《马背日记》是草稿，《骑兵军》则是成品。这部由

33 个短篇构成的小说集让巴别尔震惊了世界文坛。它没有一以贯之的情节线索，也未对苏波战争进行军事性评价，而是围绕"骑兵军"这一群体，对他所看到的战争的苦难和被战争撕裂开的人性作尽可能真实的记录——这部小说把现实主义文学手法的潜能发挥到了极致。不仅如此，巴别尔所关注的绝不仅是"怎么写"的问题，在他的小说中，对人性的严肃和对艺术技巧的追求达到了不分彼此的高度。

巴别尔在《马背日记》中曾不无牢骚地说过："这场战争不是为真理而战，而是抢劫。"而在《骑兵军》中，他剔除了诸如此类直抒胸臆的感叹，把在日记中仓促记录的素材打磨连缀成一连串晶体般完整亮莹的杰作。他一眼不眨地捕捉到一切，并以更为节制而激情的方式呈现出来。要知道，巴别尔是犹太人，而屠杀犹太人正是苏波战争的重头戏。26 岁的巴别尔，戴着伪装的面具混入骑兵军，目睹他们的残暴，极其冷峻地叙述着各种残酷的场面。他为何能如此隐忍地面对这一切？因为巴别尔童年时就目睹过哥萨克血腥屠犹的场面，这几乎让他堕入地狱。致命的痛苦变成了致命的隐忍以及反讽，整个世界散发出难以言喻的荒诞气息，内心隐痛令人窒息。"四架轰炸机在光灿灿的天鹅似的云朵后边飞过来。"有谁这样描写过战争？巴别尔小说的"复调性"，不光体现在叙事上，也体现在情绪中，悲剧和喜剧同时从他的嘴角撇出。巴别尔既置身事中，又抽身表象之外。"我是一个外人"——这种并非主动选择的旁观，形成了他反讽的视角。反讽，也让巴别尔笔下的景物呈现出残酷的美，如："橙黄色的太阳浮游天际，活像一颗砍下的头颅。"巴别尔从哥萨克身上习得了"暴力美学"，从未有人在景物描写中加入如此辛辣的暴力佐料（且勿论对人的描写），并且闪烁着诡异的美的光芒。

我禁不住要再次对巴别尔的语言天才发出赞叹。除了无懈可击的简洁之外，巴别尔的语言才能还表现在他惊人鲜活、准确的比喻上，他那无比精妙的比喻俯拾皆是，如："落霞好似一面面军旗，在我头顶猎猎飘拂"；"月亮像个廉价的耳环，悬挂在院场的上空"等等。如果一种事物可以用多种比喻来形容，巴别尔的比喻就是那一剑封喉直抵本质的比喻。仿佛那些想象就在身边，只需他伸手拈来即是。他的描写如此鲜活，仿佛代替我们重新打量这个世界。

虽然是极度深入现实，但巴别尔随时都可以让文字飞扬起来，像诗一样流淌着。博尔赫斯称赞巴别尔的小说只有诗才可以媲美。是啊，我读巴别尔，有点奇怪——俄罗斯会有如此言简意赅的小说。巴别尔没有托尔斯泰式的说教——尽管揭示人世的真相是他的信念；他也没有传统俄国小说中的铺陈和心理分析。《骑兵军》有如忠实的战地报道，又迸发着超现实诗歌的神韵。

巴别尔到底写的是什么呢？我以为，他写的是人与人之间残酷的相互毁灭以及人生普遍而惨烈的苦难。大作家都会深入苦难，而巴别尔则把苦难揭示到了残酷沉重以致虚脱反讽荒谬轻飘的程度。

凡不想错过文学的人，都不应该错过巴别尔。

《天一言》

因震撼慑于程抱一（1929— ）法兰西学院院士的崇高荣誉，我便急切地从网络书店中购买了在欧洲享有盛誉的程抱一的小说《天一言》（1998年在法国首次出版）。带着心灵的激荡，我读完了这部长篇小说，并为当代中国人中有程抱一这样杰出的灵魂而骄傲，哪怕他身在法国。

小说以"天一"这个毕生追寻人生、艺术的激情与真理的男子为主人公，展开第一人称叙述。程先生以粗笔勾勒了天一、天一一生的挚友浩郎、永远的恋人玉梅三人从青春到死灭的人生经历。他们各自的人生纠缠于人间最深彻的爱情和友谊的瓜葛中，他们在时代的洪流中梦想、追寻、幻灭、挣扎，各自痛苦，又共同受难，其历史跨度由三十年代直到"文革"。

主人公"天一"，是绘画的追求者，从国画、敦煌壁画到西方油画，他无止境地寻求着绘画的奥妙。与之相辅的，是作者在小说中对山水、书法、戏剧等种种艺术随遇而发的领悟，一种与万物相通的艺术之灵俨然是天一的生命所系。而少年时代相识的女子玉梅，则是天一生命中鼓荡不息的情欲之花。如果说艺术让人超然，情欲则使人挣扎。作者刻意地塑造了一个使天一奉献出了最深彻的友情的男子浩郎，并与玉梅一道形成一种两男一女爱情与友情"三位一体"式的特殊关系，但，这种"三位一体"的理想是脆弱的，其结局是天一在发现了浩郎和玉梅的爱情后痛苦地离去。后来，天一留学法国，在困顿与坚忍中领略了更为深广的艺术之魂，同时也深深忍受着对玉梅和浩郎的思念。50年代末，天一回到祖国寻找玉梅和浩郎，而迎接他的却是玉梅自杀、浩郎已死的消息。在绝望的边缘，天一又听说浩郎在北大荒劳改，于是他便奔赴那死亡之地并终于与浩郎相会。浩郎，这位硬如钢铁的诗人，依然保持着他高贵不屈的个性。

《天一言》这部小说显然有着宏大的表达意图。程抱一企图通过几个人的人生历程，展现出现代中国的历史壮举及其命运。小说的某些构思多少有些刻意，情节比例也有点虎头蛇尾（"文革"部分似有删节），叙事相对薄弱，但却蕴含着壮美的人生追求、丰厚的历史文化景象、大自然的轻盈与残酷以及对中西文化艺术的精深思索，这所有的赞美、叹息和顿悟，经由形而上的沉思共同汇入对人之命运的执着寻索。程抱一在中文版自序中说《天一言》是在表现"心路历程"。诚哉斯言。人、历史、自然、艺术，这诸种因素的汇合，不正是人类的心路历程吗？

《寻找家园》

也许是由于我少不更事，再加上对苦难的特殊敏感，高尔泰《寻找家园》（花城出版社，2004 年）中那几乎从头到尾的苦难叙述，着实让我感慨唏嘘了一番。

四十年来家国，三千里地河山。当苦难的大潮已然退去时，漂泊美国的高尔泰回首往事，写下这本类似于自传的回忆性散文集（有删节）。第一部分"梦里家山"写故乡、家庭和求学经历，虽云乱世，却不乏平静；生活艰苦，亦饱含趣味。作者自始便把个人经历的回溯与时代背景相叠印，有时，今昔对接，更显出了往事的无尽苍茫意味。其中，《兰姐的标本》尤令人低回沉痛，而《唐素琴》则把被历史所裹挟的人性之幽微刻画得入木三分。第二部分"坠沙堕简"则是从作者去兰州参加工作开始的真正的苦难历程。从"反右"到"夹边沟农场劳教"，再到"文革"，高尔泰经历了那个年代中国知识分子所可能经历的各种苦难。饥饿、劳役、屈辱、死亡，高尔泰以及无数善良的、优秀的人们被历史的魔掌紧紧地钳住，同时，我们也看到了他们对死亡和人之尊严被恣意蹂躏的抗争。而所有这一切，皆出自真实的记忆。作者高超的写作技巧，使得那些鲜为人知而又饱含意味的历史毫发毕现，读来教人如临其境——"如此犷顽，又如此纤柔"。譬如那历史学家安兆俊，风骨多么高峻的知识分子，然而却死无葬身之地；譬如与敦煌的命运生死相依的常书鸿，在历史反反复复的纠葛中，其命运与人性的起伏明暗是何等复杂而难言。这本书把鲜明的个人形象和极其复杂的社会历史意味圆融地结为一体，其所抵达的历史和人性的深广度，实为多年来散文作品中之罕见者。

作为美学家的高尔泰，其文采向来出众。《寻找家园》不独具有超乎寻常的直面历史的勇气和深邃的洞察力，其文学境界亦臻一流。我是在对书中苦难的刺激反应和对其文字的快感享受的双重心理中读完此书的。读《寻找家园》，我会想到巴别尔，虽然，高尔泰没有巴别尔那样的反讽，但他们所记述的苦难之残酷，差可似之，他们对苦难都以极大的平静与节制出之，从而使苦难散发出更为感人的力量，此中境界绝非俗手可以想见。而且，高尔泰跟巴别尔一样，注重并善于写景，从而为其"苦难人间"树立了一个更为洪荒的宇宙背景。就语言而言，我们要在当代文坛找出像《寻找家园》这样平淡而深邃、精炼而饱满、通俗而又雅驯的文字，已非易事了。我愿意为《寻找家园》这本书叫好。

2006 年

兰　波

　　1885 年，比兰波年长 12 岁的马拉美已举世闻名；魏尔伦在对兰波的思念中继续写着优美的诗篇。而兰波，则在北非开始了贩卖军火的业务——文学于他已是隔世之事，他甚至丝毫不给文学再次侵入其内心的权利。当兰波亲密的生意伙伴巴尔代询问起他从前的文学活动时，得到的答案是"荒谬、可笑、恶心"。兰波像撒旦一样将文学钉在了生活的耻辱柱上。这多少让人感到惊骇，甚至怀疑这家伙是在故弄玄虚。但这绝不是表演——这位 19 岁便写出不朽之作《地狱一季》的诗人，此后再也没有写过诗，直至 37 岁时死于病痛的折磨。

　　就外在身份而言，20 岁之前的兰波是诗人，20 岁之后则是商人、冒险家；就生活状态而言，诗人兰波是个幻想家、文字以及生活的魔术师，冒险家兰波则是一个远离妄念紧贴现实的行动者。从前他是相信通灵的神秘主义者，此后，他走向了反神秘主义。兰波的变形如此剧烈，仿佛应了他那句话——"我是另一个人"——兰波一生最大的玄机就在这一变形中。他为什么要放弃其极具天赋的文学创作？是怎样的内心让他放弃（或蔑视？或厌恶？）名誉、才华、舒适、文学、所谓的文明社会，而选择了在大地上无止境的流浪？这个当年的美慧少年，而后深历沧桑面目瘦削神情冷峻深邃的中年男子在异国他乡回想年少时的梦想与痛

彻心扉的爱恨离别之时，他的内心究竟纠缠着怎样的隐秘迷乱？

兰波的放弃与出走是多种因素的化合作用。首先，就生活而言，他和魏尔伦的畸恋及法国文坛对他的排斥，是较为具体的因素。从巴黎到伦敦，再到布鲁塞尔，从16岁到19岁，从畸恋到决裂，兰波如闪电般照亮了魏尔伦的世界，而魏尔伦于他，亦不止意味着情爱与伙伴，同时也深刻地连带着诗歌。这是一段混乱不堪而又不无深刻僭妄的生活。它是危险的毒药，迟早要伤及自身。最终，当灾难发生时，兰波的僭妄已然走到了尽头。该结束了，这冲着满世界发怒的表演；该结束了，这虚妄的文学，那些顶着艺术花冠的虚伪的小丑。即使兰波没有那些表面的障碍，文学本身也迟早会使他怀疑。"兰波虽是作家，可他在文学界里的处境极不稳定，因为他的诗不符合艺术意愿，反而符合某种狂怪的愿望，这种愿望渴望改变人世间的基准。"（法·让—吕克·斯坦梅茨《兰波传》）这是更内在、更深刻的危机。兰波的精神很像是一股洪水，携带着巨大的冲决常规的势能，文学实在已无法容纳他的生命意志。诗人时期的兰波，其文学与生活有高度的密合性，共同扭结在一种刻意为之的虚幻游戏中，而文学在根本上，正是有种不可免除的虚幻精神。当写出《地狱一季》的兰波决意告别狂想型生活时，他对虚妄文学的抛弃已是必然之事。他不是抛弃文学，而是抛弃虚妄的精神。艺术的至境是绝境——这绝境不是艺术的绝境，而是人的绝境。我们只有从兰波的人性观的角度，才能理解兰波的作为。

那么，放弃文学后的兰波为何会去北非从事各种冒险性的职业，并沉溺其中？这其实不是兰波的特立独行，它与19世纪中期以来的欧洲殖民开拓的潮流有关。彼时，欧洲强国向亚非拉的殖民开拓，大大刺激了欧洲人的野心和好奇心，世界忽然变得更大、更自由了。在全世界范围内寻找黄金和奇迹，这是多么诱人的前景！北非正是英国和法国的殖民地，在那里兰波可以转圜自如。苏伊士运河刚开通不久，那是影响世界的大事。现代历史自此开端。兰波身处这一历史大潮中，成为其中的弄潮儿，实在是平常之事，何况他天生就有不能安定的流浪气质。兰波早在1876年就曾冒险远行至亚洲的爪哇。对于这个世界磅礴的新气象，他有更加强烈的触动。而冒险，如同毒品，一朝沾染，便会上瘾。

兰波的"出走"还有三个密码：一是兰波的父亲就是一个很少顾家的流浪军人，兰波的流浪气质大约有父亲的遗传；其二，逃避服兵役，兰波非常讨厌军队，故他自离开法国直至病危回国，中间再未回去过；其三，兰波不喜欢他出生并生长的那个小村镇罗什村，早年的成长环境带来的压抑助长了他强烈的出走欲望。另外，兰波在北非之所以会在那么多地域和职业之间转换，其实多出于现实的原因，即迫于商业、政治以及生存的变故。兰波知道商业经营需要稳定和坚持，他不是奔走狂。我们不能用波西米亚式的浪漫主义去想象他后期的生活。只有看到以上因素，才能对兰波的一生有更真切的认识。

就大的世界观看，兰波是位具有宇宙意识的作家（《醉舟》即为显证）。历史，在他的精神构成中并不重要。他不相信历史。在他心中，历史大概只需结晶为某些碎片。他说："世界没有时代可言。人类可以随意迁徙。"（《地狱一季·不可能》）兰波的宇宙意识，更多的是空间的无限可能。"噢，精神之繁盛，宇宙之博大"（《彩图集·精灵》），他拿空间的无限来对应精神的博大。他甚至怀疑精神的大能，而更虔敬于宇宙之博大。在兰波的世界观中，文学、艺术、宗教、理性，统统都显得可疑而局促，只有无边的空间以及空间中无尽的现实才让他觉得值得倾尽一切。如果说李白所谓"吾将囊括大块，浩然与溟涬同科"是一种博大心灵的诗意，那么兰波所谓"世界很大，充满了神奇的地域，人就是有一千次生命也来不及一一寻访"则不是诗意的，而是一种极度的不安分。在兰波的意识中，恐怕最让他难以忍受的就是固定的状态。对一般人来说的稳定，未尝不包含着流动变化，但对于兰波这样精神极其自由的人来说，慵懒缓慢的生活则无异于僵化与呆滞，甚至等同于死亡——"而在你们所期待的呆滞旁边，我的虚无又算得了什么？"（《彩图集·童话》）真的天才，其生命总是处于不断的更新生成状态，他们的精神总是敞向来自无限世界的巨大感召，永不得安分。兰波所选择的任何一种职业都不是其单一的目标，而只是他进行自我更新的一种方式。按照荣格的理论，我们每个人都追求一种"自性"——即一种理想的自我，而我们的精神愈是复杂，这种"自性"愈难寻找。兰波大概始终有这样一种感觉：现在的我，不是我能够成为的最好的我，应该还有更新鲜、更好的自我。所以，兰波的名言"生活在别处"，即谓不断地从自我跳入他者，他者又成为被抛弃的自我的生活；而下一个自我（他者）比当下的自我到底有多少新鲜与高明之处，则是一个充满诱惑与危险的悬念——自我变形的过程同时也是自我毁灭的过程。实际上，这种精神领域的自我变形始终是不充分的，差强人意的——人不可能把自己连根拔起，所以反过来它又强迫人不断地将变形继续下去。

　　然而，兰波所谓"生活在别处"容易被粗疏地理解。如果说"生活在别处"对于早期的兰波主要意指一种抽象的精神状态的变形，那么对后期的兰波，"别处"则更是地理意义上的。兰波内在的自我变形没有我们想象的那么无休止。他最大的一次转型，就是放弃文学与幻想，迈入极其现实的商业生活。无论是贩卖军火，还是贩卖象牙、香水、咖啡，或是做摄影记者、勘探队员，兰波弃文从商之后的生活大抵是在一种极其尊重现实的态度支配之下。在这个世界上，弃文从商者其实比比皆是，而兰波的"转身"却放射出巨大的传奇的光芒，盖因作为诗人的兰波的确太有天赋，并如同流星一样照亮了艺术的天空，而他竟将自己的文学才华毫不回头地加以舍弃，怎不令人惶惑而惋惜？让一吕克·斯坦梅茨说："对他来说，他不是在探索一个世界，而是在和一个世界赌输赢。"（《兰波传》）我们为兰波放弃文学创作而惋惜，但这正是他的诡异之处——放弃文学，成为其他领域的强大者，从而嘲笑世人，嘲笑文学——他不想承担什么使命，他说："我酿造了我的血。我的责任又将我放开。我不再想这些。其实我来自灵界，并不承担任何使命。"（《彩图集·生命》）

兰波当然追求商业上的成功，但他却无意于世俗所谓的成功。早在 20 岁前，他就说过："成功的日子，难道可以消除我们命定的笨拙与耻辱？"（《彩图集·焦虑》）兰波在后来那紧贴坎坷不平的艰难时日里，他对人生虚无的感受必定更加幽深。在这种虚无中，还伴随着巨大的日常生活的烦恼。兰波在亚丁、哈勒尔、绍阿等地的商业活动及其生活，充满了难以想象的困难和苦恼。经商不同于写诗——凭借才华可以天马行空，商业是一种社会关系中的博弈，其中的艰难与变数足以耗尽任何一个人的心智——尽管兰波拥有相当的精明——何况北非沙漠地带的环境那么恶劣。对于自己的流浪生涯的目标和意义，兰波是清晰而坚定的吗？——不。他其实一直是矛盾、分裂、茫然而虚无的。他在给母亲的信中说："我被迫沿着自己所能找到的活路一直走下去，直到在辛勤劳作之后，能省下点钱暂时休息一会儿为止。""最终，最有可能的是，人们只能去本不想去的地方，只能做本不想做的事情，只能以不情愿的方式去生，去死，却看不到任何希望能弥补这遗憾。"在给朋友的信中，他说："哎呀！在异国他乡来来回回的奔波，这些辛劳、这些历险、这些充斥记忆的语言、无名的痛苦，有何益处呢？""我的生活是一场真实的噩梦。……而我很快就 30 岁（生命的一半！）了，我已无力在世界上徒劳地奔波。"这，就是兰波这位高傲的天才的衷肠——他也渴望休息与安宁，他痛苦，抱怨，隐忍，他甚至后悔没有结婚，却像中了魔似的停不下来，他也不知这样生活到底有何意义——意义，对他来说还有意义吗？意义，那是虚无的反面。幻想是僭妄，意义也是僭妄。他早已越出了意义的边界而选择了沉默。在生命存在与意义的叠加面前，他只看到虚无，他甚至说："真正的生命并不存在。我们不在这个世界上。"（《地狱一季·妄想狂》）他唯一的选择便是"深入一切，应付一切"（《地狱一季·坏血统》）。这已不是艺术的绝境，而是生命的绝境，即后来存在主义的人生态度——有何胜利可言？挺住就意味着一切。

在表象上，兰波早期作为诗人的狂怪生活，有些类似于行为艺术，但他并无行为艺术（真正的行为艺术，应当只是行为，如魏晋风度，但同时它也就不是什么"艺术"——艺术不是体现"道"的唯一方式）的造作。早期的兰波是真诚的僭妄者，是艺术家。而弃绝文学之后的兰波，则不能以"艺术家"视之了。艺术是局限的，它并不能满足兰波的生命欲求。兰波太早地触及到了文学的局限，并厌倦了，或者说超脱了。艺术是生命体验的外化。兰波的诗歌背后的生命意志是如此强烈，以至于诗歌作为容器无法容纳得下他的生命之水。他说："我的生命是如此辽阔，以至于不能仅仅献给力与美。"（《地狱一季·妄想狂》）"有很多事情可以做，"这是兰波在非洲或阿拉伯地区最喜欢说的一句话。

　　如果仅从文学艺术的维度去衡量兰波，那可真是小瞧他了。亨利·米勒说兰波启示了一种新的人格，即走向更深的分裂。美国学者弗雷德里克·R·卡尔在《现代与现代主义》一书中的说法更为明确，他说："他的分裂的确是尼采式的，讨厌旧的，同时又不能成为新人，囿于二者之间不能自拔。"兰波与尼采，他们都企图彻底摆脱传统，"重估一切价值"，创造出新的价值观。兰波始终有对尼采式"超人"状态的渴望。他渴望实现人的大能。不过，兰波没有尼采的那种道德热情，也绝不相信救世与救赎，他不喜欢也不相信哲学家。诗人、哲学家，这些多愁善感的物种，都被兰波彻底抛弃了。在精神上，兰波是一个彻底的孤立无援者。因为他不再乞求任何安慰——他认为没有那种必要。在孤绝独立这一点上，兰波真是壁立万仞。所以，兰波最难以企及的不是他的深度，而是强度，即某种全力以赴孤独生活彻底性。不管怎样选择，他都追求"极致"——要么全有，要么全无。

　　"我所有的轻蔑都有原因：因为我逃离。"（《地狱一季·不可能》）《地狱一季》无疑是兰波最重要的作品，是他下地狱而又重出人间之后的自我审视。"永别了，幻觉、理想、错误。"他从此与以往的生活一刀两断。"对于那多愁善感的世纪我并不惋惜。个人自有它的理性、蔑视与仁慈：我在认知的天梯顶端重新找到了自己的位置。"他逃世，逃名，逃文字障，但不再逃离现实。他是在逃离那些主流的价值观。原因很简单——他看不上。所以那句话中的"轻蔑"与"逃离"应该倒过来——"我所有的逃离都有原因：因为我轻蔑"。

　　与其说逃离，勿如说超脱。就兰波弃绝文学而言，他是一个极为罕见的超脱者。这种超脱与东方文化中的"超脱"不同，后者走向"天人合一"以及对世俗价值的脱弃，前者则并不刻意追

求宁静，也不断绝世俗生活。兰波所舍弃的是主流价值观，是一种特殊意义上的世俗。他厌恶并弃绝了西方的宗教、虚伪的社会道德，向往着臆想中的东方文明、原始状态，他连文字、艺术都抛弃了。这已不是诗人的境界，而是禅宗大师的境界。兰波与中国著名的超脱者陶渊明，两者都是抛弃了一种价值观，选择了另一种价值观，而兰波的取舍则更显孤绝——简直是一场精神暴动。他想让自己的生命进入到另外一个次元。这种转变是如此激进而彻底，以至于他仿佛一个烈士，一个不得不和烈士与小丑走在同一条道路上的烈士。

　　1891 年，当病危的兰波对妹妹伊莎贝尔说及他之所以放弃文学的原因时，他说那是"因为它是不道德的"。"不道德"，这是兰波最后一次，也是最深刻地质疑文学的表达。这位蔑视道德的人物有他的道德准则，那大概就是"真"，他要求彻底的真。在他看来，文学是虚妄精神的产物。从前的兰波，是一个文学的刽子手，而他极早地觉悟了，并杀死了诗人兰波。兰波说自己从前的那些诗作是"掺了水的假酒"，我相信这是诚恳的忏词。同时，它不仅是自我反省，也包含着兰波对文学的不屑。世界如此浩大而混沌，那个 19 岁的少年，他所要求于世人的无非是一分纯真而已。"我的纯真令我哭泣。"而他又看穿了纯真的不可能，于是他只能放弃寻找——"我终于使人类的希望在我的精神中幻灭。"（《地狱一季》）

　　哦，兰波，你这横空出世的诗人、艺术天空的流星、人生的探险家，你仿佛来自灵界，却出现在我们的现实中，而我们亦现身于你的幻想中。在你的虚无面前，我们都是太过现实的人。

2009 年 5 月

闲聊顾随

甲：听说你最近去河北大学开了个关于顾随的会议，是什么会？

乙：是顾随诞辰 120 周年纪念会。

甲：哦，有什么收获吗？

乙：嗯，我读顾随、研究顾随、热爱顾随这么多年，总算和目前国内的一些顾随研究者，以及顾随的几位弟子见了面，大家彼此认识了，谈了谈顾随，这让我很高兴。可惜没有见到叶嘉莹先生。

甲：为什么？

乙：听说叶嘉莹先生前段时间应邀参加央视董卿的节目《朗读者》，因为当天节目录制时间太久，叶先生劳累过度，身体有恙，所以没能来参加顾随诞辰 120 周年纪念会，本来叶先生是一定要来的。

甲：噢。我虽然也是学中文的，却不太了解顾随，也就是因为你的介绍，我买了本《顾随诗词讲记》，读了，觉得真好，顾随非常有见解，风格很独特，但我一时说不清顾随的好，还需要好好读。你能给我讲讲顾随吗？

乙：要让不太了解顾随的人对顾随有个大体的了解，需要做一场专门的报告，我曾经做过一次。顾随是个大话题。我在写关于顾随的《驼庵诗话》的一本书，但一本书远远讲不完他，譬如顾随的禅学，我现在想评都评不了，没那个学养。我现在只能评顾随的文学，重点是他的文论、文学批评。关于顾随，将来我会不断地评说下去。这绝不是"个案研究"那么简单，顾随的意义，除了他作为文学大家本身的价值之外，他的言说、著作，还牵涉到文学本身、中国文学乃至中国文化的很多问题。

甲：你觉得顾随最大的成就在哪方面？

乙：顾随最大的成就在于他的文学批评、文论。在我看来，他是中国的一位大文学批评家、文论家。周汝昌说顾随是"现代的刘勰"，我觉得顾随当之无愧，而且他的广度和深度比之刘勰有过之而无不及。顾随也是旧体文学的大创作家，而刘勰不是（他是骈文家，但不是诗人），创作能力对于真正的批评家的微妙作用，我想你明白的。

甲：我看到有人把顾随和美国的大批评家哈罗德·布鲁姆相提并论。

乙：哈罗德·布鲁姆的文学批评，涉猎广泛，但只局限于西方文学，没有涉及中国文学、印度文学，大概这方面他不熟悉，所以不说。顾随的文学批评主要针对中国文学，但他对西方文学、日本文学也比较熟悉，讲文学时，古今中外，信手拈来，互相比照，这种更大的视野以及由此带来的灵感，其实是很多西方的批评家没有的。我们习惯于仰视西方的批评家，其实真神就在身边，我们却不认识，像顾随先生这样纵论古今中外文学的精彩，哈罗德·布鲁姆岂可梦见？再比如，像金克木那样对中国、西方、印度的文史哲，以及人类文化的本体都有高度的理解的学识，西方哪里有？恐怕很罕见。哦，顺便告诉你，哈罗德·布鲁姆有一个对他影响较大的老师叫 Harold Shedick——谢迪克，英国人，曾经在燕京大学任教，也是一位水平很高的学者。他在燕大任教时，还曾去听顾随的课，因为顾随的课讲得有名的好，所以谢迪克去听他的课，向他学习。1986 年，上海古籍出版社出版了《顾随文集》，1987 年，这本书就摆上了身在美国的谢迪克的书架，可见谢迪克对顾随的欣赏、重视。现在有些人知道谢迪克曾经把他在燕京大学的学生吴兴华和康奈尔大学的学生哈罗德·布鲁姆的才华相提并论，但是却不知他和顾随的因缘。

甲：听你讲这些文坛掌故，真有意思。我觉得吴兴华文学方面的知识结构，也是哈罗德·布鲁姆这样的批评家不能比的，因为中国的这些大才子是学贯中西的，而西方的很多大才子的汉语水平不高，对中国文学、文化的了解很有限，至少不能和中国的大学者的西学修养相比，所以其实他们的视野不及中国学贯中西的大学者、大文人开阔。

乙：但是他们最终达到的成就却往往超越了中国学者。比如吴兴华，他和闻一多、顾随一样，都是诗人兼学者，才学一流，但他却没有来得及成熟，没有来得及表现出来。现代以来，在学术、文化领域，这样的没有完成的人才太多了，这是时势使然，是大悲剧。否则的话，中国文化真可以在 20 世纪形成一种"复兴"的辉煌局面。20 世纪西方许多有才华的文化人，都是稳步发展，最终把他们的才华都释放了出来，到达了他们所能抵达的最大限度。要达到大师的境界，需要一个漫长的过程。有句话叫"自我完成"，其实时代、环境不给你施展才华的空间的话，如何"自我完成"？

甲：嗯，你说得对。那你认为顾随是一位大批评家、文论家的主要根据是什么？

乙：好，那我就不客气地先下一个断语——我认为顾随是中国现代以来唯一可以和西方的文学理论家相提并论的一位世界级的文学理论家。文学批评且不说，文学批评是以评论具体的文学作品为建构方式的学问，中外批评家各有擅长，不好比较。而无论哪种文学批评，都有普遍意义上的文学理论在其中，这是可以统而论之的。衡量一个学者是不是文学理论家，是不是杰出的文学理论家，关键要看他是否有自己独创性的理论——包括概念、术语以及观念，其理论的真理性如何。我读顾随，发现他的很多话语、观念都很独特，比如他用"言内之物、物外之言"来代替"内容/形式"这一组概念；他认为文学是"重生"；一切文学都是"心的探讨"；他提出"诗心"说，谓"诗心"相当于科学家所谓宇宙、宗教家所谓"道"；他认为"诗法即世法，世法即世法"，"文心"/"道心"是一个概念；他认为诗有三种成分：觉、情、思；他提倡"力的文学"及"韵"的文学——"韵"即是停留在心上不走；他认为创作要"物格"，即"物来心上"；针对中国文学，他提出了一种前人所未发的美学概念——"夷犹"。诸如此类，涉及文学的本体论、创作论、风格论、欣赏论等等方面，我无法一一例举，我们是聊天，也不可能详细阐释。总之，我觉得顾随是那种无意做文学理论家，却因其天才的悟性，由文学批评而生发出了极有价值的文学理论的理论家。虽然，他自己很少系统地总结其理论，但他的理论蕴含在他的言说中，我们可以整理和阐释，甚至发展。我们中国不是没有好的理论，问题是我们不重视，而且没有让它们发光。我举一个例子，比如新批评派的艾伦·退特提出的文学的"张力"（Tention）说，在咱们中国已经是奉为真理的习惯性的学说了，顾随对这一问题也有一种说法，他说好的文学应该像河中的水，拍打堤岸，却不溢出来——这说法多妙！这不就是"张力"吗？把文字的"张力"感觉说得能让人透悟。"张力"这一概念是好的，如果再加上顾随的这一形象化的譬喻说明，岂不更好？再比如哈罗德·布鲁姆，他的主要理论是所谓"影响的焦虑"。其实，"影响理论"本就不是多么新鲜的观点，艾略特那篇《传统与个人才能》早就对此有透彻的阐发。而中国古代文论对"影响"问题的论述更是极为丰富，但我们缺乏整理总结。哈罗德·布鲁姆把所谓"影响的焦虑"系统化，加强了理论的强度，并应用于他的文学批评，但似乎有夸大之嫌。总之，我的意思是，哈罗德·布鲁姆靠一个所谓"影响的焦虑"说就包打天下了，你看这些年他在中国多红。这背后，有我们面对西方文论和我们自己的文论的一种失衡、偏执的心态，值得我们警醒。中国文论界一直感叹现代以来中国文学理论在世界文论界的"失语症"，这是事实，但我们是否忽视了我们自己的一些闪光的理论？无论是古典文论，还是像顾随这样融合中西进行了创造性发挥的理论，我们对这些理论的认识都不够。14世纪以来，中国的科学、哲学等文化逐渐落后于西方，但中国古典文学以及文论，却不比西方逊色。中国的古典文学、古典文化，需要现代化。就理论而言，像顾随这样的融合古今中西的理论创造，才是最有价值的、最值得我们去建设的方向。整个中国现代文化的创造都应该是这样的，单纯的对"传统的创造性转化"是不够的，在全球化，尤其是西方文化占据主流的文化背景下，我们的文化创造只能是沿着融汇古今中外的方向去做，这是大方向，至于具体作为、成就，中国现代以来的大师也只是在路上而已。

甲：哎呀，赵兄，你的这一番理论听得我头都有点大了。这些问题确实很大、很复杂，需要好好的研究，论述。要么这样吧，我是搞语文教学法研究的，我听说顾随的课讲得特别好，你给我讲讲顾随的讲课吧。

乙：好！我也想说说这个问题。

甲：我看到一些顾随学生对顾随讲课的回忆，都评价极高，甚至好到了出神入化的程度。

乙：没错。不要以为这都是顾随学生说老师的好话，不是，我见到的听过顾随讲课的学生的回忆、描述，无一例外，众口一词，都对顾随的讲课非常喜欢，评价非常高，我至少能举出十几个顾随弟子的描述。首先，顾随生前并不是享了大名的人物，这些顾随弟子都是在顾随去世后回忆顾随时高度评价顾随的，他们不需要阿谀顾随；而且，这其中很多人都是水平很高的学者，如叶嘉莹、周汝昌、郭预衡、启功、吴小如、吴晓铃、史树青、朱家溍、黄宗江、欧阳中石、杨敏如等等，这些人不可能都随便乱说。顾先生的著作，我们可以看，但他讲课的风采，我们只能通过顾随弟子的描述来"神会"了。所以，关于顾随的讲课，我得"掉书袋"，给你引用顾随弟子的说法了。先举周汝昌的说法。周汝昌说："顾先生一上台，那是怎样一番气氛，怎样一个境界？那真是一个大艺术家、大师。他一到讲台上，全副精神投入，就像一个好角儿登台，就是一个大艺术家，具有那样的魅力。"周汝昌这个说法形容顾随讲课的总体魅力，很生动。

甲：啊，像一个好角儿登台，那是怎样的魅力啊！真令人神往！

乙：讲课是一门艺术，你想想——教室不就是剧场，讲台不就是舞台，教师不就是演员吗？学生是观众，教师既要有学问，还要有口才、感染力、魅力。

甲：是啊，大多数老师讲课根本达不到"艺术"的层次。

乙：顾随常开玩笑说自己每天讲课是"演着单口相声"。这当然是自嘲。其实讲课，尤其是文学课，比单口相声的层次高多了。相声纯为逗乐，文学课则复杂得多。且不说思想，就情感而言，教师需要把文学作品中的喜怒哀乐都传达出来、讲解出来，而且要感染别人，这真不容易，如果做到了，那对于听者而言，便是享受。这次开会，我听几位顾随先生的弟子说顾随讲课擅长表演，这包括他讲课声情并茂，极善朗诵，有时还有动作，如讲到杜甫诗句"看剑引杯长"时，一手执拐杖，一手端起茶缸，颤颤巍巍地比试，如一位威武的演员。再如张清华说顾随讲到陆游晚年绝句《沈园》中的"城南小陌又逢春，只见梅花不见人"，顾随先生以抑扬顿挫，带着拖长的哭腔的声音吟出那一句"只见梅花不见人"，令听者无不动容。我听顾随的学生，原河北作协主席尧山壁先生说：顾随讲课的语言，近似于"京白"。我是戏曲外行，但大致知道"京白"是一种既不同于普通话，也不同于市井京腔的腔调。那是极富表现力的一种发音方式，用来讲中国古典文学，最合适不过。此点，懂京剧的人，最清楚。

甲：那我们这些不会京白的人怎么办？怎么讲话才能有感染力？

乙：像顾随这样的老师，是可遇而不可求的。不会京白，擅长朗诵，对于一个语文老师来说就很好。顾随雅善朗诵。王振华回忆她在直隶女师读书时，顾随给她们讲了三年的鲁迅，以及鲁迅所倡导的北欧、东欧及日本文学作品。她说顾随用他那充满感情的抑扬顿挫的声调朗读，把学生的注意力完全集中到课文中了，全室鸦雀无声——先生讲到《伤逝》，读到"那是阿随，他回来了"，满室发出呜咽。你看，这是朗诵现代文，顾随照样读得让人动情、泪下。其实，朗诵、表演性也只是顾随作为授课艺术家的"表现"的功夫。没有学问，没有思想，只是会表现，不可能把课讲得那么吸引人，那么精彩。就像演员，表演功夫好，台词不好，有啥用？所以好的教师，乃至讲授艺术家，他的课讲得好，是从内容到形式的全面的好。

甲：课要讲得好，首先还是要学问好。

乙：对，没有学问，只有好口才，那岂不是糊弄人？糊弄得了少数人，糊弄不了多数人。

甲：不过，学问好，口才不佳，课是讲不好的。

乙：没错。这样的例子很多，比如沈从文、顾颉刚，学问非常好，但茶壶里的饺子，倒不出来。所以，讲课是一种"表现"，把内在的东西通过讲话表现出来的能力。所以，周汝昌说顾随也是"表现家"，这个词语下得好，顾随不仅仅是学问家，或朗诵家、演说家，他是把内美和外传完美地结合起来了。周汝昌解释其所谓"表现家"，即讲授传业。讲课，首先要学问好，再加上中等以上的口才，才可以讲好，并让学生喜欢，在课堂上受益。顾随是学问好到在课堂上讲课绰绰有余，天马行空，口才、感染力也极佳的地步，所以就会形成极大的授课魅力、魔力。当然，这背后，还有认真的态度、人格的魅力等因素。

甲：我现在渐渐明白顾随讲课之好的道理了。

乙：我再引用一段叶嘉莹说的话，她说："先生在其他方面之成就，往往有踪迹及规范的限制，而唯有先生之讲课则是纯以感发为主，全任神行，一空依傍。他是我平生所接触过的讲授诗歌最能得其神髓，而且也最富于启发性的一位非常难得的好教师。"她又说："凡是在书本中可以查到的属于所谓记问之学的知识，先生一向都极少讲到，先生所讲授的乃是他自己以其博学、锐感、深思，以其丰富的阅读和创作经验所能体会和掌握到的诗歌中真正的精华和妙义所在，并且更能将之用多种之譬解，做最为细致和最为深入的传达。除此之外，先生讲诗还有一个特色，就是先生常把学问与学道以及作诗与做人相提并论。"讲课的内容，我没法给你复述，你可以看叶嘉莹的笔记。笔记尚且如此生动，其课堂上咳珠吐玉的效果，就更加动人了吧。

甲：唉！可惜顾随这么精彩的课堂，没有影像资料留下来。

乙：是啊，这是遗憾。不像我们现在很多课讲得不行的人，都好意思给自己录像，并且让人看。幸运的是，叶嘉莹、刘在昭她们保留了那么多听顾随讲课的笔记。

甲：我觉得语文课的一个优势，是它的内容可以无所不包，既可以有思想，又可以饱含情感，所以老师能力强的话，语文课、文学课，应该是所有课程里面可以讲得最有意思、最有感染力的课。

乙：对，从叶嘉莹的笔记看，顾随讲课的内容远不限于文学，而是涉及文、史、哲、禅宗、京剧、书法、时事、人生、他自己的生活与心情等等，他把这些都打通了，并且互相映发。叶嘉莹说顾随讲课极善联想发挥，常常是从一首诗、一首词，能够讲到文学、人事、思想上的许多问题，"一波才动万波随"，越讲越深，越讲越高远，有时达到一种"禅机说到无言处，空里游丝百尺长"的境界，即最后讲到"言语道尽"的程度了。

甲：真难以想象，那是一种怎样的境界！

乙：我觉得黄宗江的一段话说得很好。他回忆顾随在课堂上讲曲，讲到好处，常"跑野马"，转论"杨（杨小楼）、余（余叔岩）、梅（梅兰芳）"。"三人中顾最欣赏杨小楼：长啸一声，诸大气魄，他用个英文字——Dramatic形容"之后，说："读破万卷，再抛却万卷，与天、地、人、物俱化，自能达到一种至高境界。杨宗师（杨小楼）虽或读书不多，必参透此旨，乃获乌江之啸。"黄宗江认为用这段话形容顾随先生也是合适的。我觉得"与天、地、人、物俱化"的境界，就是讲课的化境，这样的课堂魅力，在当今中国恐怕是没有的。现在有顾随型的老师，但恐怕没有顾随这样的水准、境界。讲课真是一种极高的艺术，而顾随是这方面的天才。简短的演讲，或者作家、学者的文字著作，都难有这样的魅力。演员的表演，没有课堂讲授的思想性、创造性、自由度。

甲：对，当今中国不可能产生顾随这样的课堂讲授大师。且不说学问大小，顾随上课不仅没有讲义，更没有所谓教学设计，也没有 PPT，而且，他还常跑野马，甚至手舞足蹈，学生不大容易记笔记，这些都不太符合现在的教学规范，如果搞教学比赛的话，顾随的课会被否定掉的。

乙：你说得对。我们现在的课堂是什么呢？大多数老师按照那些条条框框的教案照本宣科，学生狂记笔记，以备考试，课堂上的情趣很少，没有灵魂，没有探究的乐趣。学生在这样的课堂上，人坐在教室里，但灵魂是不在场的。

甲：课要有灵魂，教师首先要有灵魂。

乙：正是。所谓教学设计、教学规范这些东西，都是些冠冕堂皇的东西而已，是不懂教学、不懂教育的人吓唬别人、挟制别人的玩意儿。对于顾随来说，这些东西更是垃圾。顾随当年课讲得那么叫座，没有人对他说："你这个不规范，不能这样讲。"讲课之前，心中要有个大致的构想——讲什么内容。至于怎么讲，这取决于自己的经验，以及临场发挥。从内容的选择，到语言的表达，做得好，就是"规范"。其实"教学规范"这个词本身就很荒唐，讲课哪里有什么"规范"？讲课只有效果好不好的问题。连围棋的很多定式，都被 AlphaGo 推翻了，更何况讲文学？我

随便举一个例子，我在讲古典诗词的时候，时常联系到流行歌曲的歌词。比如，有一次讲到柳永的《雨霖铃》，第一句"寒蝉凄切，对长亭晚"，解释"长亭"，我说："弘一法师李叔同有首著名的歌曲，叫《送别》，第一句就是'长亭外、古道边'，长亭是送别之地。"我说着，就唱了出来，学生一听，高兴了，要让我唱完，我便唱了这首《送别》。结果被学生发现我唱歌不赖，逮住我一连唱了几首。你说，这样的情形，是我们能事先设计好的吗？这样联想，并且唱歌，好不好？当然没什么不好。学生一下子深刻理解了"长亭"这个意象，而且得到了艺术的熏陶。我们现在的文学课，既缺少性灵，又缺少思想。讲文学，至少要把文学中的性灵传达出来。可是在我们的教学评价标准中，在文学课上，这样唱歌，就是乱来。再比如，我讲到欧阳修的词句"草薰风暖摇征辔"，我让学生注意"摇征辔"的"摇"字。"摇"，说明不是快马加鞭，是舍不得走，于是我想起了女高音歌唱家马玉涛唱的一首歌《马儿啊，你慢些走》，学生们不知道这首歌，我就唱了第一句"马儿啊，你慢些走，慢些走，我要把这迷人的景色看个够"。"候馆梅残，溪桥柳细，草薰风暖摇征辔"不是看风景，是离别，舍不得恋人，于是那离人想让马走慢一点，这就是一个"摇"字暗示出的情感。

甲：我挺喜欢你这种教法，很有启发性。教无定法。

乙：许多事情，都是千变万化，世界的奥妙就在千变万化中。另外，说到顾随的课堂魅力，还有一点非常重要，即他在讲文学的时候，随时都会联系到人生的道理。顾随高度认同"修辞立其诚"，这个"诚"是从人格中发出来的，不诚无物。文学作品中本身就包含着无穷的人生的奥义，如果再加上自己丰富、深刻的人生感悟，连同文学的美感，一起传达给学生，那么课堂讲

授就不仅有审美感染力，而且还会有心灵的感发、感化力量。叶嘉莹引古语"经师易得，人师难求"评价顾随，即是说顾随除了能讲好文学，还具有更为罕见的人格教化力量。

甲：那便是到了传道的境界。

乙：对！从根本上说，且不要说教案如何、板书如何、教学设计如何、是否点名，这些所谓的"规范"不重要，连教学的内容都不是教学中最重要的问题。最重要的是，教师在课堂上是否以身作则地教给学生独立思考，认真、求真的态度，也就是陶行知所说的"千教万教教人求真，千学万学学做真人"，要教学生做真人，如果没有这一点，其实根本谈不上是教育。资中筠说她在清华读书时的老师雷海宗、邓以蛰、钱锺书、杨绛等人上课的共同点，就是没有讲义，讲课内容全是源源不断从脑子里流淌出来，学生听课完全是享受，不会想逃课。如果按照现在所谓的教学规范，这些教授都要受到教务处处分的，甚至扣发津贴。不是说没有教案就好，而是——这都不是原则问题，最根本的是教学、教育从小节到大端要有自由的空间。所以，所谓"钱学森之问"（为什么中国大陆近几十年培养不出大师级人物？）其实是一个弱智问题。当然，可以明知故问，关键看被问者怎么回答。我把你当知己，今天说起顾随，不知不觉就说了很多。关于教育，我还远没有说出我的观点，以后再说吧。

甲：好，下次再聊。喝茶去也！

2017 年 5 月 23 日

何为文心

——评《中国古典文心：顾随讲坛实录（中）》

顾随先生是现代以来难得一见的大学问家、才人。大家通常认为他的学术领域主要在诗词学及曲学，其实，顾随的文章学造诣也甚深。《中国古典文心：顾随讲坛实录（中）》（北京大学出版社，2014）一书即是对顾随文章之学的一个较完整的呈现。当然，如同讲诗词一样，顾随讲文章仍是将其扩大、提升至文论的高境去。

《中国古典文心》主要辑录了顾随对《论语》《文赋》和《文选》的讲解。此外，《驼庵文话》则大体是从《文赋》讲录和《文选》选讲中择录而成的。

顾随为何要讲《论语》呢？因为，就思想出处及一生行事而言，顾随的根底在于儒家，他说："余虽受近代文学和佛学影响，但究竟是儒家所言、儒家之说。"除讲《论语》的诗学外，顾随讲《论语》主要从思想角度出发。他对儒家的看重，主要基于儒家的两种精神：一、身体力行，知行合一；二、"着眼不可不高，下手不可不低"。因而顾随以曾子代表儒家。他认为，犯而不校的"宗教精神""士不可以不弘毅，任重而道远"的高远大气、"吾日三省吾身"的苦行功夫是曾子精神的精髓。在他看来，庄子是"只此为止"，禅宗佛门修行是为自己的（虽然最早释迦牟

尼也讲"度他"），而儒家的精神则是"仁以为己任"，是要度人。当然，顾随也指出后世儒家只剩下空架子，故他推崇曾子，他说："读《论语》上述曾子一段话，真可以唤起我们一股劲来，想挺起腰板干点什么。"要之，顾随与儒家最为契合处在于入世进取的精神。他说："现在有操守固然好，而要紧是有作为。"联系顾随讲《论语》的时代——20世纪40年代，及顾随的现代精神，可知顾随对儒家的评判与取舍，是基于现代中国的危难现实，意图让儒家文明在现代中国发挥出积极有效的力量——顾随，是活的儒家。此点甚重要。顾随说他的根底在儒家，而我们千万不能狭隘地给顾随套上一个儒家的套子。事实上，顾随的文化精神是既传统，又现代的。传统之中，他也不局限于儒家，在给周汝昌的信中，顾随曾说："吾于老庄，取其自然；于释家，取其自性圆明；于儒家，取其正心诚意；吾意亦只在除此妄念而已。"所以，顾随对于传统思想，是儒释道兼取的，而以"诚"为本。更为难得的是，身为"五四"文化的亲历者，顾随既不是激进主义者，也不是文化保守主义者，而是一起始就超然于激进与保守之上——此种文明态度，如今看来，最为可取。

顾随的课堂讲录中，最为精粹的是讲《文赋》的篇章。《文赋》是见解精辟、文辞优美的创作论，顾随讲《文赋》则不但对创作原理进行了透辟淋漓的阐发，且处处讲到文学的本质，讲到做人与作文的相通道理，甚至直抵人性深处。关于文学的本质，顾随特重"文心""诗心"，因为他认为"有此心始有此文"。《文心雕龙》所谓"文心"乃"天地之心"，顾随以为从前的唯心论讲得太玄，他所说的"文心"有"科学的、唯物的根基"，即以生活为根基，生活要硬，故自称"新唯心论"。此点，与顾随所讲文学是"以心换心"、创作是"物格"（物来心上）、诗法即世法，世法即世法等道理都是一贯的。

所谓做人与作文的道理相通，说来似是常识，可真要将两者的贯通之处讲得头头是道，则非易事。顾随有一神奇的本领，即他讲文学时总能联系到做人的道理上去，又能信手拿人生讲文学。如《文赋》"伊兹事之可乐"一句，陆机本意为文学创作是有趣之事，顾随则借题发挥，认为事无论大小，皆要有所乐，这样干着才有意义，才有力，为己为人，皆须达到"可乐"的境界。又讲创作自欣赏而来，欣赏自"爱好"而来，而"爱好是最美的观念"，于是生发出一番"爱的哲学"，他认为有所爱必有所求，有所求必有痛苦，无爱无求则不是人，"今天要讲的是怎样做一个人"——真是越说越有劲。再如《文赋》"在有无而黾勉，当浅深而不让"一句，指创作上不当避难就易、避重就轻，顾随以为做人、作文皆是如此。《西厢记》惠明和尚所谓"我从来欺硬怕软、吃苦不甘"，《水浒传》武松所谓"专打天下硬汉"，及《孟子》名言"生于忧患，死于安乐"本都是讲做人，顾随则将其一一引来，佐证作文也须如此知难而上。他说"修辞立其诚"，"你不骗人，别人也不负你"，"作伪的人永远是刨坑埋自己，作伪愈久坑愈深"；又谓"诚"是一切宗教哲学的基础，犹之乎儒家的"白受采"以上议论，不但在文学与人生哲学之间往复发明，且将其提升至宗教精神的高度。

讲文学，打通古今，融贯中西已是难能之高境，更高的境界则是顾随这般以文学为中心，将文学与人生、哲学、艺术等其他问题有如月映万川、万川映月般相互印证，"一波才动万波随"，则读者所得不仅为文学之胜义，且能获得人生及艺术精髓的启迪，乃至在这精髓处立命、得道。顾随讲《文赋》，有一点甚为重要，即他所说"今天所讲乃为创作作准备，不仅论文矣"。这

其实是顾随这位文学大师讲授一切文学的重要目的。文学是艺术，顾随讲文学非为学问而学问，而是将自己对文学的体认端出，以供他人创作之启发。顾随的文论之所以深邃、鲜活，关键在于他是一位对文学创作有极深领悟的作家、诗人。顾随是怀抱一颗真的文心为文学说法。因而，顾随对学问本质的认识是"一种学问，总要和人之生命、生活发生关系"。中国现代以来主流文学研究的不尽如人意处，即在其缺少灵性的艺术感悟，缺少生命感。顾随在现代学界的寂寞及高超，一个重要原因，便是他的文学研究不走历史考证路线，而是走文艺批评乃至精神哲学的路线。

从前读顾随讲诗词的文章，觉精彩至极，及读顾随讲《文选》，发现顾随的文章学造诣丝毫不逊其诗学造诣，甚至也许是文章的内容更为开阔，顾随讲《文选》读来更觉精义迭出，酣畅淋漓。中国的文章，顾随最推崇秦汉六朝之文。关于秦汉魏晋文，顾随说："后人文章在'结实'方面，往往不及秦汉魏晋。"关于六朝，他说："无论弄文学，还是艺术，皆须从六朝翻一个身，韵才长，格才高。"顾随讲《文选》，所讲者是李陵《答苏武书》、曹丕《与吴质书》、嵇康《与山巨源绝交书》等文章，他不但能讲出文章的文义、文辞、文风的精彩之处，且往往能透过一篇作品，揭出时代文风的大的特点，如他说"汉人文章发皇，魏晋文章清新，六朝文章成熟"，这是言其气象；又曰"六朝人文章静，一点叫嚣气没有"，六朝乃乱世，而文章却静气十足，这便教人深思；又曰"六朝人字面华丽、整齐，而要于其中看出他的伤心来"，字面华丽，吾人容易以浅薄视之，或者被其外表迷惑而不能探其文心。顾随说："读文不但要看其技术，犹当看其所抱文心。"讲文学，最可贵的便是能发掘出作品的文心来。文心是什么呢？文心是作品蕴含的生命精神。

苏轼云"作诗必此诗，定知非诗人"，顾随讲文学作品亦然，其讲解既是对作品的阐释，又能生发出新的东西来，从而有所超越。比如，顾随讲《与山巨源绝交书》，说嵇康任性纵情，而社会是束缚，此嵇康之所以痛苦，这便是得文章之文心。而顾随又发挥道：处世不可太真，而文人是表现性情的，必须真。忧能伤人，乐亦能伤人，"凡感情都是侵蚀人生命的"；学文助长感情，学道压制感情。此等语则是从《与山巨源绝交书》生发出的新的思想。顾随讲文学不止是为了让我们了解那些作品本身，而且是如电光火石，予人以启发和灵感。

如何认识顾随其人、其学、其文呢？学术史上，学养深厚、思想深邃者并不少见，就学人而言，顾随的超轶绝伦处在其极强的文学感悟力。他是真得文心之人。所谓诗词、文章、小说、戏曲、文论等专门之学，于顾随皆是妙解文心的体现而已。然而，正如本书所展示的，读顾随的文章、讲录，又觉其所讲不只是文学，它也是人生、哲学、艺术的真谛，有时顾随的文字甚至放射出宗教般的感动力量。周汝昌说顾随不是一个委委琐琐的小门小户的小儒、小文人，而是一个具有悲天悯人的博大胸襟的人（周汝昌《怀念先师顾随先生——在顾随先生纪念会的发言》），此种境界，唯有大文人、大艺术家方可当之。

今天，我们能读到顾随先生的著述，是我辈的幸运。读过之后，若能像顾随期望的那样，从我们继承的文化遗产中，如透网金鳞，更进一步，绵延赓续，则中华之斯文有幸矣。

2014 年 10 月 6 日

（原载《中国纪检监察报》2016 年 3 月 4 日版，兹略改）

"一字一字地救出自己"

——木心先生祭

　　该如何面对这样一个消息呢？木心先生确乎是去世了。在凛冽的寒气中，这个人不告而别地隐没在尘世的雾霭中。当我遥想着乌镇那些唏嘘相见的人们时，不禁想起木心的那句话——如欲相见，我在各种悲喜交集处。

　　木心在写鲁迅的一篇文中曾说："虔诚的阅读是最好的纪念。"是的，当我们无法再与木心相视一笑时，我们还是得回到自己的书桌前，拿出他的书，好好地阅读他、评说他，并藉以返观我们自身，这是对木心最好的纪念。

　　艺术家、诗人，这是我最愿意给木心的称谓。但倘若用一个更传统的称谓的话，那么，我愿意称木心为"文人"，杰出的文人。"文人"，在汉魏六朝、唐宋时期是极高的褒词，明清两代，"文人"遭遇非议，但"文人传统"始终光华灿烂。现代所谓"知识分子"、"知识人"，偏于知识伦理与道德伦理，而"文人"是一个更偏于艺术伦理的身份。木心是一个真正葆有传统文人教养的人。他的画是文人画中的文人画，他的诗文也因具有鲜明的文人表情而与当代众多写作者迥异。当代中国，早已是文人传统衰败的国度。木心是西方知识分子精神和中国文人传统的奇异结合。这正是木心与大陆文坛"语默势异"的重要缘故，也是木心

卓然特出之所在。

木心的文学，所表达的最主要的意蕴是什么呢？我以为是"对人的诗意存在的乡愁"。倘若你读了木心那些神游世界的诗篇、回味早年的思旧录、钻到他人心里去想要经历所有人生似的移情抒写、那些他用肉眼和灵眼看见的一切散发着动人气息的景观，当这些纷繁的意象在你心中血肉相连之时，你可能会感到，这一切的背后，都氤氲着混茫无际的诗意乡愁，有如他的山水画中那幽暗浑灏的氛围。家国乡愁、时代忧愁、文化乡愁、由个人而及于普遍的生命的悲情，包括那些美的散享，种种感念、意绪，一律统摄于对人类不可企及的彼岸般"诗意存在"的伟大乡愁。这样的乡愁，牵系于人类，而非一己，也绝非所谓"时代"。

相比于那些写当下生活的较为年轻的作家，木心更多的是在写回忆，或者与我们的生活情境较为不同的"当下"。人类文学无非是一部人心的大书，就永恒的生命而言，并无所谓过去与当下。木心极力写过去，是想穷尽人心的可能，同时亦满足他那蓬勃的好奇心和创造欲。其实，他在回溯中呈现的细节愈是精微鲜活，愈让人感到一种悲剧性的哀感顽艳（如明末的张岱）——他写的不是拥有，而是丧失。在现实世界中丧失了，在文学中却得以复活、重生，此即"以文字打败时间"。这应当是文学英雄的事业。木心先生说"一字一字地救出自己"，这多好，多么有劲。他真是以文学、艺术为宗教了。文学是一种希望，"如果不满怀希望，那么满怀什么呢"（《哥伦比亚的倒影》）。

木心的写作，以诗歌和散文为主。他的诗写得散文化，散文则充满诗意。当代很多作者的诗也写得散文化，但读来味道并不佳，原因是其散文本身质量就不高。比文体更重要的可能是语言。木心与当代大陆作家的差异，首要还是在于语言。何立伟说

木心的文字"是那么样的一种富有人类感情同文化表情的中国汉字"（《意外之人，意外之文》）。我以为关键是富于"文化表情"的文字。木心的文化表情，是兼备中西两种神情的，而且他的确相当西化，但作为中国作家，他的文字之所以特异，还是在于其对中国古典文学传统和"五四"文学传统，即中国文脉的继承、发扬。中国数千年之道统和文统在"五四"之后遭遇了"断裂"（或曰"裂变"），并在更为激烈的历史境遇中几乎"断绝"，而木心却以他特殊的境遇、修为，接续了这一文脉——当然，木心不是唯一的继承人。

木心的人格气质，是西洋老派绅士和中国传统文人的奇妙结合。这两种作风所生的宁馨儿便是"风雅"。木心真风雅得可以。他的文字魅惑之处，便在其中西混合的风雅。风雅是他的做派、他的文气。他是民国时代诗书相传的富庶家庭的后代。木心2006年回归乌镇，攒足了一颗冷酷的心，但你若读他的《乌镇》一文，便可知他还是无法接受眼前风雅荡然、伧陋萧索的故乡、故国。明乎此，便可知风雅的木心为不风雅的文坛所冷淡，终是时势使然。

就美学风貌而言，木心难于概括。但我以为，木心的文学至少包含悲剧精神、古典情怀、浪漫气质、唯美倾向四种要素。

> 如果爱一个世界
> 就会有写也写不完的诗
> 如果真是这样的
> 那么没有这样的世界。
> （《雪橇事件之后》）

世界、爱、自我、倒影、艺术、可及者与不可及者，这是怎样纠结难了的人生，这岂非人类的悲剧？——遑论个人。

木心说"艺术，一入主义便不足观"。我们不能说木心持守古典主义，但他却反对盲目趋新。木心对"从前"那"一生只够爱一个人"的世代的怀恋，对《诗经》的热爱和演绎，对文言的精心遣用，分明显示他有挥之不去的古典情怀。虽说他是由浪漫而象征，而至于复杂的现代精神，但其文学中的浪漫气质始终宛然可感。他那魔术般跨时空的幻想中的阅历与抒情，他的情诗（如《五岛晚邮》），实在是罗曼蒂克的。而浪漫，时常趋向于唯美。浪漫为心情，唯美是外表。木心，这是一个多么爱美的人啊，仅由文字便可知其耽美。"且自簪花坐赏镜中人"，他那样的严装盛服，不肯随便，把每个字词都当作爱人一样修饰，他以此获取高贵、尊严和独立。他坚持自己的美学观、文学观，坚持遗世独立的处世姿态，他要在艺术的王国里做王——他，是在和一个世界赌输赢。

"失行孤雁逆风飞。"是的，这是一个孤绝之人。木心像咀嚼粮食一样咀嚼寂寞，所以他感慨于兰波的《醉舟之覆》。五十年不归故乡，一去微茫，他像个带根的流浪人，浪迹天涯。常年孤行，经历大难，罕遇知音，那动荡的世纪，这样的人生并不稀罕，罕见的是苦难与孤独中的操守。无论上帝是否死去，人是一直在死的。难得的是念兹在兹，匹夫不可夺志的情操，以情操来救赎自己。木心五十岁之后，"以绝笔的心情日日写诗"，放射出冲天气焰，仿佛在对死神说——那好，纵使我的生命只是行过，我也是生命的强者。

逝去了，这个寂寞而又光彩的生命。昭明书院俊朗的牌坊，庄严巍峨的胜寿塔，那古老的银杏树，那些悲欢绵延的人世风景，倒映在冬日的河水中，无情而有情，它们将与艺术中的时空同在。

2011 年 12 月 23 日

（原载《北京日报》2011 年 12 月 29 日版）

陈丹青的立场

　　在当今中国的文化人物中，陈丹青是显得有些特异并日益产生出深刻影响力的一位。2005 年，归国刚五年的陈丹青从他所任教的清华美院提出辞呈，使他成为受到全社会广泛关注的人物。同年，他的杂文集《退步集》产生广泛影响。一时间，陈丹青被赋予了反抗教育体制，对现实社会文化进行广泛深刻批评的猛士形象。他的率真尖锐和机智透辟，令很多人感到耳目一新——当然，也招惹了一大群人。这样一个富有个人魅力的人，自然会成为媒体——电视、报刊、博客的"宠儿"，媒体与陈丹青之间相互借助、相互渗透，各自表达着自己的意欲，使陈丹青迅速成为一个"文化明星"。作为一个对现实社会文化进行大幅度深刻思考和批评的公众人物，陈丹青的社会意义早已超出了他作为艺术家的文化意义。

　　陈丹青的老本行是绘画，近年来持续书写，频频出书，展现出了相当不俗的文字魅力和思想力度。于是，便有人对他的"文化越界"产生迷惑，甚至不以为然——这个人到底想干什么？的确，陈丹青是驳杂的。我们已无法用"艺术家"一词来指称他。所谓"身份"，对陈丹青已无关紧要。绘画、写作，都是弄艺术，都是表达，上电视更是表达。我以为，真正重要的是他通过其表达所呈现出的处世姿态、他所表达的问题，及其不愿做看客的立场。

不苟同的姿态

愤怒和批评，大约是大众对陈丹青最普遍的印象。陈丹青的愤怒，有时会莫名地跟"愤青"扯上关系，其实那是两码事。陈的愤怒尽管是火力不小，却是从严正的思考中发出的情绪。他的情绪容易感染年轻人，但其思想情怀其实不是普通小青年能同情和理解的。而陈丹青的种种批评，即使按照他自己对"批评"的理解，也不是真正意义上的批评——因为它没有反批评，缺乏对话关系，更谈不上批评的往复向上螺旋式关系，陈丹青的批评性话语毋宁有点类似于"对着世界单独叫嚣"。他批评的是现实，而现实不发言，且自岿然不动。所以，用"批评"来指称陈丹青的话语，不如用他评论鲁迅精神的概念："不苟同。"

陈丹青在《鲁迅与死亡》中说："鲁迅之所以是鲁迅，乃因他天性是个异端。"而"异端的特质，是不苟同，是大慈悲。"我以为，此说甚是。"不苟同"的姿态比批评来得更高远、更诚恳。不苟同，就是我认为对的，就赞成；我不认同的，则投江不与水东流。此种精神，其实是更大的担当，其本质，是独立精神。任何一个时代的绝大多数人都是"苟同"于现实的人，因此，不苟同的人，便是不合时宜者。不苟同，可以遗世独立，保持自我，如木心；也可热忱入世，独持己见，如鲁迅。苟且者是逃避者，不苟同才是担当，也因而慈悲。

《退步集》，及其一退再退的《续编》之所以影响巨大，就在于它痛快淋漓地道出了人人身处其中却熟视无睹的当今社会的许多弊端。这种局面有点像《皇帝的新衣》里大声说"啊，皇帝没有穿衣服呀!"的那个小孩。其他人也无不看得分明,但却"苟同"了。

那么,陈丹青不苟同的到底是什么?我们发现,陈丹青有个核心词语:退步。"退步",简单说,即今不如昔,是对当前所谓"进步"的怀疑,它指向对我们这个时代的评判,同时,也指向评判者自身,即不愿"与时俱进"的个人持守。

陈丹青所谓"退步"的"退",即是不苟同的姿态使然。他不苟同于当下中国的"时"。那是一种由急功近利意识所操控的以"现代化"为目标的当下中国的现实势力。陈丹青的批评全部以过去为参照,但那绝不是简单的怀旧,"而是借助历史维度认识自己"。他是一个时代感很强的人。我们读他谈民国以来文化史、鲁迅、木心等话题的文章,都能感到他总是借助具体的对象来比照和质疑时代。我们都跳不出当下时代,当下时代,即现实总是最重要的,陈丹青知道他必须拥抱现实,但现实令他不满,他宁愿与现实搏斗,这便是他的"拥抱现实"。

在陈丹青的批评对象中,有两种事体最为突出:教育体制和城市建设。他说:"为什么我要和当今教育过不去?因为糟蹋青苗、贻误将来。为什么我要骂城市建设?因为摧毁记忆、人心迷失。"的确,教育问题和城市建设之间有种共性,即两者都指向我们的存在家园问题。教育指向人的灵魂家园,城市则是我们重要的物质家园,两者的同时隳坏,让我们从外在空间到内在精神都一步步地远离健康和诗意,将使我们面临失去真正的家园的危机。陈丹青的忧患是对处于现代化进程中的当今中国"失乐园"的忧患,是对人文传统和人文生活大幅度失落的痛切。

而且,在陈丹青的现实忧患中,教育问题仍是最为深切者。城市建设的问题,尚可部分地重建、修补,而教育毁坏的是人的

根性。城市建设，抑或其他事体，都是由人来弄的——我们如何指望有问题的人弄好将来的事情？陈丹青总拿过去说事，其实是指向将来。他不是为破而破，他的立场是建设性的——虽然，他的批评还可以更审慎一些。

其实，有一点，陈丹青很清楚：他所抨击的教育、城市建设等问题的根源都在于更大、更深的国情，即当下中国的大现实。只对一棵病树的枝杈进行诊断和修理，是无济于事的。虽然陈的批评，往往鞭辟入里，但也只能点到为止。其意义在于刺痛我们麻木自私的神经，"引起疗救的注意，"所以，即使"不苟同"只是姿态，要紧的却在于它是一种积极的表达。

聊胜于无的表达

陈丹青是个对现实充满兴趣，富于表达能力的人。他的文字，比之其绘画，更广泛深入地介入了现实，一并构成其独特的表达。此外，在媒体的频频亮相说话，也成为其表达的一部分。甚至，陈丹青的个人选择，如离教席而去，也经媒体捕获而成为一种表达。借助媒体来表达公共话题，本无可厚非。问题的关键在于表达什么，如何表达。陈丹青是一个不屑于那种刻意庄重谦逊的人，作为"明星"，他已被媒体劫持，而他亦未尝没有与媒体玩耍一回的心态。但这并不重要，重要的是陈丹青的"表达观"。

陈丹青自称他的很多话都是煞风景的话、空话、胡话、梦话。他看穿了所谓批评的虚妄，同时相当清醒地选择了大声说话。他说："我现在只有两件事可做，一是说话没用的，所以第二，保持说，这是最后一点权利，如此而已。""我是个清楚自己

的言论不可能改变任何事物而索性开口说话的人"。这便是陈丹青的"表达立场"或曰"表达观",这是比他的表达技巧更重要的问题。

为什么说话无用?因为陈丹青不是权力者,他的批评的作用只限于发出声音并使一部分人警醒的层面。他反对的是体制,体制不会自行去反对自己,且何等庞大。既然如此,说这多做甚?陈丹青说:"说话不是为了生效,要紧的是说出来。"我想,说话倘若能够生效,譬如,现实因批评而改进,那自然好,但假如说话不能生效,就噤若寒蝉、懵头承受吗?那叫什么?——旁观。旁观,当然落得安全、轻省,但如若一个社会的大多数人对弊端都取旁观的姿态,那其实是自欺欺人的集体自戕——你所纵容的邪恶迟早有一天会在你的身上发生效应——其实,无所谓旁观的。

但,多年以来,精明的中国人早已学会了对现实"若无其事"——这样的日子何时是个尽头?陈丹青很较真,很傻,在他看来,表达总在困境中。说,不能改变现实;不说,当然更不能改变,而且会包庇邪恶。说话,即使不能改变外部现实,但还可改变一部分人的心理现实,而我们内心的东西会影响到将来,所以,表达自有其积极意义。说还是不说,陈丹青选择说,因为说总归"聊胜于无"。

陈丹青的言说中有许许多多的问号,他是当今一大提问家,其言说中的问句密集到像刺猬身上的刺。而他的许多问句其实来自对议题本身的质疑。他发现许多向他抛来的问题原本就是成问题的,是被扭曲了的常识。陈丹青釜底抽薪地将问题的纰缪加以指戳,从而超越了那些问题的低劣而达至某种新的高度。其实,陈丹青的很多思想都是在"还原常识"。而这些话语也竟会惊世骇俗，可见世态已荒谬到了多么背离常识的地步，这才是现实——"我所眼见的世态比我偏激得远了。"

这是一个表达被扭曲的时代。一方面是表达的极度欠缺，另一方面又是表达的过剩。所以，比表达本身更重要的是表达什么，怎样表达。陈丹青的表达几乎全部指向现实社会文化领域，具有一种难以遏制的不得不表达的执拗而宽广的大情怀。

然而，最为重要的，还不是表达，而是我们所表达的问题的背后，以致背后的现实。陈丹青问："是我招惹还是在被招惹？"从表象看，两者都有，但更深的事体是陈丹青被现实招惹。问题的关键还是在于现实，而不是与现实相招惹的人。陈丹青的思想并非很了不得，而是我们失去的常识太多了。少关注陈丹青，多关注陈丹青所指陈的现实问题，这是我希望国人从陈丹青身上得到的启示。

2007 年 6 月

（原载《北京日报》2007 年 7 月 2 日版）

评李零《丧家狗——我读〈论语〉》

如果把李零《丧家狗——我读〈论语〉》和于丹的《〈论语〉心得》相提并论，我自觉都有几分尴尬。于丹的大话《论语》目下是一种类似于流行歌曲的时尚，在于丹《〈论语〉心得》问世半年之后出版的《丧家狗——我读〈论语〉》，绝非其作者李零唱对台戏式的"兵法"，而是一种偶然——李零之书是他近年来给学生讲《论语》的讲义。

书既已出，适逢所谓"孔子热""《论语》热"，民众自不能不带着一种文化时尚的眼光观看此书——也好，李零此书恰好是时尚的解毒剂——它与媚俗无关，它所力求的是让我们与《论语》素面相对，还我们一部真实的《论语》和一个真实的孔子，这是李零《丧家狗——我读〈论语〉》的基本出发点。

古来注疏、阐释《论语》者何其多哉！然而，经典之为经典，正在其永远无法穷究到底——且不论《论语》作为传统经典在现时代的特殊意义，仅只老老实实读懂《论语》本义，所谓"还原经典"，就还有不少"可乘之机"——前人还为我们留着一些糊涂账呢。李零当然无意去做《论语》的注释家，清理文本只是他的一个出发点，先读懂《论语》原文，再做思想性的评判、发挥，并且借古论今，进而思考传统文化在当代的意义、我们的态度，以及知识分子的使命等问题，才是其良苦用心。

　　李零首先对前人的各种《论语》读本进行了深入的研读，并为读者列出几种最主要者，再加以价值评判。作为对古代经典的释读，扎实牢靠的文献学基础，李零毫不含糊。真正的学者，不会盲从任何说法。就对《论语》原文的解释而言，李零常有对前人不以为然的新见，兹举一例：《论语·八佾》"祭如在，祭神如神在"。从孔颖达、皇侃到朱熹，皆以"祭如在"指"祭鬼如鬼在"，李零以为这是添字解经。"祭如在"是泛言祭什么就好像什么在眼前，并不确指是神是鬼，下文递进，才强调"祭神如神在"。此说有理。古人注经易犯求之过深，添油加醋之病。类似以上由考证得出的新见，李零的《论语》读本中所在多有。除怀疑旧说、自出机杼者外，还有尽举旧说、悉加怀疑，却又不能给出定见、不了了之者，如对"厩焚。子退朝，曰：'伤人乎?'不问马"（《论语·乡党》）一句就是这样处理的——"孔子怎么想? 鬼知道。"（李零语）这真是"知之为知之，不知为不知"的孔子精神。读原典，就要这样来读。

　　解读《论语》，首先需要全面扎实的学养。纵观李零此书，古文献、古文字和考古学等实学功底各尽其能，历史、哲学、文学及杂学之学养亦融汇其中，真所谓"多学科会诊"，无古人之拘泥，亦无今人之放诞（如南怀瑾），沉潜而高明，深雅而通俗。

　　历来解经说典，往往偏于抽象的学理探讨，过于学究气，而李零此书最大的一个特点，就是"回归生活"来阐释"圣人"思想，并进而借古讽今，批判现实，词锋所向，嬉笑怒骂，尖锐凌厉，往往令人拍案叫绝。

　　"经"之为经，即在其永恒性，真正永恒的不是书本，而是生活。欧阳修说："六经之所载，皆人事之切于世者。"（《答李翊第二书》）梁漱溟说："孔子学说不是一种思想，而是一种生活"。恐怕只有把孔子思想置放到生活情境中去，我们方能得其真谛。李零此书的一大作为就是撤掉孔子的圣人光环，让我们看到他只是一个人，而且是一个怀抱理想不得其所、丧家狗似的失败者。

《论语》本就是一部颇有生活气息的书，孔子本人，其弟子，及其他许多人物，在这部书中像一台大戏中的各式角色一样，活灵活现。尤其孔夫子，决不整天板着脸做圣人状，他的圣人形象，完全是其弟子后学及后世统治者的"形象工程"。《论语》中的孔子，嬉笑怒骂，被人围困，被人讽为"丧家狗"，颠沛流离，不撞南墙不回头，家常可爱得很，他本人也从不以"圣人"自居——这是多么显豁的事实，可千古以来，我们愣是要扭曲孔子，同时扭曲自己。李零坦诚且成功地将孔子"去圣化"了，此一作为，是对自古及今所有《论语》读本的某种颠覆，其关键，在于对孔子采取平视而不是仰视的态度。

一方面是还原孔子时代的生活，一方面是掂量着孔子的话语打量我们的当下生活。《论语》本是孔子在礼崩乐坏之际的"批判现实主义"作品，其中的许多批判，移之当今，仍有振聋发聩之效，如"君子喻于义，小人喻于利"，试观今日一切"拿钱来，甭废话"之现实，君子何其少哉！李零将其批判锋芒主要指向了知识分子，因为通过解读《论语》来思考知识分子的使命，是他作此书的目的之一。于是，我们看到"学术带头驴""知识残废""学术委员会经常是权术委员会"等等戏谑爽快的说法，稍知内情者都会知道这绝非过分之辞。除对知识界的抨击之外，李零的笔锋也指向当今种种世象，甚至直抵人性。

李零说："任何怀抱理想，在现实世界找不到精神家园的人，都是丧家狗。"他认为，"丧家狗"实为孔子形象最贴切之比喻。

春秋末季与21世纪的现实固然不同，但理想者之无家可归，则古今何判？这句话，何尝不是李零的夫子自道？"怀抱理想"者，无非是对现实不满，有更高、更美好的"追梦人"。人若无梦，则何以存活，何以发展？孔子不就是一个不折不扣的"追梦人"吗？我们现在倘要继承孔子精神，这种不满现实、追求理想、明知其不可为而为之的精神，恐怕是第一要义。

读李零此书，不只要看他对《论语》的具体阐释，还应看到他对孔子、儒学和国学的文化立场。如今正处孔子被热卖的当儿，但"热的不是孔子，孔子只是符号"，即它只是一种意识形态咒语，李零要挑战的就是这套咒语。

20世纪以来，孔子不断地被翻烙饼似的打倒，抑或狂捧，说到底都是不同意识形态操控下的不敬之举。这一循环戏剧如今仍在上演。从前几年的"国学热"、"提倡读经"到如今的"孔子热"，一路叫嚣过来，带"热"的字眼愈来愈多，而世道人心却去古风愈远，种种花样，岂止荒唐，简直滑稽。继之，又令人悲愤不已。半部《论语》可以治天下吗？东方之道德将大行于天下吗？李零皆曰"不"。中国即东方，是大言不惭；东方文化将拯救世界，是痴人说梦。要之，当下最新时尚是"卖祖宗"——有的卖就行。

最后，我要说说李零此书的文风。相信每位读过此书的读者，都会为李零尖锐、泼辣、大俗大雅的文风而震撼。古人注疏《论语》多是唯唯诺诺或端恭谨肃的神色，无多个人色彩。而李零的《丧家狗——我读〈论语〉》则在阐释原文之际，大加发挥，纵论世事与人心、或长或短、不端架子、毫无顾忌，庄谐杂出，犹如随笔与闲话，读之令人畅快至极。就思想与情绪而言，李零此书最特出者是尖锐；就语言而言，则是对口语和俗语的自由使用。大约与在农村插队的经历有关，再加之对语言的敏感，书中的民间俗语李零可谓信手拈来，头头是道。口语、俗语、社会流行语，往往比书面语更生动、更有冲击力，于是，思想的尖锐，加上语言的泼辣，就让其文风具备了一种无所谓又无不到位的幽默和通达。《论语》本是闲话风，《论语》读本何尝不可散漫为之？要之，寄妙理于豪放之外耳。据我所见，李零《丧家狗——我读〈论语〉》是迄今《论语》读本中最活泼好玩的一种。

李零的《丧家狗——我读〈论语〉》是对《论语》的阐释，但又大于阐释；是学术著作，也是精妙的随笔文章。我读罢此书，最大的感受仍是作者的忧患之心——《周易·系辞》曰："作易者，其有忧患乎？"

2007 年 5 月 17 日

（原载《北京日报》2007 年 6 月 11 日版）

"忤逆者"的源泉

　　李静的随笔集《必须冒犯观众》，给我的阅读快感丝毫不逊其批评文集《捕风记》，而且它更随性、开阔。她追踪当代中国的小说、戏剧、随笔，记录下自己最真切的感受，同时不断将自己清晰、完整的文学观、人文价值观注入其中，写出深刻的评语。

　　最迅捷的应当是剧评。因为戏剧在现场观看之后，必须尽快做出反应，否则其信息容易遗忘。看得出，身在北京的李静对首都的戏剧演出保持着密切注视。李静的剧评，深具戏剧文学素养，同时亦能兼及导演、表演艺术的全面探察。与小说、散文等艺术方式相比，戏剧更是一种行动的艺术。李静不仅是戏剧的观看者和反思者，而且是戏剧的创作者。她潜心创作的话剧《鲁迅》就是颇具思想和艺术冲击力的话剧佳作。虽说创作与批评需要不同的素质，但在杰出者那里，此二者却可以相互融合和推进，此点，李静在《后记》中说得非常透彻。创作与批评的同时投入，是最高意义上的"文学行动"（尤其自现代文学以来）。

　　李静的文论是独具一格的。做足了功夫，摆开了章法的长篇文章，固然是批评文章的正路，如《捕风记》中那些深刻、优美的篇什，而随笔式的评论则是批评文章的轻骑兵，如李静评论王小妮小说《很大风》的《人心的风球挂起来了》，对小说的故事肌理、精神意蕴的剖析细致深刻；评论电影《色戒》中易先生的《易先生这个人》，从"天地不仁"的艺术伦理层面揭示出了易先生复杂人格的合理性。而且，李静在这本书中既有对具体作家、作品的品评，也有对目下中国文学的鸟瞰，其具体评论往往以宏观认识为背景，可谓收放自如。李静是把批评文章当艺术作品来经营的，于是，我们发现，即使是随笔式评论，她也时常运用匠心，变换写法，如自 2002 年至 2011 年《中国随笔年选》的九篇序，其写法读来就不觉雷同。《敞开和幽闭的沉默》以复调手法同时评论李娟和刘亮程，颇为精彩。《〈培尔·金特〉新编》展开想象，让培尔·金特遭遇当前中国各色人等，展开对话，揭示不自由以及拜物主义的现实，这其实是评论的生发，即从对作品的评论生发出新的思考。

尽管对当代中国文学成就持悲观态度，但李静激赏王小波、木心、王小妮等作家，她为我们揭示出这些作家的自由、智慧、创造力，甚至良知。但在意义与自由的标尺下，李静的态度是严格的。即便对于林兆华、田沁鑫这样的优秀导演，她也不隐瞒自己的批评意见，这是我所熟知的李静的一贯作风——真诚。真诚、不苟且，这是批评家最可贵的品质之一。最能体现批评家真诚品格的，也许是对自己高度欣赏者的局限性的揭示，如李静指出：在王小波最后的日子里，"自由之敌"成为他唯一的主题，"这主题窒息想象，干涸情感"——从这个角度看，批评家与作家之间在理智上最本质的关系是对手，在情感上，则是"诤友"。我读李静，常觉她是难得的诤友。《必须冒犯观众》之所谓"冒犯"，意即在此——坦率地道出自己的见解。"冒犯"正是李静所谓文学批评"不之性质"的体现。

读完这本书后，我印象最深的，倒不是其具体的作品评论，而是作者不断昭示的文学观，如李静认为中国当代文学总体成就不高，其症结在于"中国作家的精神维度中，真真切切地缺少一个彼岸的世界。……我名之曰'无限的神秘'"。即中国作家缺少的不是技巧，而是精神高度。对此，我深以为然。李静所谓"无限的神秘"是什么呢？是一种具有无限广度、深度和美感的精神本体。中国文学的"缺钙"，即在于此种精神本体的缺失。我很认同李静这句话："精神先于艺术。艺术不应成为最高的宗教。艺术只有用于探索精神自由时，才有意义。"

批评家的姿态是既肯定又否定的，但他/她给我们的主要印象却是怀疑和批判。批判是"疑"，而"疑"源于"信"。李静对当代中国文学的批评、失望、期待、喜悦，皆源于她有一套能够自我肯定的世界观和文学观。李静的世界观是什么呢？也许是：世界是虚无的，而人存在的意义在于对虚无的忤逆。文学的意义何在？在于对个体精神成熟的增进，对意义和自由的呈现。文学批评是什么？文学批评是艺术，是自由的超功利的艺术。这便是李静一再向我们宣示的。

从事当代文学批评，是一项充满沮丧和不安的事情，但也是最富于关切意识以及自我激励的事业。据我所知，李静在这一场域，其实也有心理上的进退挣扎，可是她对当代文学强烈的关切意识不但没有使她退避，反而令她不断突入当代文学的幽暗腹地，以充满思辨而又富有诗情的诚挚言说，为当下中国文学的精神成长和生态创造奉献着一己之力。李静所忧患的"文学冷漠症"，说到底非文学本身能够拯救，因为它源于当代中国人对精神价值的蔑视。李静欣赏瑞士作家迪伦马特的一句妙语："文学与文学批评的直接联系是微乎其微的，就像星球与天文学一样。"此言不无道理，但亦不然——因为天文学无论多么高级，无法作用于星球，而文学批评，好的文学批评，却可以促进文学的成长，乃至人的精神的完善。在精神世界的荒漠上，"忤逆者"的脚下必将涌出源泉。

2014 年 7 月

（原载《北京日报》2014 年 8 月 6 日版）

不止是采访

　　我猜李宗陶的《思虑中国：当代 36 位知识人访谈录》（新星出版社，2009）中的"知识人"一词，当来自余英时的《士与中国文化》。"知识人"，这个既不同于"知识分子"，亦区别于"士"的概念，到底指怎样的人呢？我想，应该是具备良知与智慧的人，而这种人便是李宗陶这本访谈录的主角。

　　访谈录，是一种现代传媒的产物。古代有所谓"清谈"，那是一种名士风流。知识人访谈录，与古之清谈其实不无联系——它们必须是高品质的谈话。但清谈者是对等的名士，无分主次；访谈录是人物与记者的对话，有答问及主宾之别，且访谈录是面向大众的。在这匆促功利的时代，呈现出隽永沉静的谈话，已非易事，但李宗陶做到了。

　　这本集子中的 36 篇访谈，大多我都陆续读过。而当这些作品集结成书，并命名为《思虑中国》的时候，它却给了我别样的感怀。诚如李宗陶所说："中国，是这本书的主线。"这些学者、作家、艺术家的谈话，无一例外地都指涉了中国——中国的传统与当下，秩序与失范。我相信，这些人物都有一颗深沉的中国心。

　　内容所涉庞杂，受访者所谈及的很多专业问题极其珍贵，令人遐想联翩，这里不遑陈说了。就总体感受而言，我觉得在这些人物的谈话中，有种忧患之情弥漫其间，教人惘惘然难以为怀。我从中看到了一些共识，譬如：优良传统的被毁坏、教育的糟糕、当代人心的功利化等等。他们都以自己的方式表达着对现实的不满，有些访谈径直将此不满化为题目，如余英时的《中国的学术传统破坏得太厉害》、康晓光的《为李思怡写本黑色的书》、贺友直的《现在人心太浮躁》。何怀宏那句"很遗憾，现在是一个低潮时期，这个世纪不如上个世纪精彩"，真使我低回了一阵子。不过，在惘然的情绪之中，我亦有几许慰安——任何一个时代都有不会泯灭人性光芒的知识人。

人物访谈，吸引我们的当然首先是其内容，即那些人物的谈话，及其人格。不过，作为一个传媒业的外行及写作的同道，我对李宗陶的写作行为也有几分好奇的思忖。我以为李宗陶的知识人访谈是一项难度很大的工作。难度之大，首先来自受访者的文化高度。他们都是各自领域的精英，要跟他们对谈出真正有价值的内容，必须具备与其相近的高度——即使不是在专业修养上，也要在思维高度上相接近，否则谈话如何可能？受访者是兵来将挡，而记者则须八面来风。因而，一个好的文化记者必须是一个杂家，一个相当博学而敏锐的人——至少，理论上应当如此。李宗陶是这样的人吗？我想，她有自己的判断和抱负。

高难度的第二点原因是人物访谈不同于对特殊事件的采访，人物访谈是一种"浓缩品"。它意欲在几千字的篇幅中涵括受访者的文化以及人生的精华，这便要求采访人要有对受访人物的全面了解，才能真正提炼、抽绎出其精髓。用一个不太恰当的词——采访人要有一种"摄魂术"。我不了解李宗陶在采访之前是如何做功课、如何写作、在发表之时又是如何取舍的，但我料想，每一篇访谈背后的艰辛绝不亚于一位学者写一篇论文。李宗

陶说她做采访无甚技巧，只是"用心体会"。而用心体会，正是一切文化创造活动的根本之道。

访谈是一种艺术，无论是对于受访者，还是采访人；不管是书面交流，还是面对面交流。就我所见，在当代文化人物中，木心、陈丹青和艾未未的访谈尤其出彩。我揣测，他们大概就是把访谈当艺术来做的。但人们通常多关注那些被采访的人物，而忽略了提问者。好的谈话是一种精神激发活动。没有好的提问，何来精妙回答？受访人与采访人是相互影响的。从终极上说，人的交流与谈话，其实没有终结性的回答，只有问题是真实的。这便是作为访谈记者的深意。我读李宗陶的采访，不仅看到那些"人物"，同时也看到李宗陶的思路、情绪以及文笔，如同我们在电影背后看到导演，一种含蓄的存在。

就这些访谈录所呈现的面貌而言，我觉得它们是访谈，又有几分不似访谈，譬如，在很多访谈录的记者按语中，有很多描述读来形同小说或散文。尤其是那些面对面的采访，给了李宗陶察言观色的机会，她以女人特有的感性将那些人物的音容体貌把捉并描绘出来。她这样描写曹韵贞："在某些充满外交礼仪的场合遇见她，看她飞快地应付着，看她趁人不备转过头来，冲'自己人'眨眨眼睛。"这样描写阿城："脸色略白，目光沉郁，礼节性的微笑挟着一丝腼腆在眼镜片后面一闪而过。"所以，我觉得这本人物访谈是一种混合了新闻报道、学术文本、散文、小说（笔法）等多种成分的混合文献。此种文体，只属于优秀的记者。而优秀的记者，就是"知识人"之一种。

记者的天职应是观察和呈现。我能感受到李宗陶在世间万象面前的那份谦逊。她以自己的眼光观看，但努力不扭曲实相；她和人物们同时出场，却尽量不夸张自己。这本书所呈现的虽是上层精英的面貌，我们却不能忽略李宗陶曾经做过底层社会的探访和报道的经历。她的眼光里，有开阔的背景。作为布朗运动中间层的记者，李宗陶是在以她的方式承担其社会责任。采访于李宗陶而言，不止是采访。

2009 年 7 月

（原载《新民周刊》2009 年 7 月 29 日版，题目被改为《与知识人交谈》，并有删节）

一个慢生活女子的乐章

　　樊小纯的散文集《纯》，我断断续续地读完了。第一次读是在电脑上，她用电邮给我发来。第一次读得快，因为她的文字有些魔力，引得我想一口气吞下去。这回是书，随时拿起，读几篇，悠然心会，放下，得空再读。

　　这是一个刚从大学毕业的上海女孩子的随笔。对，称之为"随笔"最恰当不过了。因为其中所写内容真是琳琅得很，而形式又都是百十字的短文。我猜想，这本书是樊小纯不期然的一个花朵。她只是怀着对生命的热情、诚挚，将自己平素的触怀随时记下而已。这些触怀，涉及生死、爱情、时代、艺术、平常生活的悲欣及其深意以及无以名之的思绪。我第一次读完她这些随笔时，心头暗暗一惊——这真是一个心灵丰富的女子。她思考的宽度尚在其次，令我欣喜的是她那体贴着而又超然着的姿态。这姿态，使她时常道出格言般深刻的话语，譬如，"人的诚实并不是一种品性。它只是一种必要。说出你认为的真相的必要"；"平视苦难需要一个懂得苦难的灵魂，不然就只是承受而已"；"整体这个东西，嘲笑你扔下去的大把大把的时间"；"落泪是一件自我完成的事。世上真让你落泪的人，有多少呢"。即使这些意思非她原创，你也能从这些话语上下文的整体看出：它们曾在作者的灵魂里激荡并沉淀。就整本书来看，最为可贵的即是这种沉静的穿透力。再如，这一段：

说"是"比说"不"容易得多。

说"是"的时候，你是顺水行舟，
旁人推挤着，代你做了决定。
有时候，你说了"是"却只是响亮的唯诺而已。

说"不"的时候，毕竟是孤独的。
是对助力的告别。
转对了方向，那叫勇敢。
转错了方向，那叫自作自受。

"是"与"不"，看似一念，实质却是千万念的合力。

这段还真有点禅悟的味道。

书的副标题是"复旦女生的时尚生活手记"，所谓"时尚"与书的内容其实有点不符。樊小纯的照片告诉我们，她是个时尚靓丽的女子，没错，但"时尚"于她实属次要之事。樊小纯崇尚的是简单、素朴和卑微。她这样说："我要你们吃最简单的饭，穿最简单的衣服。但要看最好的书。有最有质量的思考。我要我们都活着。有选择，也有敬畏地活着。我要你们都好。"看到这些话，你的心会即刻温柔起来。你会想到这本书的名字《纯》，以及作者的名字"小纯"。

有友人在我这里看到《纯》，扫了几眼，问："这是散文诗么？"我说："是散文，但有诗意。"真是这样，有的段落写得像诗，如"过完这段。想上山。21 天。成为下一个更好的人"。这诗意，不是做出来的，而是散发出来的。

一个追求素朴精神的人，她的文字必然是素朴的，反之亦然。樊小纯的文字，没有繁富的形容堆砌，她只求文字与意思的相安。让文字的信使前去传信，到即隐退，优雅转身，这或许是文字的最高境界而樊小纯尚未抵达，但我们看到，她知道朝向这一方向，她说她要"用最简短写出最感慨"。

现时代的中国文学，甚嚣尘上者是江湖派、杂耍派、幼稚派，而少见真正大气的中和之风。人容易被炫人眼目的小聪明迷惑，却不知陶渊明能成为千古诗圣的诀窍其实只是不自作聪明的中和而已。做为一个"80 后"的都市女子，樊小纯的文章没有我们常见的故作青春、故作放浪、故作低回。就气息而言，她不是张爱玲一路的，却与木心为近，她有种类似于木心的坚实和波澜不惊。尤其是这种沉思性的短文，令我想起木心《琼美卡随想录》中的篇什。但木心那是在放开之后的收缩，樊小纯一起始便是如此收缩的文风，我倒是希望她以后能写些展开来的篇章。

樊小纯说她是"慢生活者"，此一"慢"字下得好。慢，是安静，是用心，是开放，是生命的辽远和真美。这个慢慢生活的女子，一边写下自己的感触，一边去画室静静作画，有时又开开心心地录下她那动人的歌声，而她的主业却是纪录片编导，在这一片片风景里，她已游目骋怀，却也刚刚启程。

2009 年 11 月 29 日

从煦园到恭王府

——评水天中《记忆的断片——远去的人和事》

　　艺术评论家是一种特殊的人，他们对无法穷尽的文化现象做出种种论断，于是便相对地遮蔽了对自我的表现。然而，真正的评论家，其精神世界的丰富性实不可小觑。在当今美术界，水天中先生的画评、画论的影响有目共睹。我读他的文章，时常被他敏锐的见解和动人的文笔所激动。而《记忆的断片——远去的人和事》（水天中著，湖南美术出版社 2014 年版）一书，则让我们看到了水天中一生大致的生活画卷，以及他的心灵史。

　　1935 年，水天中生于甘肃兰州一个极富教养的大家庭，他的父亲水梓曾任民国政府甘肃省教育厅厅长，是享誉陇上的教育家、文化人。水家有一座美丽的花园"煦园"。水天中在《煦园》一篇中对这个承载了全部童年记忆的家园，做了相当细致的回想和描写。对于生于斯，长于斯的水天中来说，煦园就是他儿时的乐园。这个花园开启了水天中对世界的认知，给予他情趣无限的童年游戏。我猜想，水天中后来能成为美术家，应当与童年在煦园所滋育的精神美感有关。按照春、夏、秋、冬的顺序，水天中依次展现了煦园的四季景致、孩子们的嬉戏、父亲的诗社、德国修女送来的圣诞节点心，以及充满仪式感的庄严的春节等内容。这不仅是令人迷醉的自然记忆，也是意味深长的文化记忆。从生活方式到阅读眼界，水梓一家将中国人文传统和西方现代文明融为一体——而这，正是近现代中国理想的文明形态。

《煦园》的开篇是"煦园早就不存在了，就像父母亲、妹妹早已离开这个世界一样，但这一切确实存在过。"是的，修建于20世纪30年代，毁于"文革"的煦园，唯有存在于作者的记忆以及读者的想象中。如果我们把《煦园》和水天中书写成年后人生苦难的篇章连起来看，便能感到作者对煦园无比眷恋而又充满遥远哀伤的难言之情。数十年一晃而过，在当今中国，我们是断然再找不到像煦园这样的家园了。读完《记忆的断片》后，我特意把《煦园》一篇拍下来，用微信发给了我的老师邵宁宁，他多年来研究的一个重要的课题，就是"中国现代文学中的家园伦理"问题。"日暮乡关何处是，烟波江上使人愁。"煦园，像无比美好的晨光一般照耀着水天中的记忆，可是正如它象征着现代中国的某种历史命运一样，最终它彻底地在现实世界中被毁灭了，成为记忆中的"失去的乐园"。

如同出生于二十世纪三四十年代的许多人一样，水天中人生的一大转折点就是1949年。高中毕业后，水天中选择了学习美术的道路。父亲水梓在"反右"运动中被打成大右派，从此，甘肃第一文化家族"水家"遭遇了严酷的磨难。差点自杀的大哥水天同、才貌过人死于宵小的妹妹水天光、被关进监狱的表兄杨瀛洲、大饥荒中的"庄浪之春"、河西荒漠中的花海子农场……一个凝聚了丰厚的文化传承的大家庭被打碎了。作为实物的水家花园遭遇毁灭，更可怕的是水家的一个个那么出色的人，被毁灭、被践踏。

作为右派之子，水天中被分配到了陇东的平凉，度过了他最宝贵的年华（1959—1979）。在小城平凉的20年中，水天中最主要的事，就是在中学教美术和画毛主席像。我父亲即是水天中任平凉二中美术教师时的学生。大时代的苦难决不止于个人及家族的毁灭，而对世事苦难的记录则是扑向光焰的飞蛾，是为后人走向坦途照亮蒺藜的灯火。水天中在书中不仅记述了他所亲历的灾难，而且对我们民族的灾难进行了理性的思索。他认为"20世纪30年代以后的知识分子应该为这一段历史负责"，这当然不是对民族灾难的全面诊断，但足以令我们深长思之。

《记忆的断片》中有一段极富文学性的篇章，叫《到祁连山去——1974年7—8月的笔记》。这是水天中在"批林批孔"运动期间去甘肃张掖肃南裕固族自治县体验生活、艺术采风写下的文章。雪山、森林、夏季牧场、马群、青羊、山洪、溪涧、蓝天、白云，这些反复出现而又变幻多姿的景物，是这篇文章的主要描写对象。水天中在这篇以写景为主的长篇散文中，以宏阔而细腻的视域描绘出了肃南祁连山一带山脉、森林、河流的大气壮美。这些远离城市以及人的争斗的山川散发着原始浑然的美和活力，在作者笔下，它们甚至闪耀着神圣的气息。如同《煦园》令人想起鲁迅的《从百草园到三味书屋》，《到祁连山去》则令人想起作家碧野的散文《天山景物记》，相比之下《天山景物记》显得浮泛得多。也许是机缘凑巧，水天中说他从小就喜爱高山、荒漠、大野这样洪荒壮丽的景物。他儿时读到斯文·赫定的《亚洲腹地旅行记》，就被其中描写的苍莽景象深深吸引。在肃南大山中为期两月的生活，让水天中能够对那里的景物仔细观察和体会。而真正要欣赏山水之美，须具备宁静的心灵和格外敏感的视觉感受力。不愧为美术家——水天中俨然在用文字描绘风景画，他笔下那些山水、草木、天地的形态、光影、色彩，以及充盈期间的韵律、气息，仿佛画面，却比画面更鲜活；仿佛影像，又比影像更加饱满。这种对景物的描写朴素而精到，在时下文学作品中十分稀有。文章还把对自己、牧民的艰苦生活及其纯厚人情的叙述，置于优美景物的描写当中，自然美和人情美融合无间，相得益彰。整篇文章大气而优美，回旋着从容纡徐的节奏，并且浸透温暖抒情的诗一般的韵味。作为书评，我只能笨拙地提醒大家这篇美文的价值。

现代文学中的写景，无论是在散文还是诗歌中都大为减少了。在这日益繁忙而喧闹的世界，人对景物纯然的观看、凝视、体味，越来越稀缺。以这样的背景而论，水天中的《到祁连山去》确是当代文学中值得重视的绝佳的写景散文（文学研究的视野不应局限于"作家"的作品）。这篇散文体现出令人赞叹的写景能力，而更令我歆赞的是作者的心态，因为水天中在文尾写道——"1974年写于肃南至平凉，1997年整理于北京"，即便二十年后整理旧文有润色提高的成分，但在长期被压制的痛苦的"文革"岁月中，能够有如此忙里偷闲超然事外的审美心境，并写出这般优美从容的文字，作者心灵的宽广和文字能力的高超，实堪钦佩。

读水天中《记忆的断片——那些远去的人和事》，我首先联想到的书，就是高尔泰的《寻找家园》。他们那正直的品格和杰出的艺术才华，令人敬佩；他们都生于1935年，在当今中国，文化人物的回忆录不少，可生于20世纪30年代的文化人的回忆录却不多见了。让我们珍视这一代人的记忆吧。

2016年6月1日

与伟大传统同一呼吸：读吴兴华

　　2017 年 1 月，广西师范大学出版社推出的《吴兴华全集》
（五卷本），让"吴兴华"这个久已被淡忘的名字再度熠熠生辉。
一般对吴兴华的描述是诗人、学者、翻译家，甚至是"天才的"。
而《全集》亦由诗集、文集、译文集、莎士比亚的《亨利四世》
和"致宋淇书信集"五卷组成（可惜没有一份详实的编辑说明）。
如何站在全面的角度衡量吴兴华呢？当我们对吴兴华的人生经历
有所了解，并通读了《全集》之后，恐怕不难断定——吴兴华在
诗歌创作、治学以及翻译方面具备出类拔萃的才气和修养。然令
人痛惜的是，他在学术上没有展开，传世的学术作品很少；翻译
水平甚高，但数量不多。《全集》收录的吴兴华诗歌，却有两百
多首，数量十分可观，许多都是此前从未面世的，而这，据吴先
生的遗孀谢蔚英说，也只是吴兴华诗作的一部分。

　　阅读这些诗作，重新打量这位有些陌生的诗人，我同意学者
叶扬对吴兴华的看法："我以为他一生的成就，主要还是在白话
诗史上占有一席地位。他继徐志摩、闻一多和朱湘那一帮前辈的
步伐，力图在白话诗的形式、音律方面有所创新，比起在他前后
许许多多率尔操觚的'诗人'，态度要来得严肃、认真许多。"
（叶扬《徒然的呼喊：读〈吴兴华诗文集〉》）但是，许多人阅
读吴兴华的诗，都会有些陌生感、新鲜感，我以为，原因倒不在

他的诗流传不广，而在于其风格。以下我们由浅及深地来触探他的风格和诗歌世界，专门谈谈其诗和诗观。

首先，从文学史的角度，许多论者都把吴兴华的诗置于现代诗史上所谓"新格律派"。的确，早在20世纪20年代，闻一多、徐志摩等新月派诗人就开始提倡新诗的"格律化"，其中包括音韵、节拍，以及诗的"建筑美"等形式元素。他们不满于新诗的过于随意、泛滥粗糙的弊病，而试图构建富有韵律感的更为严整的诗歌形式，因而被称为"新格律派"。这一诗派，还包括朱湘、陆志韦、孙大雨、叶公超、梁宗岱、何其芳、林庚等诗人、学者。从吴兴华的诗论看，他对"新诗格律化"的理论见解，大体不出前辈范围。但是知易行难，吴兴华的特殊在于他在创作实践上把中国现代诗的格律化推向了极致，无论是化写古代律绝，还是采用西方的 sonnet（商籁体）、elegy（哀歌）、blank verse（素体韵文）等形式，他不仅讲究押韵，甚至连字的平仄、上去都不互押。现代诗人中，没有一人做到这等地步。在如此严格的限制之下，吴兴华还写出了那么多意境深邃、辞采精拔的诗篇。有意思的是，吴兴华不仅对以胡适为代表的"白话全好派"（吴兴华语）强烈不满，他对其他从事新格律诗写作的所有人的作品也都看不上。不过，格律等技巧只是诗的局部而已，他有更大的眼光和抱负。

吴兴华理想的诗是什么样的呢？他在给宋淇的信中称自己的诗是真正的"中国诗"——这是他的一个核心观念。根据吴兴华的诗和诗论，可以发现，其所谓"中国诗"，即建立在中国古典的伟大传统基础上的新诗。他在《检定旧作》一诗中说道"终竟回归母国怀抱，与伟大传统同一呼吸"；在组诗《自我教育》中，他说："背负着无限过去，才能立足在目前"、"不回到古典背景中意义不能说完全"、"等候着中国的语言重新在静里形成/每一个引起另一个,如泉水汩汩不竭/反映着不再是个人而是一国的光辉"。伟大传统、古典背景,既然说是"背景",就不是迂腐的复古,而是认定新诗如欲发展至伟大的高度,就必须继承伟大的中国传统,继往以开来。"不再是个人而是一国的光辉",那便是以新的语言、新的气息塑造出的"中国诗"。所谓"伟大的传统",既包括古诗的格律、辞藻、格调,也包括往昔的历史典故、古人闪光的灵魂,以及辉煌的古代文明。且吴兴华理想的"中国诗",不仅建基于中国古典背景,它也包含了对西方从古至今优秀诗歌传统的全面吸收,然后再将两大传统加以融合。这恐怕是迄今为止中国现代诗人所能拥有的最高的诗歌理想。

那么,吴兴华实现他的理想了吗?这可以从"化古"和"化洋"两方面看。化古方面,吴兴华写了很多模仿五古、律诗、绝句的诗,其主要变化是把五言、七言诗的字数增加到了九字、十二字,九字五拍、十二字六拍,而五拍、六拍的音顿来自西方诗歌。九子句尚可,如"登高丘东望扶桑大海,何处有清气一荡心胸"(《无题》),十二字句如"肠断于深春一曲鹧鸪的声音,落花辞枝后羞见故山的平林"(《绝句》),虽音节婉转,却不免冗长。许多论者都认为,吴兴华此类貌似古诗的诗,其实并不成功。没错,这样的诗,绝不是现代诗的康庄大道。但不能忘记的是,这些都是吴兴华的诗歌试验——倘若不把古今中外诗歌的衣服都试穿一遍,你怎么知道哪些衣服是最合适的呢?完美的汉语新诗的形式在哪里?所以,我们评价吴兴华,首先要看他所思、所写的背景和心境是什么,而不是简单抹杀之。

那种模仿古诗的诗,是吴兴华最流于表面的化古诗,至少其中的功力和才气是有价值的,当他把这种才气和功力运用到更富新意、形式较为灵活的诗歌当中的时候，就会写出更好的化古诗，如《岷山》《红线》《吴起》《贾谊》等。《贾谊》一诗采用的是但丁《神曲》的"三行体"，每节第二行与下节的第一、第三行押韵的形式，这已超出"化古"，而是完美的"中西合璧"了。

可是，采用西诗形式，书写中国故事和情感的诗，无法在形式上和中国诗的传统对接，毕竟不是道地的"中国诗"。吴兴华化用西诗形式，不同于所谓"翻译体"，他要做的是中西对接，最终达到"洋为中用"。而模仿中国古诗的整齐、对仗、押韵，同时采用西诗的五拍与六拍的节奏，试验证明，并不成功。因此，形式上的中西融合是最难的——这是最大的难题。而当吴兴华把形式的整齐、类似律绝那样严格的格律在新诗中推向极致时，弊端也随之产生了。叶公超早就批评过闻一多有些过于整齐的诗好像"豆腐干"，显得刻板机械——而吴兴华这样的诗就更多了。作为新诗，押韵过多，音节效果过分突出，就会妨碍诗歌内蕴的表达和感知，同时也会削弱语态的自然气息。叶公超说："格律不过是一种组织大纲而已，至于它能否产生好诗，则全凭充实格律的文字的影响。"（《论新诗》）

事实上，不仅吴兴华，整个"新格律"派的理论和实践，都受到了很多中肯的批评。依我之见，新诗可以讲究格律，但关键要适度，"行于所当行，止于不可不止"。吴兴华也早意识到格律的分寸很难把握，他说："过度泛滥的音乐最应该提防/诗近乎歌曲就远离了文章"，"因此最严最难的莫过于自由诗/思想向四方流溢将以何为师"（《论诗》），即他认为自由诗其实比格律诗更难写。就新诗而言，所谓"自由诗""格律诗"这些概念本身对我们就是一种误导。过于严格的格律诗、过于散漫的自由诗，都非妙计，两者应当往一起靠拢，若即若离，闪烁其词，这或许才是理想的新诗形式。此点，吴兴华大概认识到了，却没有在写作中迈向更新的境界。

吴兴华的化古，更多地体现在内容方面。纵观其诗，很容易发现：他的诗"大部是咏古代史事或小说中的 episodes 的"（《书信集》1942 年 10 月 18 日），他很少描写自己所处的时代，甚至连他的个人生活都很少在其诗中展露。这一特点，在现代有成就的诗人当中是独一无二的。吴兴华说："我有一个野心，想将来把它们积成一册，起名叫：'史和小说中采取的图画'"（同前）而他所欲描写的历史的范围是多大呢？——"从黄帝蚩尤之战起，直到近代"，"竭力避免连续的故事，而注重片时的 flash"（同前）。吴兴华的观念是，想在"人人皆知的故事中看出无人见到的真正与人本性密连的 quality"，"使历史的精粹全然了然在目前"（《书信集》1942 年 12 月 25 日）。他承认这是从里尔克处得到的启示和技巧，不过里尔克虽有抓住神话或历史人物，在最高、最有启示性的意义上加以描写的观念和技巧，这却并非其诗学核心，而吴兴华则把这种观念抽出来，然后加以强化了。

历史，似乎已经过去了，以诗的方式展现历史精粹的依据和价值是什么呢？吴兴华有他的历史哲学，他说："我的主意是在给它们每件琐事、每个人的性格一种新的，即使是 personal 也无碍的，解释。"（《书信集》1942 年 10 月 18 日）他认为"最好最可靠的历史只是一个人对于过去的事件最合理的 interpretation"。（《书信集》1942 年 11 月 23 日）这是历史可以在个性化的诗歌中存在的前提。但吴兴华不是为写历史而写历史，不是为讲故事而讲故事，而是透过历史人物那最精粹的"片时"，展现出人的最深的灵魂。香港学者冯晞乾认为吴兴华的诗学核心，就在于他以现代手法继承并革新了亚里士多德所谓"诗比历史更富哲理更严肃，诗歌谈普遍的事物，而历史谈个别的"这一观念（冯晞乾《吴兴华：A Space Odyssey》），这一观点，可谓抓住了要害。

更重要的，是吴兴华的诗学自述。他很少写现实，多以历史题材为主，关键原因恐怕不在于"中外书本钻研的深广和公私生活圈子的狭隘"（卞之琳《吴兴华的诗和译诗》）——而在于他的诗歌观念。首先，吴兴华认为"诗是内在生活的反映，或者大部分的好诗是"（《书信集》1942 年 3 月 23 日），所以他认为是否写现实不重要，日常生活更不重要，重要的是反映出诗人内在的经验；其次，吴兴华赞同济慈所谓诗要泯除自我、个性的观点，训练自己在诗中把"自我""变成非常小，有时几乎小到'不存在'了。也就是因为这点，我更爱挑选一些纯粹客观的史事、外物与一些超乎众物之上的情感作题材"。（《书信集》1943 年 2 月 20 日）基于此，吴兴华偏执地远离现实，以历史题材为主的取材方式，也就不难理解了。

除了取材的"好古"倾向，与之相联系，吴兴华在技巧上还有一个很突出的特点，是大量的用典。他的诗之所以不好读，容易引起排斥和质疑，其中有一缘故即用典太多。在这方面，吴兴华是高度自觉，有坚强的理论支撑的。他的本科毕业论文《西方现代批评方法在中国现代诗学中的运用》、写于 20 世纪 50 年代的精彩之作《读〈国朝常州骈体文钞〉》中都有对恰当用典的推崇和精辟的理论阐释。而"用典"正是陈独秀、胡适等人在发起"文学革命"时所极力要打倒的古典文学的"糟粕"之一。用典，在古典文学中本属平常技巧之一，只有用得好坏与否之分，而不存在是否该用的问题。甚至，在美国现代派大诗人艾略特的诗中、现代小说大师乔伊斯的《尤利西斯》中，用典的繁复都达到了可怕的程度。然而，中国的新文学运动一开始定下的基调，乃是激烈的反传统。新诗人中，像吴兴华这样大量用典者极为少见，他显然是现代以来用典量最大的新诗人。吴兴华自己也认识到他的诗非注不可，并且说："这是旧诗原有的前例。"

从理论上说，古诗可以用典，新诗为何不能用典？但是，吴兴华在他的论文中屡次说到古典作家用典手法的合理性之一，是作者和读者之间一定程度的默契，即"共同基础"。而吴兴华在其新诗中大量用典，面对的却是对"古典"日益陌生的现代读者，基础不在，默契难逢。"古调虽自爱，今人多不弹"，于是普通读者对吴兴华那充满古事与古意的"新诗"侧目叹息便成了宿命。

在新诗中，史事作为题材、主题毫无问题（咏史诗可以永远写下去）。但作为诗歌技巧的用典，吴兴华似乎坚定地认为它是一种非常有益且必须的手段，尤其对于他所追求的 intellectual 诗。可是，典故再好，也是 second－hand，其功能终究是辅助性的，诗中典故不能太多，古典诗歌对此已有很透澈的教训（成语中有很多典故，但不是诗，而且普及度极高）。加之，时移世易，新诗所面对的现实世界、文化背景、语言，毕竟与古典诗歌已然不同。现代派大诗人艾略特极力用典，但他用典的目的是为了造成一种"古今错综"的意识；中国古诗中的很多典故，也是借典故而言"今事"，而吴兴华的用典在理念上，以及在实践上则仅止于"化古"，这就更令人遗憾了。

吴兴华始终是把自己当新诗人的。他赋予诗歌写作高度的严肃性，即源于他认为现在的写作的每一步都负担着开创未来的伟大诗歌的责任，只有继承伟大的传统，才能造出同等伟大的未来。吴兴华是一位面向未来的古典主义者。但是，在过去和未来

之间，横亘着一个巨大的现实世界；同时面对所谓新、旧两个世界，正是"现代"之要义——过去、现在，回避任何一面，都不是完整的现代。在对吴兴华极力化古的现代诗获得同情的理解之后，我们难免憾惋——吴兴华对现实、对时代的表现太少了，少到令人费解的程度。个人生活且不说，可以讳莫如深——而时代呢？吴兴华的诗主要写于 20 世纪 40 年代抗战时期，文艺作品当然可以表现超时代的题材，并获得永恒的意义，但 40 年代那样一个可歌可泣的大时代的世相竟然几乎没有在吴兴华的诗中展现——只有写战国史事的《大梁辞》的结尾似暗喻着抗战的信念："如此历史的转折处不出这两字/宜战宜和间有多少志士曾血涕……"当然，我们不能据此认为吴兴华对时代苦难、现代生活无动于衷，肯定不是，我认为问题还是出在他的诗歌观念上。诗人的意识局限于当代肯定不够，反之，缺少时代性也断乎不可，尤其是像 40 年代前期那样充满巨变与苦难的大时代，按理说诗人在作品中不显露时代苦难以及个人的痛苦、愤慨，几乎都不可能。"文艺无须故意跟着时代跑，时代却自然会在伟大的作品中流露出来。"（叶公超《文艺与经验》）可是吴兴华褊狭的诗歌理念却让他的诗成为超然世外的"纯艺术"。吴兴华的偶像之一里尔克说："诗是经验。"对，幻想也是根植于经验的。而诗人的经验，主要的是他基于自身当代生活的经验，中国的屈原、阮籍、陶渊明、李白、杜甫，吴兴华崇奉的西方诗人但丁、里尔克，皆是如此。现实经验是艺术创作的根基，意义重大。大艺术家的作品往往由于穿透了自我和时代的灵魂，才使得其普遍、不朽的意味油然而生。

吴兴华的诗歌写作生涯在他 25 岁时就基本终止了。他和四十多年后诞生的另一位天才诗人海子一样，尚未深谙世事。当狂热的想象力喷涌向前时，诗人的现实感就会受到某种程度的扼制。吴兴华和海子在观念和能力上，都没有达到把想象力和现实加以综合驾驭的程度。他们的文化取向和诗学观念迥异，但他们有一个共性，即对最伟大的诗歌境界的追求——他们是冲击极限的人。吴兴华时常在诗中直陈他对最高的诗的追求，如"即如我日夜燃烧 鹜心于完美的创造"（《梦上天》）。他有种"影响的焦虑"，热切地希望自己达到古代伟大诗人的高度："唉唉这进展向永不灭的完全/昔人的文章遥遥若日月烛于中天/我何时能到达？抑或我已经到达一种无法避免的变更的音调"。（《进展》）这"古人"包括古今中外的一流诗人。我发现，吴兴华的诗，除了历史人物的精粹这一主题外，还有一大主题，就是对"诗神"的宗教般的渴慕。在吴兴华最好、最有崇高感的诗歌，如《西珈》《记忆》《素丝行》等诗当中的那个神圣女性"你""她"，显然是一种抽象的美的象征，但"她"既不是但丁的神启般的女神，也不是歌德所谓"永恒的女性"，而是诗神的象征。因为吴兴华理想的诗无限美好，高不可攀，所以他用一个难以企及的女神形象来象征它。譬如，我认为吴兴华最好的诗——商籁体组诗《西珈》中，其所谓"西珈"就是不曾存在的一个女性的名字，吴兴华说西珈是"人间第一美女，天上第二个灵魂"。"西珈"是谁？她是诗人心目中的美人、"古老的女皇"，是"人类的灵魂"——因而是诗，"天上第二个灵魂"——那是仅次于上帝的神性的理想。他写道：

> 没有回答。静月在静止的海上
> 哭泣，拥抱着一列雪白的海浪；
> 灵魂发话时是对人类的真心

在那里没有遗忘。(《对话》)

在一种宗教般的渴慕、赞美中，人类的灵魂、真心、对抗死亡的记忆，被一个超越人世的女神的手指掀起的诗的海浪，在难以企及的地方若隐若现，不可思议：

> 从最恐怖的等待——美总会有一个尽头
> 片刻间昙花一现，也值得真正的泪
> 我们将为你敲钟，呼唤起海中的诸神
> 让那些白颈白臂波浪的女儿为你
> 洒泪：让风在岸上唱他那千年的古歌
> 为什么一日将尽，夕阳偏如此娇艳？(Elegies)

如同但丁、屈原诗中的女神一样，"她"是如此动人却又不可企及：

> 你的手扶着桥栏，感不到它的冷，
> 感不到爱的燃烧，虽然立在我身旁；
> 你超出情感之上，凌跨崇敬的绝顶
> 似古神话的女皇。
> ······
> 逝去了，不可挽回！消失在浓雾当中
> 光明最后的女儿！德行完美的具体！
> 你不能永远引我向前，甚至也不能
> 　永远存在知觉里(《记忆》)

在最深的追求里，理想若存若无，这种对人的存在的深度感知，以及悲哀崇高的美感，甚至高过了歌德《一切的女性》的意境。

因此，吴兴华给我们呈现出一个追求无限的诗歌高度，却似乎注定要失败的悲剧英雄的形象，他屡次用献玉遭刑的卞和自喻（如《荆璞》），认定自己不朽的追求和价值，总被世人遗弃，而他却一意孤行——"生命尽管不可测，却不能懊悔这牺牲。"（《自我教育》）

周煦良和卞之琳所谓吴兴华诗具有融合中西诗歌之长，成为继往开来的诗人的可能的评判，我相信绝非轻率之词，但大约到1946年，吴兴华就停止了诗歌创作，除了可能在诗歌探索上的困顿之外，也可能与他对文学作为人类精神之一环的有限性的认知有关。他曾经对宋淇说："有时觉得诗文作为一种事业甚为无聊，不必虚掷心力想要作词章家，而希望能成为一个类似文艺复兴时代的 well－rounded 上等人"（《书信集》1947 年 9 月 25日）。是的，我们不要忘记，除诗歌之外，吴兴华还有远大的学术抱负，虽然并未实现。

其实，类似吴兴华这样才华卓越、志向正大的人物，在现代中国所在多有，然而很多都在奋斗的中途赍志以殁。而今，回望历史，"新文学运动"、"新文化运动"恰好历经百年，深思前修，反求诸己，为中华民族的文化振兴不断努力，应当是我们切要而长远的使命。

2017 年 2 月

略议“圣人有情，无情”

圣人有情还是无情，这是魏晋名士们的一个热门话题。何晏等人认为圣人无情，而王弼则与他们不同，王弼“以为圣人茂于人者，神明也。同于人者，五情也。神明茂，故能体冲和以通无；五情同，故不能无哀乐以应物。然则圣人之情，应物而无累于物者也。今以其无累，便谓不复应物，失之多矣。”（何邵《王弼传》）王弼又说：“夫明是以寻极幽微，而不能去自然之性。颜子之量，孔父之所预在，然遇之不能无乐，丧之不能无哀，又常狭斯人，以为未能以情从理者也。而今乃知自然之不可革。”（《三国志·魏书》卷二《钟会传》注引）要之，王弼的观点是“圣人有情而不累于情”。

在魏晋时期，主张“圣人无情”的是多数派，而主张“圣人有情”如王弼者则为少数。其实，自行为看，魏晋时代恰恰是一个极为率性任情的时代。但在理论上，玄学家们则往往把圣人和常人对立起来。如为母丧而哀毁骨立、为丧子而悲痛至极的王戎，虽有“情之所钟，正在我辈”的至情之语，但他却同时将自己和圣人、下愚之人划清了界限，以为“圣人忘情，最下不及情”（《世说新语·伤逝》）。其实，只要生而为人，无论贤愚，皆不能逃于情，不承认有情的人也无时不生活在情感当中。佛家教人“空”，教人“看破红尘”——“空”是什么？何为“红尘"？归根到底，人间的一切因所造就的果就是人的情感上的痛苦。故佛家首先教人斩断"情丝"，可见人之为人，情根之深。《论语》中记载樊迟问"仁"，孔子曰"爱人"，"爱人"之义当然非一"情"字了得，但它当然是基于情的。李泽厚认为中国儒家的精髓是"情"，而不是"性"，要以"情感本体"为儒家的根本——此说也颇予人以启示。而有趣的是，主张斩断情丝的佛教同时也提倡悲天悯人，博爱众生，甚至包括一草一木——这是更高意义上的"有情"，是博大深厚的同情，而此同情皆发自爱心。

要之，我以为，凡人皆有情。圣人与常人在此点上并无二致。故我完全赞同王弼"圣人有情"之说。在魏晋玄学中，最大的圣人仍然是孔子，而孔子正是个感情极丰厚的人。《论语·先进》："颜渊死。子曰：'噫！天丧予！天丧予！'"又："颜渊死，子哭之恸。从者曰：'子恸矣！'曰：'有恸乎？非夫人之恸而谁为？'"这种毫不掩饰、痛不欲生的悲恸，正是感情丰沛的表现。郭象注"颜渊死，子哭之恸"说："人哭亦哭，人恸亦恸，盖无情者，于物化也。"这纯粹是一厢情愿之说。颜渊死，孔子恸之，干别人何事？孔子之恸亦断与他人之恸不同，怎能说是"与物化也"？"丧之不能无哀"，有情则有恸。还是王弼见得明白，他说："又常狭斯人，以为未能以情从理者也。而今乃知自然之不可革。"这不可革的"自然"即是人的天性、本性，在此则指"情"也。

圣人有情，但所谓"圣人应物而不累于物"，我以为是不可能的。何为"累"？"累"就是人在应接外界事物的过程中所感受的烦恼、疲惫和痛苦。无论何人，只要他在生活，就必然会与外界相摩擦，会产生失落、悲伤等情绪，所谓"圣人"也概莫能外。孔子因颜渊丧而哭得那么伤心，我们怎能说孔子"无累于

物"呢？有哀乐则必有情感之累，因此，王弼说："五情同，故不能无哀乐以应物。然则圣人之情，应物而无累于物者也"。这话是矛盾的。应物时已有哀乐了，有哀乐则说明有累于物，又怎能说"应物而无累于物"呢？《世说·惑溺》载荀粲冬日取冷以身熨病热之妇，妇亡，荀粲不久也悲伤而死。可见，有情则有悲，有悲则有累，有累则必致生残性伤，甚至于死。孔子之情，正是人之常情，道是无情却有情，道是无累却有累。孔子说"仁者不忧"，这谁也做不到；"吾未见好德如好色者也""甚矣吾衰矣！久矣不复梦见周公！"——这岂不是"忧"吗？孔子自己也承认做不到"无忧"（《论语·宪问》）。"若圣与仁，则吾岂敢！"孔子从来没有说自己是圣人，圣人犹如乌托邦，原本就是由人虚设的一个理想，是我们努力不断接近，但却永远不能实现的目标。真正的圣人是不可爱的，孔子总比藐姑射之山之神人来得亲切，即因其人之常情之丰富。孟子说孔子是"出乎其类，拔乎其萃"，即意为孔子出于常人却超乎常人。可见，所谓"圣人有情或无情"事实上是个假命题。但讨论假命题也能够证明真命题。无论如何，在中国文化中，孔子被尊为最高的圣人，而这个"圣人"尚且不能免除情累，何况一般人哉！总之，凡人皆有情，满街都是情种，有情必有累。

我们再来看王弼这段话："夫明是以寻极幽微，而不能去自然之性。颜子之量，孔父之所预在，然遇之不能无乐，丧之不能无哀，又常狭斯人，以为未能以情从理者也。而今乃知自然之不可革。""以情从理"之意，庄子老早就说过。庄子认为神人"致命尽情"，故人之"情莫若率"，他提倡率性放达，这当然包括"率情"，但庄子心目中的圣人所率之情是天地之情，是亦情亦理之情，也是亦理亦情之理，究其实，乃至神至妙之"道"也。王弼的这段话是对他从前的观点，即"圣人之情，应物而无累于物"的修正。其实，此思想仍来自于庄子的"物物而不物于物"之说。王弼起初也认为圣人应该能够用理智完全克制自己的情感，即"以情从理"，这样就可以不为物伤，"纵浪大化中，不喜亦不惧"了。然而，孔子为颜渊之丧悲痛至极的实例让王弼明白了，即使"圣人"也做到"以情从理"。在这段话中，王弼两次强调"人不能去自然之性"，"自然之不可革"，即使他在理方面没有极高的觉悟（夫明是以寻极幽微），可见这不可革的"自然"就是准备拿"理"来对付的"情"。

魏晋时代，在玄风的影响下，名士们的确有"以理节情"的意识及表现，如阮籍的口不臧否人物、谢安闻谢玄大胜淝水而安之若泰、嵇康的节制饮酒、陶渊明的采菊东篱悠然心会等等，包括魏晋书法中没有狂草，而以行书为大宗，也是情理相融的产物。但同时，魏晋时期又是一个在痛苦和不安中一往情深，为情而死，至情至性，极富精神张力的时代。彼时，情与理都在往自己的极限发展，情之极限乃至情，理之极限乃至理，合至情与至理则为至性，至性之人则为至人。情与理皆根源于人的本性、个性。至情与至理是"心"，即人的"灵名"的不可分割，挬合交融的两种质素，说到底，情与理二端，就是人之所以为人的东西，即中国古代哲学中"性"的问题。魏晋时期，既为至情之时代，亦是至理之时代。宋明理学所谓"气象"偏于理，明末之名士"风流"偏于情。偏于理者通向心灵的高阔，偏于情者通向精神的解放，而"魏晋风度"则是情理兼胜，高阔与解放并放异彩之瑰丽花朵。

《世说新语·言语》载卫阶"初欲渡江，形神惨悴，语左右云："见此茫茫，不觉百端交集。苟未免有情，亦复谁能遣此！'"伟大的情，超乎个人之得失而对宇宙人生产生深厚之感慨，子在川上曰："逝者如斯夫！不舍昼夜！"在这样的话语中，至情、至理已相融无迹，神行一片。但并不是所有人都能有此种感慨，因为一般人缺乏哲人式的对宇宙人生的大关照，而这种关照也不能简单说是"理"方面的觉悟，它与人的胸怀或情怀有关。这种差异即人之"性"的差异，"虽在父兄，不能移子弟"。

　　说到"情"，就不得不说到"理"，以及情与性的问题，这都是中国哲学中的大问题。"情性之理，甚微而玄"（刘劭《人物志》），不易说得清，因此，且说到这里为止。

1997 年

"内在的革命"：克里希那穆提与我们

真理是无路可寻的国度

——克里希那穆提

克里希那穆提是谁，及其基本特质

克里希那穆提（Jiddu Krishnamurti）——这个印度人的名字，在目前中国还不是一个广为人知的符号，但显然，它已是不容忽视的存在。如今，在稍具规模的书店里，我们都能发现克里希那穆提的书，而六七年前，他还未如此流行。

我知晓克里希那穆提，是在 2005 年，在书店见到由九州出版社出版的克的《爱与寂寞》《谋生之道》《心灵自由之路》等书。封面上克氏那俊美、智慧、悲悯的黑白头像瞬间吸引了我，再浏览克的简介、书的内容——我的直觉告诉我：这是一个非常不简单的人，一个得道者。于是，我买回了《爱与寂寞》。克里希那穆提那极其通透的洞见和极为简明的言语方式，令我感到无一处不妥帖。而后，我又陆续买了克的 6 本书。三年以来，我发现，克里希那穆提的书在逐渐成为出版的热点，就我所见的克氏书籍的出版社，就有九州出版社、学林出版社、深圳报业集团出版社和华东师范大学出版社等，翻译者也各自不同。我相信这是克里希那穆提自身魅力的结果。

　　然而，对克里希那穆提的接受，目下尚存在一些盲目：一方面是很多人自发地被克氏吸引，另一方面，很多文化层次较高的人即使见到了克的书，也未曾重视，他们以为克里希那穆提是个写"心灵鸡汤"读物的人物——这其实是对克里希那穆提的严重误解。因为他讲的那些话题，乍看题目，似并不新鲜，但假若你认真读下去，你会发现他的见解是如此透澈，高度如此之高，以至于似乎没有什么问题再能构成他的问题了。至于他所讲的话题，当然都是最平凡、最切近的问题——真理本就是极其平凡的。生命、爱、自由、恐惧等问题是如此被过度谈论，以至于多数人看到对此类问题的探讨都不会被引起去了解的意欲了。而恰恰是这些太过熟悉，令我们不愿去刨根究底的问题困扰着我们每一天的生活。克里希那穆提无意于发惊人之论。对于人类来说，那些从未解决的日常问题，就是终极问题。

　　中国人对克里希那穆提感到陌生，事出有因。克氏不是一个新人，也不是一个在世者，他生于 19 世纪末梢的 1895 年，去世于 1986 年。他生前在印度和西方有非常广泛的影响，但不知是否我孤陋寡闻——我在几年前从未听说此人，至今也未在研究中印文化交流的学者徐梵澄、季羡林、金克木、饶宗颐等人的著作中看到对克里希那穆提的介绍，此中原委，我至今不得其解。

　　但克氏一经在中国出现，就产生了巨大的磁场，我想原因还是在于其思想本身的魅力——他的所思、所言具有超越时空的普遍性。另外，克氏所提出的问题及其解决之道尤其切合当前人类，当下中国社会及人们的心灵状态。譬如，《克里希那穆提传》（深圳报业集团出版社，2007 年）的翻译者胡因梦，就在台湾和大陆等地频频进行心灵辅导演讲，热情宣扬克里希那穆提等人的教诲，颇不乏听众。这说明克氏的教诲，对于我们危机四伏的生活有疗救与滋养之效。

从学理层面全面介绍克里希那穆提不是本文的任务。这里主要想对克里希那穆提的基本观点作初步的总结、介绍，并对其特质加以评价。

首先，我们有必要从总体上认识克里希那穆提的特质——即他是一个什么样的人？克里希那穆提的基本特质之一是，他不是宗教家，也不是哲学家，不是心理学家。克氏的高超，就在于他看透并超越了哲学和宗教的局限性，回到了对人的最本初的关切状态，其言语方式也是绝圣弃智式的简朴。这一点，读他的书就能感觉到。哲学、心理学都是建立在知识论之上的，知识是局限的。而宗教是信仰，按照克的观点，所有的信仰都是局限的。说到底，信仰是一种精神暴力（有信，就有不信，在"信"当中会有接纳性，但其背面——不信，即排他，却是暴力的）。哲学和宗教都无法提供真正的解脱之道，那些大彻大悟的解脱者、宗教徒，实际在其悟道之际都已超越宗教。克里希那穆提是一个无法用现成概念定义的人。印度人奉克氏为"中观"（大乘佛学中的"空宗"）的"上师"，其实仍是对克氏的不敬——倘若要勉强给他称呼，我以为那就是"智者"，或"得道者"。最高境界是"超越名相"的。

克里希那穆提 14 岁就以未来的"世界导师""救世主"的名义被世界通神学会收领并专门培养，可他在 34 岁时却解散了为他成立的"世界明星社"，并宣布"真理是无路可寻的国度"。在印度这样一个宗教氛围异常浓厚的国度，能够打破世人以及人类文化强加于他身上的宗教枷锁、文化枷锁，彻底摆脱自欺欺人的权威崇拜，并终身不改其度，这殊为不易。克里希那穆提的言行

是对无数"有信仰者"的冒犯,而真理往往是对惯常的巨大冒犯。

当然,克氏的见解不可能是完全崭新的,他的言说很多方面跟佛教、印度传统、道家和禅宗甚至儒家思想相通,但这并非其有意迎合的结果,而是"英雄所见略同"。譬如,在克氏的教诲中,我们发现:爱、慈悲、自由、冥想、纯然的观看、聆听、空无、空寂、寂静,这些他所标举的东西,其所指都是同一之物。而"空"、"无"、"冥想"这些意思,显然与佛、道相通。克氏认为人的痛苦来自"时间感",也即"自我中心",主张消除"自我感",此义即来自佛家的"无我"、"破执"。但佛家是要寂灭的,且寄托于来世的西方极乐世界,而克让人在消除自我之后,让生命活泼流动,充满生机和能量。他认为没有彼岸,彼岸就在此岸,所以其思想在根本上与佛家不同,却相通于庄子和禅宗的"当下即是"。

或问曰:"无我"、"空"之后(信仰往往不是"空"。与上帝合一、与真主合一,都依赖于"上帝"、"真主"这样的依托),生命的支撑点是什么?其实就是自由、平静的快乐和爱的感觉,以及随处勃发的生命力(克氏最看重的是生命,不断流动、充实的生命。这与中国儒家哲学相通,"天地之大德曰生"。)人总要找支撑点,这便是迷误所在,找支撑点就不会有"无我"的解脱(现在流行所谓在网络上"刷存在感"一语,其心理便是通过每种支撑、显证来感受"自我"的存在。无论多么小,这都可以说是一种心理危机,其问题在于我们并没有明白何为"自我"、何为"存在")。庄子不讲"无我",而是"忘我",克里希那穆提亦此之意。老子主张"无",但他又树立了一个核心:"道"和"自然"。而克氏什么核心都不要。因为在他看来,那仍然是机械的——在意念中去除一切可附着的"中心",你才能含纳万物,无比自由。老子虽非宗教家,而哲学也终究局限——哲学是"有为"的。释迦牟尼其实也没有建立宗教之意。克里希那穆提不会不认同释迦牟尼、耶稣的某些思想,但他认为任何组织化的宗教都不可能引领我们见到真理——"真理纯属个人了悟"。

任何有价值的思想都有其针对性,或者说其产生的动因。克氏的全部所思、所言都来自"忧患",对人类生活的忧患。一切真正的宗教情怀(宗教情怀不等于宗教信仰)都源生于此。克氏是现代人,佛陀、老庄是古人,很古的人,克氏的观想包容了这些古人,而且他很专一,他几乎毕生都在思索和讲说人的心灵问题。人类的基本问题不变。从观察的角度说,后人的"问题库"肯定比前人更大。克氏的所思来自对人类存在的整体洞察,其中也饱含着对他所生活的世界的了解,这个世界,就是我们的现代世界,我们每一个人的生活。克氏是现代思者,他的很多思想是针对现代人的,如民族主义、畸形的教育等。至于性和暴力等问题,那是永恒的。

纵观克里希那穆提的言说,可以发现他的一个基本的意思是:人类面临着严重的危机,而要摆脱这种局面,就必须从内在的改变入手,使我们每一个人的精神产生革命性的转化,从而最终达到普遍的自由和爱。他否定了历史上所谓的"革命"。他说:"通常所谓革命,不是左派修正右派,就是右派修正左派,以及这种修正的延续,如此而已。这都不是真正的革命,它没有让这个世界变得更好。只有当你,作为个体的你在和他人的关系中变得觉知时,真正的革命才能发生。"(本文引用或转述克氏的话语,都不注出处,因为他的很多话在其不同的书中反复出现)这是他的基本思路。他强调的是"灵魂深处爆发革命"。故而,所

谓"内在的革命"中"革命"一词是一种比喻和借用，形容一种极为深刻的转变。就思致而言，克里希那穆提是心学路线，这和马克思主义，以及历史上所有无论作何标榜的政治性革命都是不同的。但，决不能把克氏的这种主张等同于由权力支配的宗教性的强制性的思想改造（人类曾为这种"内在的革命"付出无数牺牲，以至于在今天，当我们说出"内在的革命"这样的话语时，就会激起不自觉的怀疑和恐惧。所以一定要划清克氏所谓"内在的革命"和历史上那些"思想改造运动"的界限），那和克氏的思想是背道而驰的，因为克氏所谓"内在的转化"是排斥任何外在抑或内在的强迫的——真理纯属个人了悟。所以，克里希那穆提是一个怀有救世情怀的思想者，但绝不以救世主自居，绝不强加于人，他的教诲排除任何暴力，其效应更需听众的自发领悟与接纳。他对于人的内在心灵的强调，有点类似于中国王阳明的"心学"。王阳明强调的是"良知"，良知似乎仍是先设的人的一种精神本体。克里希那穆提强调的是"觉知"，即洞察真实，并没有先验预定。但他们认为人类社会一切问题的根本在于"内在"，即个体的"心"，是相通的。

"内在的革命"的必要性

那么，"内在的革命"的动因是什么？我们为什么要进行内在的革命？问题有如此严重吗？克氏这样说：

> 无须多做讨论，也无须多说什么，任何人都能觉察到个
> 人和集体都存在混沌、混乱和痛苦。到处都存在混乱与不断
> 增长的悲哀。这些不仅是民族性的，不只是在我们这里有，

而是全世界都如此。存在非常强烈的痛苦，不仅是个人的，而且也是集体的。我们在政治、社会和宗教方面都在遭受痛苦；我们的整个心理状态是混乱的。我们发现我们的生活，我们的行为，总是处于毁灭与悲哀中，就像海浪袭来，混乱和无序总是突然将我们压倒。在混乱的存在状态中没有间歇。毁灭一直伴随在生活的波涛中，无论我们做什么都导向死亡。这就是实际正在发生的一切。因此，这是一场世界性的灾难。面对这种混乱，我们的回应是什么？我们如何反应呢？我们能否立刻停止这种痛苦，不再继续总是困于混乱和悲哀的起伏颠簸之中呢？

克里希那穆提要求我们彻底面对自身的问题。而解决之道到底是什么？克氏告诉我们：当你能够立即洞察真实的时候，混乱就会消失。你的内心就会变得有秩序，有秩序就会自由，有自由就会有爱、创造力和快乐。这是唯一的途径。洞察真实，便是不二法门。

这似乎是简单的药方。但，克氏有他的逻辑和说服力。要理解他的意思，先需明确社会的本质，及个人与社会的关系。在克氏看来，人与人的关系就是社会（与马克思谓"人的本质是一切社会关系的总和"不同），社会本身并不存在（譬如一节火车车厢，如果车厢里有几百人，构成了复杂的身份组合以及相互关系，我们就说车厢是一个"小社会"；假如车厢里只有一个人，我们就不能说它是小社会了）。社会是由"你"和"我"在"我们"的关系中创造的，它是我们全部内在心理状态的外在投射。所以，如果我们不了解自己，而只是改变外部，无论如何都是没有意义的。人类的危机在于外部世界在不断改变，而内在世界却缺乏真正的转变，内在的革命比外在的革命难得多、重要得多——最终决定人类能走多远的不在于科技的进步，而是取决于我们人与人之间以及人内心的秩序。

当今社会的一大误区是，体系成为主要的东西。哲学、信念变得重要。以观念、意识形态的名义，我们愿意牺牲人类，这就是世界上正在发生的事情。我们都应该认识到内在革命的紧迫性，仅仅内在革命本身就能促使外在、促使社会发生根本性的转变。这便是克里希那穆提和所有严肃而真心实意的人致力要解决的问题。怎样使社会产生基本的、根本性的转变才是我们的问题。没有这种持续不断的内在革命，我们就没有希望，因为没有它，外在行动就变成了重复的、习惯性的。社会就会变成静态的，它不会赋予人生命力的品质。

毫无疑问，这种混乱、痛苦，不是自己形成的，是你和我制造了它们；不是一个资本主义的，或法西斯主义的，或其他的社会制造了它们，而是你和我在我们的相互关系中制造了它们。外在社会只是我们内在的投射，问题的关键还是在于人的内在。我们的关系是混乱的、自私自利的、局限的、狭隘的，我们就投射了这些东西并给世界带来了混乱。

你是什么，世界就是什么。你的问题就是世界的问题。这是一个简单而基本的事实，难道不是吗？我们想要通过一种体制，一种观念上的革命，或是一种基于体制的价值观的革命来更新换代，却忘了正是你和我创造了社会，正是你和我通过我们的生活方式制造了混乱或秩序。所以，我们必须从身边开始，从改善人与人日常的关系入手。从一种意识形态到另一种意识形态，政治在改变，但人的内在状态并没有什么变化，所谓人类的进化在哪里？

　　这个世界的问题是如此庞大，如此纷繁复杂，以至于要理解，进而去解决它们，一个人必须以一种非常简单和直接的方式去接近它们——单纯、直接，既不依赖于外界环境，也不依赖于我们特定的偏见和情绪。世界就是你和别人的关系。世界不是存在于你我之外的什么东西。所以你和我才是问题，而不是世界，因为世界就是我们自己的投射，要了解世界就必须了解我们自己。我们就是世界，我们的问题就是世界的问题，这一点无论怎样强调都不过分。不管我们生活的世界多么狭小，只要我们能够转变自己，能在我们的日常生活中产生一种根本不同的视点，那么我们也许就可以在那巨大的人际关系的层面上影响世界。

　　这便是"内在的革命"的必要性。显然，外在取决于内在，而内在问题的关键是我们的自我觉知。

"内在的革命"的途径

　　自知，这是至关重要的问题。因为只有自我觉知时，才能洞察真相。了解自己，这听起来简单，但极其困难。要跟踪自己，要看自己的思想是怎样运作的，你就必须极其警觉。所以当一个人开始对自己错综复杂的思想、反应和感觉越来越警觉时，他就开始有一种更强大的觉知，这觉知不仅是对他自己的，而且也是对和他有关系的其他人的。当你透彻地了解自己时，你也就了解人类了。你可以在全世界游荡，但你不得不回到自己。你越了解自己，就会越清晰。当一个人越来越深入的时候，他就会找到安宁。只有在那种安宁寂静中，真实才会涌现。

　　那么，什么是了解呢？

　　首先，了解自己并不是一个孤立的过程。它不是从这个世界

上退出，因为你不能与世隔绝地生活。不存在孤立地生活这回事。如果我们能在那个狭小的世界里转变我们的关系，它将会像一个波浪，一直向外扩展。自知是智慧的开始。很少有人真正地从自己内部出发去探索世界的真相。因此我们变得平庸，失去了那种想要发现的动力，那种想要弄清存在的整个意义的意愿。

其次，一个人必须按照他所是的样子去了解自己，而不是按照他希望的样子来了解。只有事物的真实存在才可以被转变，而不是你所希望的样子可以被转变。你所希望的是理想，而理想是虚幻的。领悟真实存在是极其困难的，因为它总是处在运动之中，它从来不是静止的。真实存在就是你所是的，而不是你所希望是的。真实存在就是你一时一刻正在做的，想的和感觉的。跟踪它，觉知它，解脱就会出现。

从信仰、观念和知识中解脱出来

社会的转变需要个人内在的革命，内在的革命始于自知，而要自知，必须破除那些传统的信仰和观念，只有这样，我们的内心才能是真正自由的，没有心灵的自由，就不会洞察实相。这便是克里希那穆提的内在逻辑。而在这一过程中，每个环节都必须是彻底的，所以我们将其喻之为"革命"。

否定信仰，很多人无法理解。仅此一点，就证明克里希那穆提绝非人人可啜的"心灵鸡汤"。理解克里希那穆提，需要高品质的心灵。

克氏认为，我们的信仰和观念正在误导我们。当我们信仰任何一种东西时，不管它是宗教的、经济的还是社会的，当我们信仰上帝、信仰某种思想，信仰让人相互分割的社会制度、信仰民

族主义或其他东西时，我们正在赋予信仰以错误的意义，它意味着愚蠢，因为信仰将人们分割开了，而不是团结人。

观念总是引起敌意，混乱和冲突。不管它是佛陀的、耶稣的、资本主义的、或者其他主义，它们只是观念，并不是真实本身。一个事实永远无法被否认。关于事实的观点、看法却能够被否认。如果我们能发现事实的真相是什么，我们将能够不依靠观点而行动。

社会革命必须从内在开始，从个人的心理开始。没有内在的、心理上的革命，只是外部的改变几乎没有意义。为什么社会在崩溃、在瓦解，基本的原因之一是我们不再是有创造力的了。我们只是在不断地模仿、复制，从外在到内在都是如此。信仰和观念便是让我们产生这种精神堕落的主要原因。

我们的教育，我们的社会结构，我们所谓的宗教生活全都建立在模仿之上，就是说"我"适合于一个特定的社会或宗教规则。"我"已经不再是一个真正的个体；在心理学上，"我"已经纯粹变成了一个具有某种制约反应的重复的机器。我们只是信仰、观念和知识的复写纸，而不是生命和真实。你有没有觉察到这一点？

我们的问题是我们被信仰和知识束缚了、压住了。要产生内在的转变，要爱，就不要去追求信仰和知识。信仰和知识都是和欲望密切相关的。有可能无信仰地在世界上生活吗？不是去改变信仰，不是用一种信仰来代替另一种信仰，而是彻底从一切信仰中解脱出来，并与每一分钟都是全新的生活交汇。而这，归根到底就是真实。不要有任何制约反应，不要有任何努力，你就会看到真实存在。

知识，对于了解真实也不是必须的。我们知道的是什么呢？

我们知道信息。我们充满着基于我们制约、记忆和能力的信息和经验。当你认为你知道的时候，这其实是一种类似于欲望被满足的占有的感觉。注意觉察一下，你的知识的运行过程和欲望的运行过程其实是类似的东西。我们对知识的占有在很大程度上是从功利的、本质上是欲望的动机出发的。知识和智慧、真实、爱、慈悲没有关系。知识并不能帮我们去爱。必须抛掉你的信仰，撇开你的知识，你才能领悟真实存在。

克里希那穆提对知识、信仰、观念的彻底否定，与老、庄"绝圣弃智""见素抱朴"的主张是相通的。老庄对"圣"、"智"的蔑视，主要针对"圣"、"智"的虚伪性，而克里希那穆提对知识、信仰、观念的否定，主要基于其和欲望、自我中心的相通。而人的虚伪就是建立在自私、欲望的基础上的。

放弃努力

就人类的生活状态看，几乎所有人都处于"努力"中，我们的生命是建立在努力和某种意志之上的。我们的社会、经济和所谓的精神生活就是一系列的努力，总是追求一定的结果并企图达到顶峰。于是我们认为努力是至关重要的和必要的。

而努力是什么呢？它真的是必须的吗？你没有发现努力不是以自我为中心的活动吗？我们中极少有人认识到以自我为中心不能消除我们的任何问题。相反，它增加了我们的混乱、痛苦和忧伤。我们看到的努力是一个要将真实存在转变成你希望它是的东西的努力或斗争。我们的生活就是一连串的冲突、斗争和努力。努力是不快乐的。努力就是将注意力从真实存在处移开。喜悦和快乐不是通过努力得来的。而我们所有人的生活都充满着想要成为什么的努力。为什么会有这种努力？哪里有想要满足的欲望——不管在什么程度以及在什么层面上，哪里就一定会有努力。满足和实现是动机，是努力背后的驱动力。不管是在行政高官、家庭主妇，还是穷人的心里，都有这种想要成功、想要实现的斗争进行着。

为着我们的平静和快乐，克里希那穆提提示我们要"放弃努力"。两千多年前的老、庄早就提醒过我们了——要"无为"，但老庄的"无为"，是为了葆全养真，并无克里希那穆提否定努力，从心理根基上剔除毒瘤的彻底性。可惜冥顽的人类总是以不见棺材不落泪，见了棺材也不落泪的精神硬要往自我折磨的路上走，永无止息地走——老、庄那不无功利的"无为"，我们尚且做不到。

稍具灵明的人，应当都不难发觉：克里希那穆提直指人心的洞见，其实是如此显豁的事实（即真相）。你只要稍稍静下心来读读克里希那穆提的书，就不难发现：这不对——我的生活，整个人类的生活都是有问题的，有大问题，我们简直是在义无反顾地朝着毁灭与死亡的路上狂奔。

克里希那穆提语重心长地说，显然，必须发生一场彻底的革命。世界的危机需要它，我们的生活需要它。我们每天的事务、追求、忧虑，需要它。我们的问题需要它。必须有一场根本性的、彻底的革命，因为我们周围的每一件东西都崩溃了。尽管看上去还是井然有序，但事实上却是缓慢的衰败、毁灭，毁灭的浪潮正持续不断地压倒生命的浪潮。

然而，有时我又觉得克里希那穆提所谓的彻底的自我觉知、彻底的放弃努力、彻底的"内在的转变"太难了，从人类历史，以及人的可能性看，这其实是不可实现的一个理想。如果我们都彻底放弃努力了，人类社会如何得以存在？当然，克氏所谓的"努力"指的是心理上的那种想要成为什么的动机。所以，克里希那穆提所谓"内在的革命"也是一个"悬置的目标"。但我们不能因此就否定它，认为"内在的革命"没有可能，因而没有道理。我们试想：佛教、基督教、伊斯兰教等宗教，历史上所有具有救世情怀的人，那些想把所有人类从痛苦中解救出来的教义，何尝不是理想？释迦牟尼、耶稣、穆罕默德、孔子等人的理想，数千年来，何曾梦想成真？你能否认这些理想事实上在某种程度上变成了真实吗？我们能因此而否定这几大宗教以及文明思想的价值吗？显然不能。

所以，克里希那穆提所提倡的"转变"、"革命"，虽然是相对的，而它最终将通向爱。爱和真实是没有区别的。对天地万物的爱，就是慈悲，就是宗教情怀。这，就是内在的革命。让我们做自己的明灯，在照亮自己的同时，也照亮这个世界吧。

2008 年 12 月初订，2011 年 11 月再订

补记：本文是我 2008 年 10 月在天水师范学院文史学院"读书月"活动中，给学生做的一个演讲的讲稿。我平时演讲不用讲稿，那次专门写了讲稿，因为我怕不能准确表达克里希那穆提的意思，且所讲者事关重大，讲前我心里先有了一份沉重与虔敬。记得那天演讲以及回答学生提问，共用了将近三小时，学生们听得十分专注，全场鸦雀无声。12 月，我对这篇讲稿做了修订。2011 年 11 月，读博期间，我又在西北师大给文学院的硕士生做过一次介绍克里希那穆提的讲座，对此讲稿再次做了修订。2015 年春节期间，我又在平凉市图书馆给一些社会群众做了克里希那

穆提讲座。虽然我对克里希那穆提的推介、宣讲，在少数学生心中播下了种子，但红尘滚滚，街市日日喧嚣，我企图通过对克里希那穆提的言说，来改变的世道、现实，从未改变其滔滔汩汩的脚步。这篇简短的《内在的革命：克里希那穆提与我们》所包含的现实世相，抵得上至少100篇《刺世疾邪赋》式的杂文的现实内容，可惜方今不是杂文时代，我们既需要谈论具体问题的杂文，也需要高屋建瓴的概括的分析和建言。时不我待，发言不易，我更能做的便是这种概括。

我集中阅读克里希那穆提，是在2005年至2008年，读过他的至少六七本书，包括传记。记得2008年5月地震时，我趴在帐篷里，睡前就着充电台灯的灯光阅读的书，就是克里希那穆提的书。那时，我心里已做了某种死亡的准备。我在卫生间里放了方便面和矿泉水，为万一楼房倒塌被困储存食物。而在那种心境中，我唯一选择的书，就是克里希那穆提的书，因为他的书是"生命之书"，不是学问，是让我们彻底地面对生和死，以及一切。2008年之后，我再没有读克里希那穆提。现在我对克里希那穆提的看法，既有不变，又有新变。虽然，我对克氏存有疑问，但我仍然认为克氏对人以及人类社会的整体性的洞察极其透彻，具有极高的教益。如果我们把观察的尺度放大到现代社会的全体，及其根部，就会发现克里希那穆提对20世纪的世界，乃至从古至今的人类社会的状态、病源的洞察和批判，非常准确。包括他提出的"内在的革命"的主张，虽并不完善，但在理论上，在某种程度的实践层面都是很有道理，并且可行的。

我把克氏的思想总体概括为"内在的革命"，其理论前文已述，这里再说说我的质疑和反思。

从现实可能性、操作性层面想，人类向美好的转化完全靠个

人的、内在的觉知、了悟，其实是不可能的。如果你想成为一个觉悟者，甚至影响几个人、一些人，克里希那穆提的教诲完全没有问题，非常可取。因为小范围内的事情，不需要制度来约束。但是当小范围扩大到一定程度，乃至所谓"社会"、"国家"、"人类"的时候，我们就不能保证"六亿神州尽舜尧"，人人都是纯然的觉悟者了。因此，良好的社会必须要有良好的社会制度加以规范。这是人类历史已经证明了的事——虽然，人类至今的社会制度也没有让人们变得多么好。纵观克里希那穆提的言说，他没有告诉我们应当生活在怎样的社会制度当中。而这是一个不可回避的问题。人类早就在这个问题上纠结过。如中国的老子、庄子都看透了人性的弱点、文化的局限，提倡绝圣弃知、无为，但他们都回应了一个问题——即社会制度怎么办？老子诡谲，语焉不详，他虽主张"见素抱朴"、"小国寡民"，但并未否定社会制度体系——那他认可的是什么样的社会制度呢？没有说。庄子更率真，他知道社会制度、社会体系问题不可回避，于是他也做出了回答：什么都不要！统统打倒！你可能会想——这怎么可能？庄子傻了吗？庄子当然不傻。他之所以没有肯定任何社会制度，是因为在他的思想体系中，社会制度、文明的枷锁和他认为最重要的人的天真、自由是完全对立的。西方的无政府主义也是基于对人类社会制度的彻底怀疑。我以为克里希那穆提和庄子的意思相近。他们都逼出了一个悖论：要制度、所谓文明、知识，就会让人变坏，但没有制度、观念，人也解决不了自己的问题。

所以，在我看来，构成人类生活规范的人心（人性）、文化、制度三种基本因素，其中任何一项都不能单独地解决人类的问题。比如"文化决定论"、"制度决定论"，或者像宋明理学那样只从心性方面企图解决一切问题（克里希那穆提的"内在革命"

的理路与中国宋明理学的"心性之学"一致，都是"内在超越"，当然内容不同），都是片面的。那么，我们该怎么办？这个问题从来没有过时。资中筠先生有篇文章曰《人性·文化·制度》（2012年8月20日香港书展讲话），对此问题进行了高屋建瓴的全面的论析。资先生主要就中国当下的现实而论，但她所讲的道理是普遍的。即人性是基础（人性善恶相混，故有可能好，也有可能坏），在此基础上产生的文化和制度，与人性三者又交互影响；目前人类共同面临的问题是人性和制度的异化。那么中国呢？这是我们更关心的问题。我在高一时，曾思考中国为什么落后的问题，并写了一篇文章，结论是近代中国的落后是由集权专制的政治制度造成的，但尚未从人性、文化、制度等全方位的角度考量。时隔二十几年后，我看到资中筠的这篇文章，乃觉更加清醒。方今正是伟大的"五四"新文化运动百年之际，我们应当有种格外认真的（对自己负责）重新思考中国的历史、前途、命运的意识和心情。

资中筠、周有光，是当代中国文人中，我最欣赏的两个思想者。周有光先生相对乐观，虽然他认为当前中国、人类都有巨大的问题、悲剧，但他相信将来会好的，这是人类历史发展的规律。资中筠说她没有周先生那样乐观。我的心情和资中筠一致，相对悲观、忧虑，因为虽然我们知道应该怎样做，但现实未必会朝那个方向发展。中国的具体问题且不谈，比如，就人类而言，人类的几大宗教、几大文明类型早已固化了。历史上，文明的大的进步，都伴随着宗教以及文明体系的大的创造、突破，那么在如今这样一个文明体系相对固化的时代，我们的社会、文明如何才能有大的进展？或者，这可能吗？倘不可能，我们在一个相对较小的范围内，如何进益？或曰："何需突破？保持现状，或者回归传统不就行了吗?"此观点实不值一驳。当今人类社会的一大现状，就是我们处于不断的变化中，且速度越来越快，无论是新的还是传统的文化、制度，都处于不稳定的状态中，不断此消彼长、分化组合，因而我们必须创造（更新）出与当下相适应的文化、制度，乃至人性的状态，才能让人类社会趋于协调、繁荣。原地踏步或者开历史倒车，实乃痴人说梦。

再回到克里希那穆提。虽然克里希那穆提的教诲并不能解决一切社会问题（正如宗教的原始教义也只是针对人心的问题，不能包办一切），但仅从心理分析的角度看，克里希那穆提也绝对是一位大师。而正确的行动，只能从自我觉知，从良好的心理分析发端。克里希那穆提的作用类似于宗教家，但他又教我们超越宗教以及文化的局限。克里希那穆提所言甚是：人最难对付的终究是自己的心。

2017 年五四青年节

《咏玄鹤楼》诗并序

　　今秋国庆前日，家父自平凉来天水省余。闲聊之际，出示其
《咏玄鹤楼》七律一首，曰："平凉南山公园甫建一仿古层楼，名
'玄鹤楼'，其楼位于南山之巅，共三层，高数丈，斗带飞鸟，檐
接浮云，登斯楼也，则北望泾水如带，西眺崆峒矗天，山河莽
荡，城郭栉比，尽收眼目胸臆之间，登临之感，何其壮哉！而其
楼名'玄鹤楼'者，非效武昌之黄鹤楼也，乃出吾乡道家名山崆
峒之神话也。崆峒东崖绝壁间有一幽洞，相传有玄鹤（实为黑
鹳）栖于洞中，偶或翱翔飞鸣于山谷中，身姿秀逸，唳声彻天，
有超尘绝俗之概。明人吴同春《崆峒游记》，清人汪皋鹤《崆峒
元鹤记》皆言其目睹玄鹤甚凿。则崆峒为广成修仙，皇帝问道之
所，不无故也。乃名斯楼为'玄鹤楼'，吾缘事而感，赋诗一首，
吾儿试观之。"于是，父写其诗，呈余观之。余观此诗，以为首
联平起，颔联切题，颈联气象雄伟，神思出尘，惜乎尾联语意平
弱，骨力未济，不堪为结也。父以为然。乃再三沉吟改之，然终
难得佳句。后余得一句，父用其语，足成结句，曰："一自广成
语至道，圣主枉驾不思归"，余曰："可矣！"呵呵，父之七律
《咏玄鹤楼》至是乃定。
　　吾乡平凉之崆峒山，乃天下道家名山，山势雄奇，文物荟
萃，黄帝、秦皇、汉武皆曾登临以问道寻仙，实为陇上不可多得

之胜境也。山之下，有泾河自西徂东，滔滔而逝，此亦华夏文明源头之一。泾河老龙、柳毅传书，是皆泾河之神话传奇也。余自幼生于泾河之畔，崆峒之侧，斯山斯水，沾溉于余者，曷可测量？孔子有乐山乐水之说，余概不知为仁者欤、智者欤。而性更乐山则深自知之。自幼及长，余登崆峒凡二十余次矣，率多与家父同游焉。举凡崆峒之前山后峡，山巅水崖，奇峰幽壑，苍松怪石，云山雾海，春日之桃花满谷，秋节之层林尽染，峥嵘雄俊奇丽不尽之貌，余可谓身临其境俯仰吐纳于期间者矣。然余迄今几未存有描写崆峒之文字，仅有者为十九岁时一首七律《岁暮思家》中二句："西山孤松俯泾流，东台崇阁接紫星。"少时虽曾有数篇崆峒游记，皆获师长好评，如今胥湮灭无存矣。后余读书，见杜少陵诗屡有及于崆峒者，心颇自豪。近代豪杰谭嗣同曾登临此山，作有七律《崆峒》，向称复生佳作。其起句曰："斗星高被众峰吞，莽荡山河剑气昏。"历来咏崆峒之雄壮高峻恐无出其右者，真乃英雄自有壮语。"斗星高被众峰吞"语出《尔雅·释地》："北戴斗极曰崆峒。"倘如此，则立于崆峒之颠举手可摘北斗星乎？

或曰："汝因何更喜山耶？"余曩时未曾省之。后远游，出西北，下江南，入蜀中，以至于华北平原，乃略知各地山水之异及其理矣。余至江南，颇喜其山明水秀，然终觉灵秀有余，雄伟不足。及至华北，四野平旷，纵目无极，令人意豁，然久居之后，则觉眼中无嵯峨之观，坦坦荡荡亦复单调无奇也，又不免憾之。由此，乃悟余长于西北大山之间，积习成性，喜雄奇而薄玲珑之审美习惯已深入血液。若夫世间之水，无论平湖溪涧，抑或大江长河，甚至洋洋大海，虽自有参差之涟漪，壮阔之波澜，终为平物，此水彼水，大抵相似，人之所见，只为水面。而山则不然。

世间之山，雄秀险奇，平缓峭耸，形态万方，绝少相似，正所谓
"横看成岭侧成峰"也，故余以为山更可看。山为高物，水为平
物，山近天，水近地，余喜山之高，则余为近天者欤？山为阳，
水为阴，余或性偏阳刚者欤？造化生山水，人居山水间，山水与
人，其理甚奥，余不知其万一也。盖因家父之《咏玄鹤楼》而及
于崆峒，由崆峒又及于山水之理，漫谈至此，离题百里，故不复
欲摇笔鼓舌矣。始愿固不及此，今至于此者，乃因余长于平凉，
水有泾河，山有崆峒，皆天下胜概，斯山斯水曾厚惠于余，余特
借此诗序以志不忘故乡风物云耳。戊子年秋赵鲲识。

附：《咏玄鹤楼》

昔人曾纪玄鹤飞，孤骞岩表数徘徊。

千秋仙禽已渺渺，百尺雄楼尚巍巍。

紫日凌波出沧海，素月乘风入翠微。

一自广成语至道，圣主枉驾不思归。

戊子年桂月赵继成撰诗

图书在版编目（ＣＩＰ）数据

素瓷静递/ 赵鲲著.--武汉 ： 长江文艺出版社，
2017.12
　　ISBN 978-7-5702-0083-2

　　Ⅰ．①素… Ⅱ．①赵… Ⅲ．①散文集－中国－当代
Ⅳ．①I267

　　中国版本图书馆 CIP 数据核字(2017)第 290545 号

责任编辑：沉　河　胡　璇　　　　　责任校对：陈　琪
封面设计：云沐水涵　　　　　　　　责任印制：邱　莉　　王光兴

———————————————————————————————

出版：　蓉长江出版传媒　　长江文艺出版社
地址：武汉市雄楚大街 268 号　　　　邮编：430070
发行：长江文艺出版社
电话：027—87679360
http://www.cjlap.com
印刷：武汉市首壹印务有限公司

———————————————————————————————

开本：880 毫米×1230 毫米　　　1/32　　印张：7.875　　插页：2 页
版次：2017 年 12 月第 1 版　　　　2017 年 12 月第 1 次印刷
字数：162 千字

———————————————————————————————

定价：32.00 元

———————————————————————————————